天上人间

徐则臣
著

作家出版社

世界上有两个都市是“流沙”，就是北京和巴黎。只要你在这两地方住上几年，就不想搬了。说北京和巴黎像“流沙”，是形容这两个都市迷人的地方，要慢慢地体会，时间长了，你就爱上她了。越陷越深，终于老死斯土。

——胡金铨

（武侠电影大师，《龙门客栈》导演）

关于
“新北京”

人与城

“城”。我写北京，因为我生活在北京已数年，睁开眼就看见它，每天要被迫去接受和拒绝它，即使一夜无梦无知无觉，也是睡在北京的怀抱里，你无法不去面对和思考它。刚来北京，和很多人一样，我把北京看作一个特殊的符号：首都、京城、皇城根儿，政治的大脑和文化的心脏、金灿灿的理想和梦幻之地，我爱北京天安门；现代化的大都市，大亨、乞丐和高楼大厦云集而来，是长衫客奢靡的大沙龙，也是短衣帮夜以继日的淘金地，拉斯蒂涅、陈白露和凡高一起走在大街上。几年之后，我发现北京并非像脸谱一样简单，可以简化成一个象征符号，它不仅仅是一场流动的盛宴。但究竟是什么，我又说不好。长久以来的想象和描述把它固化为一个强悍的符号，起码是一个强悍的超稳定的符号系统，其所指的力量如此之大，让你在探寻它的异质性时变得极其困难和缺乏自信，但同时也大大地激发了我窥视欲望。于北京我是个外来者，和我小说里的人物一样扎不下根。我对北京一直缺少必要的认同，也因此保持了长久的巨大疑惑。不断地写北京，原因也在于此，只有在不懈地追索北京的故事和细节中，我才能一点点看清这个巨无霸。

“人”。这是所有文学里最大的主题，区别只在于，他生活在这里还是在别处，他的焦虑、疑惑和困境又在哪里。我的很多“人物”都生活在北京，我想知道他们的心思。他们是闯入者、边缘人，也是某种意义上的局外人，当他们从故乡来到异乡，从乡村和小城镇来到大都市，从前现代来到后现代，从漫长的乡村文明来到猝不及防的城市文明，他们究竟会怎么想。这一串特定的修饰和限制，也已经使得他们无法再像过去那样，可以作为固定的符号和符号系统来被看待。一切都在变，都在路上，他们自身具备了前所未有的复杂性。所以，我从不相信闯入北京只是欲望在作祟，哪怕他仅为淘金而来；我也不相信铩羽而归仅是因为失败，哪怕他离开时破帽子已经遮不住了半张脸。那么，到底他们和北京之间达成了什么样的契约？我就是我想知道的，是人与城的秘密，也是人与城之间的张力，它推动小说沿着自己的道路往前走。

徐则臣

2008年11月

目录

引子

小峰在蓝旗营的一家饭馆里等我，透过雾气蒙蒙的玻璃我看见他坐在窗户边上脖子乱转，可能等急了。饭馆里暖气很足，进了门我有点鼻塞，空气突然就变黏稠了。外面可是很冷，我把风衣搭到椅背上，拿餐巾纸擦了擦玻璃，马路上的行人努力把脖子往锁骨里顿。两重天啊，我跟小峰说，我那小屋里暖气打死也上不去，害得我不停地跺脚，棉脱鞋都跺坏了。

“那还每周请我吃饭。”小峰说，“都穷成这样了。”

“一顿饭还是请得起的，你哥没到那份儿上。”我对走过来的服务员先伸一个指头，再伸两个指头。服务员明白，一个指头是一个大份芷江鸭，两个指头是两瓶啤酒和两碗米饭。脸早混熟了，我和小峰在这里吃了一年，基本上每周一次。这家馆子里的芷江鸭做得地道，一年了我们俩都没吃厌。

“最后一次，这是。”吃完了小峰抹抹嘴，“弄得我每到周末就想着这事。吃饭吃饭，跟尽义务似的。”

“啥意思？”

“没必要老请我吃饭。”

这小子，我请客还成他负担了。他是我弟弟，我姑妈的儿子，现在清华念大二，80后，挺懂事的孩子偶尔也会说昏话，我不能跟他计较。咱们是好哥俩。

“我是说，既花钱又耽误你的事。我知道你忙。”

我一下子没回过神来。我明白这小子没说出的意思是，每个周末都雷打不动地下馆子，他要为这顿饭不得不重新规划周末，其实也挺耽误他的事的。可是，我别的也做不了什么啊。姑父进去的时候跟我说，小峰就交给你了。姑妈也说，在北京，小峰就你一个亲人了。当时听得我鼻子发酸。什么忙都帮不上的时候，只能请吃饭。现在我不吭声，点上根烟。

“我想去看看我爸。”小峰说。

“没什么好看的。”

“我看看自己的爹也不行？”

“在里面挺好的，吃穿不愁。”我说。这也是姑父对我说的。两年多了，每次我去那里他都这么说。我好像应该相信他在里面过得不错，人明显胖了。当然我也不是经常去看他，没时间，跑一趟大老远的。没空你就别来了，常替我看看小峰就行。姑父语重心长，简直像托孤。他再两年就能出来了。我跟小峰说：“再忍忍，等出来了，你可以一天到晚盯着看。”

“哥，带我去，就一次。”他伸直右手食指对我隆重地许诺。就一次。

一次也不行。姑父说了，不能让小峰去，耽误他念书；还有，让同学和学校知道，影响小峰前途，找工作都是个污点。有个蹲班房的爹总归不是件脸上有光的事。

这个理由小峰十分地看不上。什么年代了，个人信息里又不要写家庭成分；老子是老子，儿子是儿子。我说是这么个理，但理是理事归事，天桥底下那个缩脖子的你看见没？就那个，穿灰棉袄的，对，向行人打手势的那个。

“我爸就那样？”

“差不多吧。不过你爸长得帅，收拾得光鲜利索，所以求人的时候也经常像在下命令。”

姑父是个办假证的，被警察逮了个正着，人赃俱获，而且场面还不太好看。那时候他刚跟一个叫路玉离的女人从床上下来，被褥乱糟糟一团。路玉离是他在北京的情人，也干这行。姑父之前进去过，二进宫判得就有点狠，还好再两年就出来了。如果能找个机会戴罪立功，或者表现好点，没准还可以提前几天。即使一天天熬到头，也指日可待。起码姑父是这么想的，那里面的生活其实不错，就是想睡个懒觉有点麻烦，一大早得起来出操，干活。天桥底下的灰棉袄又向一个行人做手势，被那人挡了回去。我又拿张餐巾纸把玻璃擦亮堂些，让小峰看清楚灰棉袄是如何难堪地站在冷风里。

“我爸他——”

小峰说了句半截子话是正确的，他从没见过他爸向陌生人兜售假证。灰棉袄做得很不好。即使杀人犯看见他爹如此狼狈也会心里难受的。当然我姑父不至于这样，在做假证的这个行当里他绝对是个体面人，哪怕穷得连碗泡面都买不起，走在路上他也要把墨镜戴上，小肚子挺起来，脚步杠杠的。人活着不容易，尤其在北京这地方，妈的，得让自己像个人样。姑父刚来北京时就这么经常教育我，那会儿我还在念大学。但我不能让小峰怀疑他爸也是灰棉袄这样，事实上很多办假证的站在路边都会有此遭遇。不想搞个假证的人多半都怕他们，见着了要像避瘟神一样躲开。

所以我模棱两可地跟小峰说：“知道你爸的苦心了吧。”

这话激起他强烈的求知欲和辩驳欲。“这么苦，为什么他还耗在这里？多少年了。”小峰连带对我都鄙夷起来了，我也在这里，东奔西跑，采访，码字，大冬天住一间暖气总也上不去的小屋。“中国这么大，哪里黄土不埋人？”

如果让姑父来回答，他可能会说：“北京的黄土跟别的地方不同嘛。”

按照我的修辞习惯，我也可能这么说。只是说完了我会心里没底，原因在于，不同究竟在哪里我也说不好。刚来北京时我可能会跟你扳着指头数出个一二三来，但现在，生活日久我越发不知道北京的不同在哪儿了。现在的北京跟十几年前的北京肯定是不同了，它的不同不是因为它复杂了，而是因为它复杂得你已经难以描述清楚了。

“很多同学都想毕业后留在北京，神经病！”小峰用筷子拨溜剩下的鸭头，可能觉得没事干，夹起来开始啃，“念完书我就走，随便去个地方也比这里好。宁当鸡头不做凤尾。”

念书的时候我也想过去外地做鸡头，京城米贵，为了找个坑要花那么多心思，没劲；可最后还是留下来了，削尖脑袋跑细了腿要找个坑把自己栽进去。栽进去的时候还想着鸡头和凤尾的辩证关系么？好像没有，就是留下来而已。好像也没有因为北京机会多或者别的某某原因，接着想象要做一个鸭头、鹅头或者猪头之类。就是想把自己在这里栽下来，生根发芽，长出枝叶来。

“那还有什么好说的，你也神经病。”

小峰生于一九八八年，在他这个年龄也许整个世界都一样了。他从小看电视、玩游戏和变形金刚，节假日父母会把口袋角角里的钱拿出来带他到城市里去吃麦当劳和肯德基。整个世界对他来说都不陌生。所以北京对他来说，跟其他地方没两样，不就个城市么，还大得没边没沿，车子都堵到人的嗓子眼了，空气也差，沙尘暴一来简直成了海市蜃楼。

他说得一点都没错。的确有些人天生就对一个地方没感觉，不管它是北京、上海、巴黎、纽约还是耶路撒冷，那就一点办法都没有。或者是，他还没到真正考虑一个城市之于他的意义的年龄，他还小。一年后，两年后，甚至半年后，没准他的世界观里的一大部分都要推倒重来，他才会发现，哦，这地方原来是这么回事。现在，不管出于什么原因，他的确是不能理解他爸，一个办假证的，竟然也要顽固地待在北京；不能理解他的那些神经病的同学，包括同样神经病的我。混好了倒罢了，全都混得个两眼发直小脸发绿，图个什么呢?

“哥，你倒是跟我说说，你和我爸都图个啥呀？”

你让我说我还真说不清，北京不是我们家的，图个什么呢。我就给你讲几个故事吧。你爸的，我的，也有别人的。你不是一直想知道办假证是怎么一回事么，今天哥就给你说说，想到哪说到哪，说到哪算哪，反正这周末你也干不了别的。你听明白多少算多少。服务员!

我对着白嫩的脸上长了三个青春痘的漂亮姑娘喊一声，先伸出一根指头，再伸出两根指头。没错，我们打算把晚饭一块吃了。另外，啤酒得再加两瓶。

故事的主人公叫：边红旗。

上部

啊，北京

我查了过去的日记，三月二十六号，我在北大英杰交流中心认识的边红旗。看明白了这个日期就觉得实际上没必要查，三月二十六号是海子的祭日，一九八九年的这一天他在山海关卧轨自杀。这是个纪念。我在诗歌朗诵会上认识了边红旗，在交流中心会议厅里，热烈地挤满了说诗、听诗和看诗的人。我是看诗的，具体地说，是来看诗人的。这是我一直的愿望，想集中地看看诗人们到底长什么模样。我不写诗，也不大懂诗，所以好奇。

朗诵会轰轰烈烈地开场了。穿裙子的主持人激情澎湃，介绍完诗歌节的有关情况，然后请出第一位朗诵诗人。接着是第二位，第三位，第四位。我就看见了那些传闻中的诗人从我面前走过，站到了灯光闪耀的舞台上。很高的，很矮的，身材臃肿的，细脚伶仃的，披一头长发的，剃光头的，满面稚气的，一脸大胡子的，扭捏近于女性的，粗犷肥硕更像是屠夫的。走马灯一样，从右边的台阶上去，朗诵完了再从左边的台阶下来。声音也各不相同，有的普通话很好，不写诗了可以改做播音员，也有的整个是一结巴，一两个字就要分一次行，还有的干脆用家乡的土话，四川的，湖南的，出口就是干货。用上海广州的方言我就听不懂了，稀里糊涂的像在听歌。每一次我都热烈地鼓掌，比他们朗诵时还要认真，尽管有些诗我听不懂。比如一个正在读中学的小女孩，在主持人宣布下一位朗诵的诗人之前，见缝插针地冲到了台上，她说她要朗诵。她解释了一番理由，就是这个以诗会友的机会难得，她大老远跑来，还花了三十块钱打出租车，然后接着说她刚出家门是看到一个比她还小的小男孩，大概上幼儿园的模样，一直跟着她，把她吓坏了，她让他走开，他不听，还是跟着，于是她想到了绑架、勒索、性骚扰和谋杀，就在她忐忑不安的时候，那个小男孩冲到她前面，抱住了拴在花坛的砖头上的一条长毛狗。然后她说，我朗诵完了，谢谢大家。

就这么结束了？她朗诵完了，也就是说，她的诗结束了。我根本就没听到诗从哪里开始的，还以为她一直在述说她朗诵的前奏呢，它就结束了。这让我更加自卑，我的确不是写诗的料。有了这个经验，我后来逐渐发现，很多诗人的朗诵都像那个小女孩，我只看到他或她在台上哗啦哗啦地说话，然后告诉我们，他们的诗歌朗诵完了，就下来了。应该说，是那个女孩把朗诵会推向了一个新的高潮，接下来就不断有诗人从大厅的各个角落里挺身而出，毛遂自荐地抢在入选名单的诗人之前来到了台上。边红旗就是其中的一个。

开始我对他并不感冒，甚至有点讨厌，他坐在我后面，一直在不住地叽叽歪歪，不是说这个的诗烂，就是批评那个的诗缺少冲击力。我回头看了他一眼，一个高大英俊的年轻人，留一个平头，松松垮垮地套一件红色毛衣，嘴还在动。我讨厌别人在会场上嘴伸得老长去义务点评，哪怕他说的全是真理。过一会儿我又回过头，我说你能不能听听别人怎么说？

“我一直在听。”他很认真地说，“他们说得不好，你一定听出来了，不刺激。诗怎么能这样写呢？”

我咳嗽两声没理他，他却看见了我放在腿上一件广告衫。那东西是我和朋友到他供职的报社去玩，办公室的主人坚持要送我的，说多的是，谁穿都一样。让我给他们做广告了，我就拿了一件，大冷的天。

“你那文化衫借我用一用吧。”边红旗拍拍我肩膀。

为了让他住嘴，我毫不犹豫地扔给了他。他呵呵地笑两声，又问我有笔没有，最好是签字笔，越粗越好。我真是烦透他了，把水笔又扔给他。三个诗人朗诵的时间，他把笔递给我。然后我就看到他大步流星地经过走道，一边走一边往身上套那件文化衫，在主持小姐惊愕的当儿，他已经登上了舞台，站在了众多的灯光和目光之下。文化衫已经收拾停当了，套在红毛衣外面，前面写着两个粗大的英文单词：“NO WAR”。他一定把我的墨水全用光了。

“我叫边红旗，一个绝对的民间诗人。”他说，看起来还是有点紧张，“写诗的时候叫边塞。从来没在报刊上发表一首诗，这辈子第一次看到了这么多诗人，我有点紧张。对，我叫边塞。拿起笔的时候我是个诗人，目前可能只有自己承认；放下笔我是个办假证的贩子，就是在北大门口见人就问办不办证的那些。哪位要想办假文凭可以找我，诗人打八折。”

他说得大家都笑了，不知道他要搞什么名堂，主持人也在考虑是不是要把他哄下台去。这时候他说：

“我现在以诗人的身份说话，我痛恨刚刚开始的美国对伊拉克发动的战争！人类不要战争！NO WAR！NO WAR！我听了太多不疼不痒的诗歌，现在我给大家朗诵我在半个小时前创作的一首诗，刺激的、担当的、过瘾的、呐喊的——《让美国的战车从伊拉克的土地上滚出去》！”

然后诗人边塞就斗志昂扬地朗诵起了他的新作。我记不清那些像钢筋一样干硬火热的诗句了，大致意思就是他说的，人类不需要战争，让美国的战车从伊拉克的土地上滚出去。这首诗我是听明白了，尽管有的地方有点不对味，总体来说还不错，加上他的声音豪放而且煽情，效果很好。朗诵完了，他下台的时候全场爆发了经久不息的掌声，我看到他转身的时候文化衫的后背上那条鲜红硕大的报纸的广告词。

那几天美国刚对伊拉克开战，传媒每天都向我们报告伊拉克人无辜死难的数字。边红旗的诗激起了大家的共鸣，他从台上下来，像英雄从伊拉克苦难的土地上归来。我都对他刮目相看了。

“怎么样，哥们？”他回到座位上，依然穿着他的灵机改造的反战T恤，把脑袋伸到我旁边说，“够味吧？”

我笑笑，转脸看了他一眼，这家伙一脸天真的得意，像个抢到了糖果的小孩。我对他的感觉好了一点。“很不错。”我说，“枪响之后，应该有这样的诗歌出现。”

随后又有好几个诗人朗诵了反对战争的诗歌，把朗诵会像潮水一样一浪一浪地推向深远的地方。这是另外一个话题了。我要说的是边红旗，这个自称诗人边塞的家伙，在朗诵会结束之后要请我去西门的小酒馆喝一顿，因为我不打算要他还我一件T恤衫，也不想要他一件T恤衫的钱。

“你一定要去。”他说，当时我们站在英杰交流中心门外阴冷的水泥地上，观众和诗人们逐渐散去。“我是用一个诗人的身份请你，而不是一个搞假证的二道贩子。”

他都说到这样了，我只好答应。我们穿过三月底清冷的北大校园，来到西门外一家叫“元中元”的小饭店。他说他经常在这里吃饭，在海淀附近晃悠累了，就到这里要两个小菜，两瓶啤酒，自己安抚一下自己。一个人在外面混，还是干这个的，不容易。

边红旗和饭店的老板很熟，酒菜很快就上来了。

“你是干什么的？”边红旗问我，“学生？”

“无业游民。”

“就这些？我不信，这在北京是活不过两个月的。”

“没事写点小说和豆腐块的小文章。”

“是这样。”他说，“我们还是同行呐，来，干掉这一杯。”

喝酒的时候他说，我一定见过他，他在海淀附近已经晃荡了两年了，向陌生人揽活儿，办假证。因为我也在北大附近生活，抬头不见低头见，蚂蚁和大象有时候还要碰碰头呢。我想了想，没想起来，我对办假证的一向敬而远之，尽管我也需要一个冠冕堂皇的文凭和身份，但我知道，这些东西对我屁用没有。

“干这行生意不错吗？”

“怎么说呢，碰上了三五百不成问题，运气好了，逮着个冤大头，千儿八百也不在话下。就怕撞不上，一周喝上七天风也不是没有过。”

“听说抓得还挺严，不怕？”

“怕又怎么样？我他妈的得活下去啊。我喜欢这地方。北京，这名字，听着都他妈的舒服。”边红旗咕嘟咕嘟又喝下了一杯，“抓到了就给打一顿，大不了罚点钱，就出来了。也有蹲的，三两年，那就不好弄了。我是小杆子，赚个拉皮条的钱，接了活儿送给人家干，身上搜不到东西风险就小多了。说这个干吗？我们谈谈诗，说说文学，你搞小说几年了？”

几年了？六七年了。不过二十四岁之前的东西算不上小说，正儿八经搞出点像样的东西的也就这几年，多少知道点小说是怎么一回事了。写的慢，发的少，稿费连买书都不够，所以要给报纸和杂志写些甜蜜蜜的小文章。就这样。

“呵呵。”边红旗在我对面笑起来，“都一样，就这么回事。喜欢北京？”

喜欢。觉得自己像只蚂蚁，和一千多万只的其他的蚂蚁一样。

蚂蚁太多了，拥挤得找不到路了，找不到也得找，不然干什么呢。

“喝酒，喝酒，让诗人和小说家干杯。”边红旗又举起了杯子，我们又要了两次啤酒，桌子上已经摆了八个空瓶子了，燕京牌的。“不行了，喝多了，喝。”

的确喝多了。我还好，酒量有限，不敢放开肚皮，边红旗喝多了，他以为自己很能喝。我们一直喝到饭店打烊，老板示意我们该走了的时候，边红旗已经趴在了桌子上。我拍拍他的脸让他醒醒，他在鼻子里嘟嘟哝哝地答应我，眼睛就是睁不开，我后悔和他一块喝这顿酒了。一顿无聊的酒，说了一堆无聊的话。架着他离开饭店的时候我更后悔了，他重的像头牛，闭着眼歪在我身上，还不忘抓住那件写了“NO WAR”的T恤。我突然觉得这家伙其实蛮有点意思的，一个办假证的，却想着写诗，还理直气壮地在谴责战争的时候亮出自己不法分子的身份。真是有点意思。现在已经问不清楚他住在哪儿了，我只好把他带到我的住处。

我住在北大承泽园里的一栋破楼里，和大学同学孟一明合租的三室一厅的房子。原来还有一个哥们与我们合租，他想考北大的研究生，考了两年没考上，心灰意懒地回老家去了。他走了，空出一间房子，反正也没人住，就成了孟一明的储藏室。他老婆也在这里，乱七八糟的东西一间房子装不下。若是平常，我从北大出来就直接步行，穿过蔚秀园，过了万泉河就到了承泽园的住处。现在不行了，边红旗成了一头失去行走能力的牛，我只好打车把他带到了承泽园。

费了好大的力气才把他弄上楼，孟一明和他老婆已经睡了。

我开了门，边红旗准确地躺到了我的床上，已经是凌晨一点了。我骂了他一句，他没反应。我的床给他占了，这一夜我的日子是不好过了。他的脚很臭，但却自觉地伸进了我的被子里，看得我心疼。我洗脚的时候他手机响了，《铃儿响叮当》的调子。他哼了一声，转身又睡了。手机顽强地响着。我拿过来，上面显示“老婆”两个字。是他老婆打过来的。我替他接了。

“你在哪儿？”对方的女声吓我一跳，有点凶，声音不是很悦耳。

“你是边红旗老婆？”我说，“他喝醉了，没法回去了，睡在我这里。”

“我，我是他老婆。”对方说，“你是谁？他没事吧？”

“没事，就是喝多了。我是他朋友。”

“好的，麻烦你了。他醒过来让他给我打个电话。”就挂了。

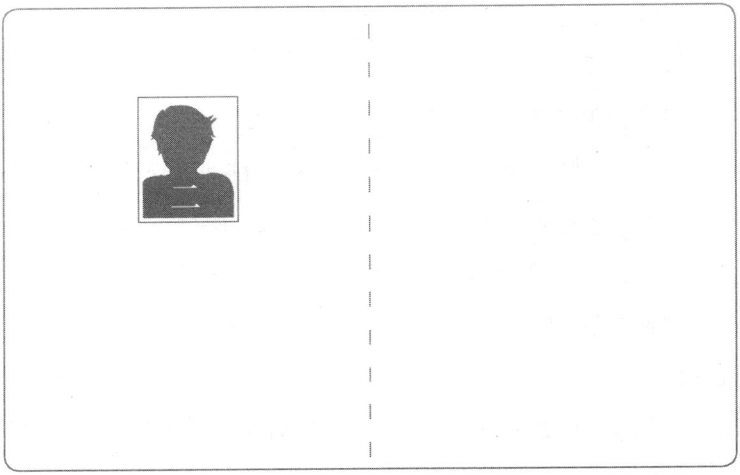

第二天上午边红旗醒来，问我的第一句话是：我怎么睡到了这里？我一听就冒火，我把舒舒服服的床铺让给你睡，自己在沙发上蜷缩了一夜，你好像还委屈了。他蹲在沙发边上，他的口臭我受不了。我扇了扇鼻子前的空气，说：

“你还有点人性没有？要不是房间里还有点暖气，我早冻成人干了！”

“哎呀老兄，不好意思，昨晚我喝多了。”他又冲着我说话，自觉地用手遮住嘴，“送佛送到西，有空牙刷没有？旧的也行，只要不脏。”

我裹着毯子起来，从抽屉里找了一个用过的牙刷给他，然后打了一个哈欠躺到了床上。这一夜把我折腾死了，蜷在小沙发里，几乎把自己折叠起来了。还有点冷，凌晨四点钟我被冻醒了，爬起来到箱子里找了羽绒服穿上。

边红旗从洗手间里出来，人精神了不少。“这地方很不错呀，叫什么名字？”

“你说我这房子？左岸。”

“塞纳河边上的左岸？”他笑起来，悠闲地点上一根烟，“现在附庸风雅的人可真不少，什么都叫左岸。没看出来你还很小资。”

“穷得叮当响，小个鸟资！万泉河左边的岸。”

“我说呢。你这房子有点问题好像，我刚刚看到一个女人从洗手间里出来。”边红旗诡异地说，“是不是还有段好看的故事？”

“扯淡，那是人家的，朋友之妻。我们合租的这房子。”

“一套三的，你们住得完吗？”

“住不完也得住，闲着也是闲着。”

“租给我怎么样？我想要一间，最小的也行，钱一分不少。”

“这事我得和一明商量一下再说。”我说，看来也睡不着了，索性起来，“对了，你老婆半夜三更打电话，查你的岗。你原来住哪儿？”

“我老婆？”他有点吃惊，拿起手机看了看，“这个女人！”他说，拨了一个号码，刚拨通手机没电了，断了。

我把手机给他，他没用，说算了，不打了。又点上一根烟，在烟雾里半天才说：“她不是我老婆，我老婆在乡下的小镇上。”边红旗的脸色板起来了，他一正经我就不好意思再问下去了。用他的话说，这里头看来很有点故事可讲了。

边红旗抽完那根烟就离开了我的住处，临走的时候又恢复了先前的洒脱，说这个左岸也不错，万泉河的左边，能靠上水就是好地方。我把他送下楼，他拍了拍楼前那棵空了心的老柳树又嘱咐我，他想跟我们合租那房子，请我务必和孟一明商量一下，他是个办假证的，但绝不是坏人，还是个诗人呢，他拿自己打趣。

他走了我就把这事给忘了，第二天晚上正在电脑前敲键盘，他打了我的手机。口气很郑重，他说他的确想租，现在住的那个地方他实在待不下去了，每天都要为什么时候回去睡觉伤脑筋，他不想见那个正处在更年期的女房东。他让我尽快和孟一明商量，越快越好。我只好去敲一明的房门，他老婆，其实是他女朋友，沙袖，让我进去，她正坐在被窝里嗑瓜子看电视。她说一明在隔壁赶教案。一明在北大法学院读研究生，业余给一个民办高校代课，赚钱养家糊口。我想这事先和沙袖商量可能更妥当，就把边红旗的要求说了。

“就是昨天上午那个人？”

“就是他，一个办假证的，不过人倒是挺不错。”

“办假证的？”沙袖犹豫了，“我们家一明可是搞法律的。你能保证他不会出问题？”

“这个，怎么说呢，他人的确很不错，没事还写诗。”

“还是个诗人？”沙袖眉目有点松动了，她对着墙敲了几下，喊一明过来。

孟一明进了门就开始擦眼镜，问我们什么事。我简单地重复了一遍。一明戴上眼镜，说：“我看算了吧，一个办假证的，让人不放心。"

"那好，我就把他回绝掉。"

我回到自己的房间，刚拨好边红旗的电话，沙袖就在客厅叫我了。边红旗问我结果怎么样，我只好说，先等一下，过会儿再打给你。

一明说，沙袖同意了，她希望那一个房间也能租出去。

"那你的意见呢？"我问他。

"就按袖袖说的办吧。"一明说，"当然是听老婆的。"

沙袖说："装好人！我就是想省点钱，现在房租太贵了，三个人承担总比两个人要舒服点。给一明省一点，也给你省一点。"

"一明，看你老婆多体贴。我一个京漂住这么好的房子的确有点奢侈。"

事情就这么定了，他们俩答应了。看得出来，一明也想把那间空房子租出去，沙袖现在无业，所有的花销都靠北大每月发给他的那点补助和代课赚来的钱，一个人挣的粮食两张嘴吃，真够他受的。

我把这个消息告诉了边红旗，他很高兴，说总算可以搞一搞战略转移了。后来我才知道他所谓的战略转移是什么意思，接下来我会说到。边红旗第二天就把行李找辆车搬过来了。东西不多，被褥和一些基本的生活用品，此外就是一大堆书，都是文学方面的，小说和诗集，还有一些关于中学教育的。他的藏书让一明和沙袖放心了不少。

和边红旗一块儿来的还有一个块头小一号的小伙子，是他在北京为数不多的朋友之一，他叫他小唐，是他生意上和生活里的小兄弟。另外一个是女孩，长相还行，头发有点干枯，后来细看一下，不是干枯，而是焗油焗的欠火候，成了干涩的土黄。边红旗没有介绍，但她一开口我就知道是谁了，就是半夜里打电话找他的那个女的，大概是边红旗在北京的女朋友。她自我介绍说，她叫沈丹。在整个搬家过程中，沈丹执行的完全是女主人的任务，床铺和桌子如何摆设，书籍如何堆放，生活用具怎样使用，都由她一一到来。边红旗、小唐、一明和我，都服从她的调遣，磨磨蹭蹭从下午三点钟一直搬到傍晚六点。原来房间里一明的桌椅和书架一部分搬回了他们的房间，剩下的一部分移到了客厅里。沙袖说，就放客厅里好了，空着也是空着。

结束后边红旗请我们吃饭，在承泽园附近的一个川味馆子里。尽管一起搬了家，一明两口子和边红旗他们还是不熟，所以让他们点菜就很矜持，沙袖微笑着不愿意点，意思是客随主便。边红旗就说，他是真心请我们三个的，不是因为我们帮他搬了家，而是能够接受他住进来。

“我知道办假证的名声很臭。”他大大咧咧地说，“尤其是在海淀这儿，警察见着就逮，过路人碰上了也要绕个弯子走。有什么办法呢，想活得好一点，呵呵，有罪啊。你们能接受我，很感谢，从今天开始，我用诗人的名义在左岸生活。不会牵连你们的，只管放心。”

边红旗的话我听得半真半假的，他的样子有点像开涮，语气却很真诚。这话起了作用，一明说：“诗人见外了，既然住到一起了就不说两家话，都是小人物，有什么连累不连累的。袖袖，点吧。”

边红旗拍着手掌说：“嗯，一明这话我爱听。”

沙袖说：“水煮鱼。”

一盆四十。平常我们很少吃的，以我和一明的进账，隔三岔五吃上一顿还是相当奢侈的。如果我们在一起吃饭，点了水煮鱼基本上就不会再点更多的菜了，三个人伸长脖子，用筷子在盆里打捞，能捞到最后一根豆芽都看不见了。

边红旗又说：“好！我就喜欢吃这道菜。麻，辣，香。”

沈丹说：“红旗嗜辣，三天不吃辣心里就痒痒。他跟我说，回到老家就想起水煮鱼了，一想到水煮鱼就待不下去了，就得回北京。是不是呀，红旗？”她挑衅似的斜起眼看边红旗。

边红旗伸手揽住沈丹的腰，笑了笑，说：“是啊，离不开水煮鱼，离不开北京了，三天见不着心里就空荡荡的。水煮鱼可是丹丹的拿手绝活，离不开呀。”

这种暧昧的表达让沈丹很舒服，一下子回到了小姑娘时代，脸都幸福得红了。那顿饭我们就水煮鱼聊了不少，边红旗说，他去过成都，在那儿也吃过水煮鱼，感觉味道也不错，但不知怎么的，就是放不下北京的水煮鱼。小唐说，不是放不下北京的水煮鱼吧，是放不下别的吧？沈丹就隔着边红旗去打小唐。边红旗就笑，不说话。后来，有一次边红旗做成了一桩大买卖又请我们吃饭，他解释说，其实不是因为沈丹，为什么他目前也想不明白，就是觉得北京好，他经常站在北京的立交桥上看下面永远也停不下来的马路，好，真好，每次都有作诗的欲望，但总是作不完整，第一句无一例外都是腻歪得让人寒毛倒竖的喊叫：

啊，北京！

是啊，北京。我们也都喜欢，都莫名其妙地希望在这里生根发芽，大小做出点事来。我和一明已经毕业五年了，我们在不同的城市转了一圈，又不约而同地回来了。读大学的时候没怎么觉得北京有多好，但是几年以后就不一样了，人人都说北京是个机遇遍地的地方，只要你肯弯腰去捡，想什么来什么。正如所有人说的那样，这是个做事的地方，先来了再说。既然别人能干出名堂，我们就没有理由两手空空。于是就一天一天住了下来。

晚饭后小唐先回去了，边红旗把沈丹带到了我们的住处。都知道是怎么回事，他关上门我们就不便打扰了。我泡了杯茶，点上烟，对着电脑开始发呆。这个长篇已经写了一个多月，除了混点零花钱的小文章之外，这段时间我把心思都放到这上了。断线了，一个拐弯处我不满意，重写了三次还是没感觉。这个青黄不接的关节眼陡然让我觉得，自己实际上已经老了。不是年龄上的老，而是生活上的老，我的生活停止呼吸似的那种老，那种茫然无措万念俱灰的老。甚至有那么一会儿，觉得边红旗那样的日子也不错，整天就是逛逛街，寻找一些可疑的眼睛，见到了就上去和他们答话，然后动动嘴就让这些急于求成的家伙把钱送到自己的口袋里。边红旗他们赚钱是如此偶然和可观，几乎已经具有了必然性。一根烟抽完了我还忍不住为之心动。

十一点钟结束了，我还在抽烟、喝茶和发呆。外面的门不时在响，可能是一明他们在出入洗手间。我知道今天晚上已经到此结束了，没写出来的也不会再写出来了，于是从抽屉里翻出一张盗版碟准备放进电脑。有人敲我的门。是边红旗，松松垮垮地站在门前，来找开水喝的。

“把水瓶提过去吧。”我说，“差不多够你们俩喝的。”

“她回去了。”

“惹人家生气了？”

“没有，她妈晚上看得严。”他说，倒了半杯水，加了我的一半凉茶，咕咚咕咚一口气喝完。“没意思，真是没意思。我都快渴死了。”

“你这人，搞完了就抱怨没意思。”

“是没意思，两头吊着，你说男人有个鸟意思啊。”

“不行了？你应该拿出朗诵诗歌的劲头去搞。”

“不一样，老兄，朗诵诗歌是用大脑的，那事大脑大部分时间是使不上劲儿的。”

“看来你潜力有限啊，你看那些官儿的款儿的，哪个不是三个两个的都玩得挺转。”

“那是人家。说正经的，我是拿你当朋友的。上午我老婆打电话来，要我回家，她不想让我继续待在北京了，她已经感觉到我出问题了。刚刚沈丹又叽叽歪歪让我马上离婚，跟她过。你说这事，男人就这么一个东西，总不能分两下用吧。”

他问我该怎么办。开玩笑，我要知道怎么办也不至于现在还守着自己过。

“你不是写小说嘛，知道怎么编瞎话骗人。”

这话让我有点伤心。编好了可以骗别人，编不好就只能骗骗自己了，现在看来，我那些卖不出去的小说大概就只有骗自己的功用了。荒诞的是，我还自视甚高，对它们好像还有用不完的信心。真他妈的鸟鸟。

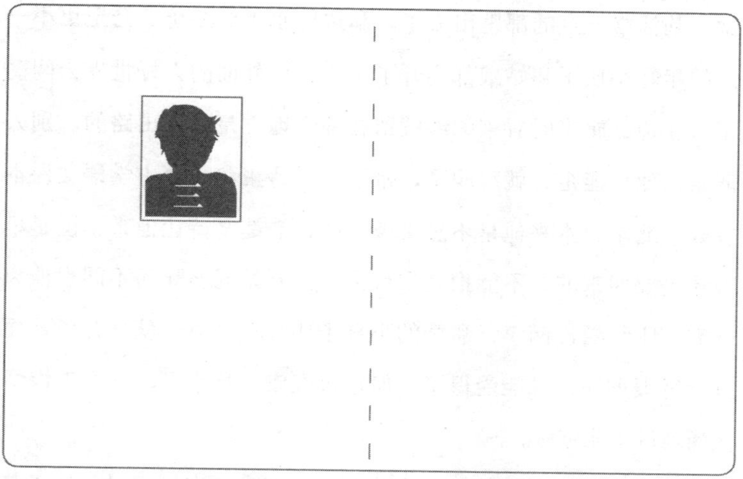

二〇〇一年，新世纪之前的边红旗还是苏北一个小镇上的中学教师，教初三年级的语文。应该说他是一个不错的中学语文教师，在那个镇中学里多少也算是一块牌子，人长得不错，课讲的也动听，能把上上下下的人都逗得开心。老婆是镇上的小学教师，教美术的，一天到晚不停地画画，白天在黑板上向一帮小孩描绘各种美丽的图画，晚上到了家里，躺在被窝里就在边红旗的肚子上描绘他们美好的新生活。她是个知足常乐的好女人，边红旗一直对这一点持肯定态度，和她在一起生活男人不会有气受。问题是边红旗不是，他觉得日子有点别扭，一是诗再也写不出来了，再一个就是当地的教师工资几乎减半，每月只发总数的百分之五十六。据说是当地地方财政包干，政府没钱，只好拿这帮老师开刀。这样一来，在小镇上仅有的一点成就感都被取消了，稍微头脑活络一点的都跑出去了。和边红旗年纪相仿，乃至更小一点的年轻小伙子和姑娘都离开了小镇，到外面的大好世界去闯荡了。在边红旗当时看来，继续留在那个地方是毫无出路的。别人能走，他也能走，就辞职了，带了一本诗集和一套中学语文课本来到了北京。本来他是不想带课本的，老婆坚持让他带，说是早晚还是要回来的，不能把老本行丢掉。开始老婆死活不同意他离开家，刚结婚没两年，甜蜜的小日子还没有过够，就分开了，而且分得很彻底，谁能受得了。但是边红旗还是来了，一个人懵懵懂懂地进了北京城。

这是他有生以来第一次来到北京，大客车在傍晚时分进了首都，边红旗激动得哭了。这时候已经是新世纪第一年的第三个月了，北京正值沙尘暴的高峰，手伸出车窗外，抓哪一把都是干涩粗粝的空气。邻座的老头问他怎么流眼泪了，他说沙子进了眼，抹了一把脸又说，你看，一脸的沙子，这北京。尽管笼罩在沙尘暴下的北京没有想象中的雍容和繁华，边红旗还是十分满足，借着沙尘暴的借口，一直把眼泪流到车站。从车站出来，他把脚结实地踩在马路上，扔下手里的旅行包开始给老婆发信息。他在手机上诗情画意地说：

老婆，我站在了冰凉的水泥地上，看见了夜幕下火热的北京。

然后又发了一条信息：老婆，我爱你；老婆，我也爱北京。

就这样，边红旗没来由地就喜欢上了北京。后来他才醒悟到，其实那天晚上很冷，和每一个三月的沙尘暴夜晚一样冷。但是他只感到热，夹克的拉链一夜都没拉上。他就敞着怀在北京的大马路上走，他想投奔的那个在北京打工的远方亲戚他没找到，打了四次电话都找不到人影，索性不找了，就在马路上逛一夜也不错。后半夜的路上车辆和行人少了，他走得有些清冷，但是感觉很好，满肚子都是诗人的情怀，觉得路灯下的影子也是诗人的影子。然后他来到了天安门前，见到毛主席的巨幅画像时，眼泪又下来了。从小就唱《我爱北京天安门》，现在竟然就在眼前了，像做梦一样。他趴在金水桥的栏杆上，看见自己的眼泪掉进了水里，泛起美丽精致的涟漪。他就想，北京啊，他妈的怎么就这么好呢。

没事的时候我琢磨，边红旗哪来的这些激情？我当初来北京时怎么就没发现有多美呢？后来想出了一个理由，就是边红旗是晚上到的北京，而我是白天到的。晚上霓虹灯下的北京的确漂亮，哪儿都是繁华庄重，那些灰扑扑的街道和建筑，那些不好看的东西全都被夜色遮蔽了，能看到的就是那些灯，它们被五彩的光芒装饰着，然后用这些五彩装饰灯光所及的一切事物。我第一次来北京，下了火车就是早晨，空气清凉，可见度极好。我就纳闷了，北京怎么这么旧呢，跟电视上完全不一样哪，车到了海淀，我都快哭了。那是的海淀完全可以说是荒凉，和我生活的那个小城的郊区没有任何区别。大学四年我几乎都待在校园里，不想出去。这种先入为主的感觉到了现在才逐渐改变，现在海淀也不同了，到处都闪耀着玻璃和不锈钢的刺眼的光芒，像一个不知深浅的虚幻的世界。

边红旗坚持他的看法。即使当初几乎活不下去时，他也一直在心里大声地赞美北京。第二天他总算找到了亲戚，拖着一大包行李挤进了亲戚的小屋里。出乎他的意料，他的亲戚混的实在不怎么好，完全不是他在小镇上天真地想象的那样，到了北京狗也是个人物了，现在看来，狗还是狗。亲戚正在煮面，小桌子上摆着三四个馒头和一碟咸菜。亲戚三下五除二吃了半锅面，抓起外套就走了。临走的时候让他先好好睡一觉，养好精神了好找活儿干。然后他就看到亲戚骑着一辆破旧的三轮车出去了。他们住在巴沟村的一户小院里，租人家的平房。

养好精神了他独自出门找工作，他也不知道自己到底能干什么，不过还比较自信，找个记者、编辑之类的活儿干干总还是可以的吧。一路上见到报纸就买，专门找过去从来不看的夹缝里的广告，挑好的工作，谦恭地把电话打过去。那一天他用了两张手机卡，一个也没成，直到最后口袋里只剩下坐车回家的钱时，才想起亲戚告诫，别挑挑拣拣的，不管什么活儿，能找到一个填饱肚子的就不错了。边红旗不服气，好歹也是个中学教师，还写诗呢。电话里的人为什么总是问他的生活和居住情况呢？这跟工作有个鸟关系！第二天他接着找，他觉得自己不应该和亲戚一样，亲戚是个大老粗，靠力气吃饭是正常的，他不是。怎么说也是个知识分子。这一天他学乖了，不用手机打电话了，用公用电话，省了不少钱。但是这一天的运气也不比前一天好。晚上他垂头丧气地回到巴沟，像从滑铁卢归来的拿破仑。亲戚已经躺下了，他说今天被警察追着跑了很远，累坏了，原因是他的三轮车没有牌照。亲戚没有问他成功了没有，都摆在脸上，哪还要问。边红旗很悲伤，把亲戚从床上拖起来，两人瓶碰瓶地喝了五瓶啤酒。

他在海淀附近转了好几天，连公交车站牌上贴的广告都看了，都联系了，还是不行。整个世界都跟他对着干，真是没办法。边红旗还是不怀疑，一千多万人都活下来了，凭什么我边红旗活不下来，没道理嘛。我们的边红旗找呀找，又找了两天还是没找到。不是一个都找不到，而是他想找的那种看起来体面、干起来轻闲的没找到。他只好去了中关村人才市场，周三周六才开放的地方。排了半个下午的队，轮到了，把身份证交上去。玻璃窗里的女人问，证呢？边红旗说，不是交给你了吗？那女人心情很糟，大概中午和丈夫吵架了，什么证都不知道还找什么工作！下一个！话音还没落他的身份就被扔出来了，搞得边红旗半天没回过神来。

“她要什么证？”他问旁边的人。

“暂住证。”

“什么暂住证？”

“老兄。”那个用安徽口音和普通话杂交出来的声音说话的小伙子说，“这东西都没有，可要小心点，别让警察给揪到了。”

“下一个！”窗口里面的女人气急败坏地敲着玻璃，边红旗只好让出了位置，他排了半个下午就等来了这几句训斥。

眼看着一天一天地晃下去，快坐吃山空了，最要命的是，没法向家里交代。老婆担那个心，每天都要打电话问他有没有着落，打得他心疼，他快光了。我不知道边红旗是怎么克服心理障碍的，反正最后他是和亲戚一块儿出去骑三轮车了，到巴沟的一个土著家里租了一辆没有牌照的三轮，见缝插针地跑到硅谷那儿揽生意，帮别人运电脑。边红旗讲到这些时一点也不伤感，相反，这段三轮车夫的生活他还相当满意，觉得自己很像电影《有话好好说》里的张艺谋，整天骑着三轮车到处跑。他说，人一旦降低了自己，就无所谓了，就像妓女，卖一次就想着卖第二次，然后第三次，这东西搞不清楚，它一定是有快感的。他在那段时间甚至还经常跑到北大听讲座，隔三岔五还进课堂，以便瞻仰那些久闻其名的学术界大师。他和我住一块儿后，我们聊天，我发现他对北大的老师，尤其是中文系的老师，了解的不比我少。

边红旗在蹬三轮期间没有告诉家人他在靠什么吃饭，他的亲戚也同样没有告诉自己的家人。他们只说是一项工作，不好也不坏。他更不可能告诉他老婆，他最倒霉的时候，一个星期被警察追过四次，好在都逃脱了。他都没想到自己还有骑三轮车的天赋，能在到处是汽车和人的马路上跑得飞快。这个新工作对他是个刺激，所以这个时候他还坚持写诗。据他自己说，在他密不示人的诗歌生涯中，这是一个创作的高峰。坐在三轮车上满脑子都是诗，他由衷地觉得北京就是好，你看看，蹬三轮也照样诗兴盎然。

接下来生活就有了变故，亲戚家里出了点事，他要回去了。回去之前他把能带走的东西都收拾好了，不想再在北京混下去了，他觉得蹬三轮，即使在北京也不是件值得称道的事，还是回家干点正事。他在北京找不到自己的位置。尽管他走得不免伤感，还是义无反顾地走了。临走的时候他终于说实话了，待在北京几年了，他一直都不服气，希望能有所起色，心里恐惧着，希望着，但是现在，他语重心长地说，他服了。就这样。他把房子留给边红旗，自己组装的那辆破三轮也给了他，希望他不要一直把这个破三轮蹬下去，也蹬到他离开的北京的那一天。

现在边红旗独自奋战了，骑着三轮回到家，自己跟自己喝酒。左手一杯，右手一杯，相互致意，互相祝福。这样的日子没过多久，出事了，他的三轮在人民大学西门那儿被警察扣住了，他一不小心闯了红灯。警察发现竟然还是个没户口的黑车，立马扔进了立交桥底下的仓库里，那里面已经堆了很多黑车。边红旗想花几块钱赎出来，警察不让，随口出了一个买一辆新车也绰绰有余的价。边红旗没辙了，恨得门牙都痒痒。当时还只是觉得难堪，后来突然有了恐惧，那种一下子失去依靠的恐惧。他一直以为他在北京就是光溜溜的一个人，十三不靠的主，现在才发现，他还是有所依靠的，就是那辆破三轮车。它是他和北京的大地发生联系的唯一中介，现在没有了，他觉得脚底下空了，整个人悬浮在了北京的半空里，上不能顶天，下不能立地。唯一能和北京发生关系的凭证丢了，他第一次发现北京实际上一直都不认识自己，他是北京的陌生人，局外人。除了那个警察，谁会知道他失去了那辆三轮车？说不定那个警察转身也忘了这事。他悲哀地蹲在桥底下的柱子旁，有那么一会儿想到，即使他死了也没人会知道，别人凭什么知道？你边红旗算是哪根葱哪根蒜？他觉得自己蹲在那儿像个猥琐的农民，哼哧哼哧干了这么多天，一辆破三轮一下子就把他送回了苏北的一个小镇上。

他想拿回那辆三轮车，其后的几天他一直在算计这事。吃过早饭他就出了门，像往常一样，步行到人大西门，为了省下坐车的钱。到了北京边红旗发现自己的一个变化，就是对钱斤斤计较了，外出的时候他都要考虑坐不坐车，坐公交车还是打的。在老家是从来不把钱放在心上的，不是他腰包鼓，而是那地方的生活开支永远也不会超出他的想象力。北京不行，说不准什么时候就要花钱，花多少心里也没个底，所以出门前他总忘不了看看钱包。他来到立交桥底下，冷着眼看在红绿灯底下指手画脚的警察。早已经不是那天找他麻烦的那个了。他盯着他们，因为他们手里有开仓库门的钥匙。那个仓库其实只是一个铁栅栏围起来的一块场地，栅栏太高，要想把车子弄出来必须经过铁门。他希望警察能把铁门打开，然后忘掉这回事，他就可以偷偷地进去，把车子推出来。边红旗想好了，他只要自己的那辆破三轮，不要别的，尽管里面新车子也不乏其数。

这种守候相当辛苦，几乎无机可乘。要么是铁门不开，要么是警察不来，要么是门开了，警察却站在门边上，或者是隔三岔五地回头。真要命，边红旗都守了好几天了，他像中了魔一样，非要把车子给弄出来。有一次几乎成功了，他趁警察盘查另一辆三轮车的空当溜进了仓库，刚从乱七八糟的车子堆里找到他的破三轮，还没来得及拽出来，就听到警察对他大喊：

“你，就你，干什么的？！”

他慌忙撤回手，装作找东西的样子，对向仓库跑来的警察说：“我找我的打火机。”

“打火机怎么会跑到这里来？”

“我走路时扔着玩，不小心扔到这里了。”

“出去出去！”警察说，顺手锁上了门，“超市里多的是，到那里找去！”

边红旗对我说，当时他突然产生一种要和警察拼命的冲动，他觉得那家伙很讨厌。当然没动手，动了手他恐怕就不会安安稳稳地过到现在了。他拳头都攥起来了又松开，还是有点怕，毕竟是警察。他无望而又顽强地守在桥底下，车子最终也没能再回来，却撞上了现在的这种办假证的生活。

那天和往日没有什么不同，他蹲在桥底下，看着车子和行人水一样从眼前流过。他都快睡着了，似乎已经忘了来这个地方是干什么的。一个大男孩拼命地向这边跑来，后面二十米远追上来一个警察，喊着让他站住。大男孩的惊慌显而易见，完全是捞不到救命稻草的模样，看到边红旗站起来，甚至都想躲到他身后。边红旗把路让开，那大男孩跑过去了，他却斜穿路面迎上去，正好和警察撞到了一起，警察一个趔趄，差点摔倒，大盖帽掉下来滚了好远。警察骂骂咧咧地捡起帽子后，那男孩已经不知去向了。边红旗受到的惩罚是，连着向警察道了三次歉。

第二天那男孩在桥底下找到了边红旗，要谢谢他。边红旗说，没什么好谢的，他不认识他，没想到要帮他，他只是看那个警察不顺眼而已，就这样。

“但是你确实帮了我，我知道。”那男孩说，“请你吃顿饭总可以吧。”

边红旗没和他客气，他已经很久没吃上一顿像样的饭了。这些天他一直蹲在桥下，一分钱没挣到，连房租都要成问题了。他们吃饭的时候瞎聊，边红旗爽快地说起自己的破三轮。那男孩觉得他很真诚，就告诉他，他是个办假证的，刚出道，不懂行，差点湿了水，然后向边红旗大力推荐这种发财的终南捷径。

男孩说："说到底，就是讨价还价的事。你能侃倒客户，就能赚到钱。"

边红旗不这么想，他明白这是犯法的事，所以同样爽快地拒绝了。男孩说没什么，给他一张名片，说想通了随时可以找他，他负责向他的朋友推荐。当然，如果没钱了，过不下去了，也可以找他，多了没有，解他几天燃眉之急还是没问题的。然后就散了，两个人喝得很开心，觉得对方可以成为不错的朋友。

喝完了边红旗就把那个男孩给忘了，直到房东催着要房租时才想起来。那几天他大部分时间已经开始花在寻找一份新的工作上了，但还没找到。他翻出名片，死马当活马医，拨了电话。那男孩说，他正在北大的蔚秀园里，现在就可以过去找他，中午一块儿吃顿饭。边红旗就去了，那男孩正在和一个西装革履的胖男人谈话，争执是八百块合适还是五百块合适。男孩要八百，胖子只给五百。男孩就对边红旗说：

"这是北大的，不好搞的，你说值不值八百？"

"当然值。"边红旗说，"要是其他学校的你给八百也不敢要。不给拉倒。"

经他这么一说，胖子就软了，犹豫了一下点出了八百块钱。

胖子走了以后，男孩说："边哥，多亏你那句话，一句话就赚了三百。你要干这一行肯定前途远大。”

“干什么？我不会，犯法的事。”

“怎么不会？刚才不是干得很漂亮嘛。”

“那也算？”

“就是这么干的。你觉得犯法了吗？犯在哪里？不过是说几句大话，吹牛又不犯罪。”

说的边红旗一愣一愣的，他觉得不可思议，这么就算做成生意了？好像感觉不到在犯法呀。

后来边红旗请我们吃饭的时候，笑嘻嘻地拍着小唐的肩膀说：“妈的，就这样上了小唐的贼船了。”

那男孩就是小唐。那时候他还不成熟，混了两三年了，吃得膘肥体壮的，已经看不到当年那个大男孩的影子了。之后边红旗和小唐混在了一起，逐渐发现，办假证并不像蔚秀园里的那样简单，当然，即使通晓了其中的所有门道，他也发现，也并不像想象的那样恐怖。他就逐渐干上了，给自己定的原则是，绝不涉足大的，只挣嘴皮子的钱。

日子很快就好过了，他搬了家，从巴沟搬到了西苑。租了那儿一户人家的一间平房，然后认识了沈丹，因为沈丹就是房东的女儿。他和沈丹搞上，又是半年以后的事了。

我没有觉得和一个办假证的生活在一起有什么不对劲儿，一明和沙袖大概也是这样。如果说开始他们还有所顾忌，那么一段时间以后，所有的疑虑都打消了。我们在一起的任务，只是在一个屋檐下生活而已。大家都忙，一明要上课和教书，我要写东西，要到处乱逛，边红旗要出门怂恿有钱人办假证，清闲的只有沙袖，除了偶尔找个工作干两天，大部分时间都是在房间里做饭和看电视。我们的公共时间主要集中在晚上，偶尔相互串串门聊聊天，或者是聚会，一周出去吃那么一两顿。主要是边红旗请客，如他所说，他的钱来得容易。

他的钱来得容易，这个我信。他晚上经常到我房间里来，讲一些白天里好玩的事，说是给我的小说提供素材。比如他说，半年前他就宰过湖南的一个当官的。那天他寻寻觅觅地在海淀周围转悠，天快黑了也没有一个生意，他就倚着一棵树抽烟。一辆轿车停下了，他直觉是有事干了，果然，刚掐灭了烟车门就打开了，出来一个戴墨镜的家伙，一看就知道是司机。车里还坐着一个四十多岁的中年男人，西装领带，眼睛瞅着别处。边红旗歪头看见了车牌，湖南的车。他凑上去说，办证？戴墨镜的四下看了看才说，到前面说。边红旗跟他到了一棵树底下，墨镜才说，要个硕士毕业证书，学位班的那种，北大工商管理的。边红旗说没问题，开价两千。墨镜认为太贵，说他了解过了，一般都在八百块钱左右。边红旗说，看来老兄还是门外汉，北大工商管理的证书原件不好找，找个原件看看还要请客送礼，还担心两千块钱不够呢。你知道读北大工商管理的学费是多少吗？边红旗伸出几个指头晃了晃，这个数。实际上他也不知道这个数是多少。他们压低声音争执了一会儿，轿车的喇叭响了。墨镜屁颠屁颠地跑回去，撅起屁股和车里的老板谈。一会儿过来了，说就这样吧，两千就两千，给了边红旗一千块钱定金，又给了他两张照片。就是车里的那个人。然后约好了取货时间，墨镜就上了车跑了。

有意思的还在后面，边红旗说。他把照片拿回去，找到小唐，让他把东西拿过去找人制作。小唐一看照片就乐了，照片上衣冠楚楚的家伙两年前就办过一个假的，是本科毕业证书。那时候小唐刚到北京，跟他表哥混着玩，当初他表哥就狠敲了他一回。小唐说，那家伙是长沙一个什么局的局长，不敲白不敲。边红旗心里有数了。交货那天他卖了一个关子，说两千不够，他找原件就花了一千五，再花成本费，还有人力，赔大了，要提价，三千。他把做好的假证给墨镜看，要就三千，不要拉倒。假证看起来比真的还诱人，墨镜只好屈服了。

“那你到底赚了多少？”我问边红旗。

“两千七。”

“这么容易。”我说，“今天如何？”

“还行，一千。”

“赚了这么多，老边，要不要表示一下？”

“没问题，走，吃水煮鱼去。”

就去了。往往都是这样，我一怂恿，就去了。叫上一明和沙袖。走到半路，沙袖提醒他要不要叫上沈丹，边红旗说，叫就叫吧，反正她在家也屁事没有。打沈丹的手机，她说正在和朋友逛街，怕是赶不回来了，明天晚上再过来。边红旗关了电话说，这样最好，女人有时候很烦，总喜欢叽叽歪歪地说你不爱听的话。我知道他的意思，就是沈丹见了面就让他赶快离婚。

遥远的战争还在打，美国的战车正在向伊拉克南部挺进。我们坐在饭店里边吃边看电视，中央四套，几个军事专家正在屏幕上分析即将到来的战争局势。所有人的分析似乎都有道理，水煮鱼的味道也好，所以吃得大家都很开心。后来画面切换到战火过后的断壁残垣和伤亡的伊拉克人时，就让人有点那吃不下了。

边红旗说：“死一个伊拉克人跟死一个法国人是一样的，跟死一个丹麦人是一样的，跟死一个中国人、一个俄罗斯人、一个阿根廷人、一个哥伦比亚人、一个毛里求斯人，也是一样的，跟死一个美国人也是一样的。他妈的美国人有什么权利去草菅人命！”

他是容易激动的那号人，嘴里骂骂咧咧，筷子也跟着摔起来。老板赶快把电视关上，都熟悉，老板知道关了电视边红旗就会没事的。

一明说：“老边，说点别的吧。”

“说什么？”

沙袖说：“你在老家也这样？”

“哪样？”

“激动呀。”

“不激动。”边红旗说，把水煮鱼里的豆芽挑来挑去。“激动不起来。现在想来，在家里简直就是生活在世界之外，什么事都不知道，也不关心，激动个啥？也不是不关心，就是觉得那东西离你很远，远得根本与你的生活无关，完全是另一个不相干的世界的事。”

“现在呢？”

“世界一下子离我近了。我跟你说，不矫情，到了北京我真觉得闯进了世界的大生活里头了。这话是不是像把自己当个人物了？没关系，随你们怎么想，就是这样。感觉看到了自己在世界上占据的那个点了，别人可能看不见我的那个点，可我自己看见了。过去我什么都看不见，像一头蒙上眼睛拉磨的驴那样过日子。”

“那样也不错。”我说，“一到阴雨天，我心情就低沉，就想着找个好女孩结婚算了，生个儿子，老婆孩子热炕头，安静平和地守着两间屋檐，就像拉磨的驴一样活着也挺好。”

“作家就这境界？”边红旗说，“这可不行。不就活得惨点儿么？都一样，首要的是先说服自己，什么才是最重要的。”

这话听的我和一明都不明白。啥意思？

“举个例子。”边红旗说，刚才义愤填膺的边红旗不见了，取而代之的是一个意气风发的边红旗，捋起了袖子。“比如我，比如今天上午，我遇到了两个要办假证的女孩。说是韩国人，想办北师大的硕士毕业证，我就骗了她们一千块钱。”

“你不是说办假证也讲职业道德的吗？”

“那两个女孩让我不想讲了。跟我说话的时候操着硬邦邦结结巴巴的普通话，她们俩商量价钱的时候，一转身你猜怎么着，一口流利的山东腔。把我给气坏了，一气之下我给了她们我的呼机号码。”

“怎么说？”

“拿到定金我就把呼机给扔了，又不值钱。不道德是吧？我不觉得，我要挣钱，要干自己的事，我不喜欢她们这样搞，既想当什么又想立什么的。所以我问心无愧。”

“你就是这样说服你自己的？”我说。

“还不充分吗？”边红旗呵呵地笑，让我们继续喝酒，“我想多赚点钱做点事。还有，这事你可不能写到小说里，否则那两个女孩看到了找我拼命。”

边红旗说得我们一愣一愣的。你摸不透一不小心他会怎么想。说实话，从边红旗住到我们的房子里一直到他离开，我都没法说清楚他到底是怎样的一个人。不过这也没关系，一明说，大家萍水相逢，只要相安无事，弄那么明白干吗。是啊，搞得太清楚也许就没意思了。我们碰到了就在一起玩玩，聊聊天，吃吃饭，生活说到底还是每个人自己的。

按理说，我和边红旗的关系应该是很不错的，但我很少向他打听生意上的事，在这一行有些应该是忌讳的。他平常也会说起一些，说了也就说了，都没往心里去，当一句笑话。有时候他也会找我和一明帮忙。比如翻译个东西，或者随便写点假材料什么的。翻译我不行，英文只记得二十六个字母了。这种事他都找孟一明。一明念书刻苦，英语这些年都没丢掉，加上在读书，又要复习考博，翻译一点小东西还是没什么问题的。我的字写得还不错，有什么假材料要钢笔誊写，他就找我。我写过三个，一个是毕业鉴定，我在那份假材料上过了一回系主任的瘾，签了一个后来怎么也想不起来的名字。另外一个是班主任评语，按照边红旗的要求，尽拣好听的说。还一个只是签名，大概是模仿某个单位的头头的笔迹，签之前练了大半个小时，把那个名字绕完了我都不知道写的是什么。但是很像。为此他又请我们吃水煮鱼。席间他说，和我们住在一起真不错，基本不要再求别人。原来每次翻译材料都要联系甘肃的一个外语老师，长途跋涉地把材料寄来寄去，因为北京这边找不到合适而又可靠的人。边红旗开玩笑说，我和一明都是从犯。我们就笑笑，大家在一起时间长了，对这些东西已经不再敏感了，在翻译和签名的时候，头脑里根本没有什么办假证的概念，只想到是在帮室友一个小忙，如此而已。

水煮鱼吃完了，刚到住处，一杯茶还没喝完，沈丹就打车过来了。我推推边红旗后背，让他赶快回自己的房间。一明和沙袖也暧昧地笑了，就那么回事，他们俩当然比我更懂。然后就听到洗手间传来水声，我开玩笑地问一明，你猜他们在干吗？

“你又在耍流氓了。”一明说，“轮到你，你的动静会比谁都大。”

我说：“沙袖，你看看一明，满口胡言。赶快把他带回去修理一下，动静最好不要太大。”

沙袖像往常一样，脸及时地红了，嘟囔着抱怨我，把一明拉走了。一明很乐意，他们俩已经触景生情了。

我百无聊赖地躺在藤椅里喝茶，电脑里的音乐想起来，觉得这些锣鼓笙箫的声音离我很远。别人的快乐离我也很远。也许是该找一个女朋友了，可是总以为时候不对，我感觉脚底下空空的，站不稳，这样的生活让我一直有漂着的感觉。也的确是漂着。可是这种漂着的难以生根的感觉，让我不愿意在爱情和婚姻上扎根。大概就这样。我没法说服自己安定下来，尤其是打开电脑，看到我敲出的那些字的时候，我不得不怀疑它们存在的意义。就这样，让我难过。

喝了一点酒，现在上头了，有点晕乎，半真半假地在躺椅上就迷糊过去了。我是被边红旗和沈丹的吵架声弄醒的。他们又吵了，为离不离婚的事。我听到沈丹说，你看我这样像什么？三天两头往这跑，半夜三更地再摸黑回家。我为什么不能跟自己的男人在一起，为什么不能有一个心安理得的家？

边红旗说：“你给我一点时间好不好？要离我也得回去再离吧，现在跟谁离？”

沈丹说："那你现在就回去，离不了就不要回来！"

边红旗说："都十二点了，我怎么回去？"

"好，你不回去我回去！"沈丹的声音突然放大了，带了一点哭腔。她把门打开了。"我现在就回去！我像什么呀？我不是个妓女，招之即来，挥之即去！"她穿过客厅，狠狠地带上了大门。

我听到边红旗穿着拖鞋在客厅里拖拉来拖拉去，然后敲响了我的门。

"兄弟，给根烟。"他说，"我的抽完了。"

"你怎么不追出去？"说完我又觉得不合适，我应该装作什么都没听到。

边红旗走到窗户边，伸出头向下看，点上了烟。"她打车了。车开了。"他说，"你看，女人嘛，就要跟你闹，闹完了什么事都没了。我知道的。"

我把音乐声音调小。边红旗沉默着抽完那根烟，掐灭的时候说："这烟，中南海，中南海。"停了一下又说，"兄弟，你说我到底该怎么办？"

"什么怎么办？"

"还有什么？女人呗。"

"你更喜欢哪个？"

"说不清楚。"他又点上一根烟，"在家里觉得老婆是世界上最好的女人，到了北京，又觉得和沈丹在一起其实也不错。"

"有种说法你试试。就是认真想着哪个女人要离开你了，如果你觉得有股尖锐的痛楚从小腹泛上来，那这个女人就是你最爱的。"

“早就试过了，是我老婆。可是如果把北京和我老家比作女人，离开北京我会更难受。”

“你就这么想待在北京？”

“我觉得北京更适合我，我能做出点事来。”

“让你老婆过来就是了。”

“她不愿意，她一直觉得北京很可疑。她希望能在那个小镇上安安静静地教书，她是个不错的小学教师。”

我也点上一根烟，“那怎么办？”

“我也不知道。”边红旗说，“快把我烦死了，搞假证也没这么复杂。有的女人你他妈的就不能惹，惹了一辈子就没办法清静。”

“谁让你光着屁股去惹马蜂的。”

“是啊，妈的，谁让我光着屁股去惹的呢。”

五

西苑那地方我去过很多次，从北大西门坐公交，很多车都经过西苑。如果从承泽园出门左拐，步行去那里也很方便。有一回一起去颐和园，边红旗指着西苑站牌附近的一条小巷对我说，沈丹家就在那里，就是那栋小灰楼后面的一个小四合院，沈丹祖父留下的，破得不成样子了，但听说很值钱，大概打算奇货可居。

边红旗租到沈丹家的房子，纯粹是一个偶然。巴沟不想待了，房东在他最困难的时候催得他屁滚尿流，他跟小唐合伙赚的第一笔钱就填补了欠下的房租，声明第二天就搬走。当时小唐就住在西苑，他说那地方有很多人家愿意租出空房子，只要价钱合适。他们俩花了一天的时间在西苑打听，傍晚的时候找到了沈丹家。沈丹的妈妈说，先前家里是住过一个房客，刚走，现在不太想租了，价钱太便宜，整天还跟着提心吊胆的，划不来，除非价钱合适。她和老头耳语一番出了一个价：每月六百。

边红旗和小唐说："每月五百吧。"他们实在不想再跑了。

老夫妻俩说："六百。还加上免费的洗澡间哪。"

边红旗说："五百。就是因为可以洗澡才出五百的，要不就四百了。"

他们为着一百块钱争执不下的时候，沈丹带着两个朋友回来了。边红旗说，当时他对沈丹没什么感觉，就是一个比较时髦的北京女孩，说不上难看，也说不上有多漂亮，很青春很活力的那种。她的一个朋友小声说，那是你们家亲戚？蛮帅的。沈丹就停住了，她本想穿过院子和朋友进自己的房间的。她站在边红旗对面，知道了他们争执的原因，就对父母说：

"五百就五百吧。闲着也是闲着。"

她妈说："丹丹，这钱可是都归你的，少了也是少你的。"

沈丹说："不就一百么，多这一百我也发不了。"

边红旗和小唐顺着沈丹这个梯子就上去了，坚持五百。老两口也不好再说什么，就答应了。后来沈丹告诉边红旗，所有的房租都是留给她做嫁妆的。

刚住进沈家，边红旗还很老实，从来不往歪处想，也没那个心思。老婆在远处如饥似渴地思念，还是个好老婆。办假证他刚出道，胆怯、谨慎，而且尽心尽职，生怕有一桩生意做不好。尝到甜头了，想赚点大的，又不敢十分深入，觉得两脚悬着，弄得整天心事重重的样子。他曾想过赚足了钱自己搞，所有东西都自己来，从拉客到制作一条龙，那样赚多少都是自己的。后来打消了这个念头，因为有个类似的家伙被抓到了，警察在他的住处搜出了制作假证的一套设备，挨了一顿打，罚了好几万，还被判了五年。这就太不值了。他有点怕，为了过好日子到头来蹲了班房，他不愿意，从此才定下心来做一个皮条客，凭一张嘴赚个差价。这一担子事放下了，边红旗才觉得生活比蹬三轮的时候轻快多了，好日子近在眼前，伸手就能抓到。他才开始注意到沈丹，这时候，他已经在沈家住了半年了。

根据边红旗的介绍，如果不是我的歪曲，应该是沈丹更主动一点。边红旗说，不记得具体日期了，反正是一个晚上，房东的女儿敲响了他的门，问他要不要开水。沈丹刚下晚班，坤包还挎在肩上。她站在门外微笑着，光影里边红旗觉得她突然有了点味道，女人的味道。他喜欢这种娴静的平和的女人的味道，他老婆就是这样的女人，处处都像一个女人，尤其是扎着围裙在厨房里忙碌的时候，边红旗心中总能在两秒钟之内升起温暖巨大的爱意，他喜欢在老婆做饭的时候从背后抱住她，把脑袋贴在她背上。这种时候他觉得自己像个踏实的孩子，老婆像他妈。边红旗在房东女儿的身上突然看到了一个女人，他慌得拖鞋都穿倒了。

“要开水吗？”沈丹说。

这句话边红旗已经听过很多次了，沈丹从天刚有了一点凉意时就开始给他送开水。她说边红旗一个单身的男人，大概连开水都懒得烧，不过是顺便，多烧一壶就是了。

“要吗？”沈丹又问。

“要，呵呵。”边红旗都有点结巴了，“要。”

门敞着，沈丹拎着水瓶到了门前。“水。”

边红旗走上去接住，说了声谢谢就往回走，准备放到床前。

沈丹说：“不请我进去坐坐？”

边红旗搓着手说：“请进，请进。你看，多不好意思，乱七八糟的。”

沈丹说：“单身汉的房间都这样。”她在椅子上坐下，“北京过得惯吗？”

“还行，我喜欢这地方。”

然后是一大段沉默，两个人都数着自己的手指头。

沈丹说：“我朋友说你很帅。”

边红旗说：“往哪帅？都老的不像样了。”

沈丹说：“瞎说，三十都没有老什么。”接着莫名其妙地小声笑起来。

跟着气氛就放松了，和谐了。其实早就很熟悉了。他们聊起来，不再只看着自己的手指，眼光谨慎地放到对方的身上去，经意的，不经意的，聊得很好。外面的风有点冷，沈丹伸手关上了门。她说她是百盛超市的收银员，边红旗说他知道，他在她工作的超市里买过东西，不过不是她收的钱。他们又笑了，觉得这种事也很有意思。后来又聊了一些，但是不多，因为沈丹的妈妈在院子里叫她了，说电话来了。

就这样，第一次深入一点的接触结束了。有了第一次事情就好办多了，未来的道路并不漫长。

这一段时间沈丹都是下午连同晚班，下班回到家大约十点。

父母是那种老派的市民，习惯早睡早起，天冷上一点就早早上了床，睡不着就坐在被窝里看电视、说话。现在沈丹也养成了一个习惯，就是进了家门先问问边红旗要开水不要。当然是要的，每次的回答都是肯定的。她还是先问。聊过天的第二个晚上，沈丹没有问，直接拎着水瓶敲了边红旗的门。第一下敲门声刚响，门就开了，边红旗站在门口。

“下午我看见你了。”沈丹说，“到超市去买烟。为什么不到我的收银台去？”

“怕你不要我的钱。”

“美的你！”沈丹笑着，把水瓶放到该去的地方，直起腰来斜着眼睛看他。边红旗又看到了一个女人。

“你很漂亮。”边红旗说，说完了立刻觉得自己俗不可耐，他知道自己心思已经出了问题。但是说出来了，而且被对方听到了。

沈丹低着头不吭声，坐下的时候差点碰到了椅子，边红旗伸出了手。其实没必要伸手，他想缩回来时已经迟了，沈丹抓住了他的手。她没有坐下，而是站起来钻进了边红旗的怀里。真简单，老边想，当年他花了一年的时间才算计到他老婆，现在就这么简练的几下子。怀里多了个东西，他倒觉得心里空了，有点紧张，莫名其妙的有点怕。他觉得自己应该表现得像个男人，于是把沈丹抱紧了，两个人找了半天才扭扭捏捏地找到对方的嘴。

对这一段我本能地产生好奇，我问他：“下面演什么？”

“什么也没演，亲完了就差不多了。有点快，我没反应过来。”

“压轴戏什么时候唱的？”

"三天以后。"

还是晚上。白天边红旗要出门做生意，租房子时他对沈丹的父母说，他是个搞推销的，白天上班晚上休息。他担心他们知道他是个办假证不愿意把房子租给他。三天时间足够他反应了，而且其后的几个晚上他们一直都在温故知新，边红旗的两只手到处乱跑，跑得他们两人都快受不了了。

边红旗等沈丹回来，十点半了还不见人影。他决定先洗澡。肥皂刚冲干净，有人推门，是沈丹。沈丹一手抱着衣服，一手捂住了眼，嘴里发出弱化了的惊讶之声，以表明她的闯入是无辜的。窗户的灯光在院子外面，又听不见水声。边红旗毫不犹豫把她拽进了浴室。接下来的事情在他的想象里已经发生过了很多次，唯一的区别是，他把地点搞错了。

门插上了，他们在热水存留的暖气里赤裸着身子，沈丹缠在他身上，像一根饱满的藤蔓。都是忍了很久的样子，有点凶狠，有点残酷，所以十分激烈。

边红旗气喘吁吁地说："我等你好长时间了。"

沈丹也气喘吁吁地说："我知道。"

边红旗说："我喜欢你。"

沈丹说："我知道。"

边红旗说："我是个办假证的。"

沈丹说："我知道。"

边红旗说："我已经有老婆了。"

沈丹说："我知道。"

边红旗说："你知道。你知道。你知道。你知道。"

沈丹说："我知道。我知道。我知道。我知道。"

结束以后，边红旗问她："你怎么什么都知道？"

沈丹说："我当然知道。"

边红旗说："你是怎么知道的？"

沈丹说："半年多了，什么事打听不到。"

边红旗长出了一口气，原来人家都知道，自己还绷着脸打算把能藏的都藏着，能掖着都掖着，没必要。

边红旗又说："你知道我是办假证的，又有老婆，干吗还跟我这样？"

沈丹说："你说呢？喜欢呗。"

这话听得边红旗浑身毛孔都舒展开来了。听听，喜欢呗。他觉得有点像那么回事了。他一直把婚外恋视为洪水猛兽，没想到这个庞然大物被北京女孩三个字就给消灭了。你再听听，喜欢呗。多好。听得他心安理得。

他们的关系秘密地维持了三个月才被沈丹的父母发现。都是该死的房租。老太太有一天对边红旗说，现在烧暖气了，过去的房租有点少了，加五十吧，顺便也把前两个月暖气费一块儿交了。边红旗爽快地答应了。过了几天，老太太问女儿，房客的房租交了没有？女儿说，昨天就交了。老太太又问，他交了多少？女儿说，当然是每月五百了，不是早就说好了吗？老太太是个过来人，大概梳理了一下这段时间以来女儿和房客的蛛丝马迹，觉得可能有问题了。事实上的确有问题了，自从他们俩搞上以后，沈丹就再也没收过边红旗的房租。每次边红旗装模作样地要交房租，沈丹就说，交什么交，留着买点补品吧。

边红旗嬉皮笑脸地说："我交的还少吗，哪个月不交个几十次？"

沈丹羞了，要打他，两人又抱在了一起。半个小时后，边红旗疲惫不堪地说，又交了一次房租。

老太太把她的疑心告诉了老头，老头给她这么一说，越想越像，汗都出来了。房客不过是个房客，来路还都没摸清楚呢。他们没敢声张，决定暗察。他们和平常一样，晚上早早就熄灯睡下了，到了午夜十二点，老太太摸黑起来，轻轻地敲响女儿的房门。里面的灯还亮着，就是不见回应。老太太觉得寒气开始上身，从脚底往上爬。她回到卧室，扼要地把情况跟老头说了，两个人趴在黑暗的窗前看着边红旗的小屋，两眼瞪得出了火。一点钟左右，房客的门开了，他们看到女儿抱着一堆衣服鬼鬼祟祟地跑回了自己的房间，女儿只穿着贴身的棉内衣，月亮在半天上明晃晃地照。

老两口泪流满面地拷问女儿，越问越多，房客竟然是个结过婚的假证贩子。老太太差点当场晕倒，老头子痛不欲生，家门不幸啊。沈丹倒很平静，说，反正都这样了。老两口一下子听懂了，"都这样"了，女儿都给人家"这样"了，他们不能不想得开一点了。

"你图他个什么？"

"我喜欢他，人好。"

"他是个办假证的！"

"我知道。"

"他结过婚了！"

"我知道。"

"你知道什么！"父亲气得浑身哆嗦，"你说你知道什么？你这是第三者插足！是和有妇之夫通，通那个！你什么名分都没有！"

"那我怎么办？"

"你真的断不了？"

"断不了，也不想断。"

"那好，让他离婚，明天就滚回家离婚！"

老两口的教育起了不小的作用，效果不在阻止沈丹和边红旗的交往，而是提醒了沈丹，对一个女人来说，仅有爱情是不足以保障的，还得有婚姻。沈丹觉得这么长时间实在是昏了头了，稍微动一点脑子也知道，没有一张结婚证书你拿什么拴住边红旗。他老婆离得再远还是老婆。她觉得父母说的对。她找到了边红旗。

"我要你离婚。"沈丹说。

"你怎么突然有这个想法？"

"我为什么不能有这个想法？"

"我不是说了我结过婚了吗？"

"我不知道！"

"我也告诉过你，我是个办假证的。"

"我不知道！"

"你不是什么都不在乎的吗？"

“我不知道。我什么都不知道！我就要你离婚！”

边红旗头都大了，果然是天下没有免费的午餐。这女人，头脑犯晕的时候什么都知道，一清醒了就什么都不知道了。边红旗无话可说，吃了几个月丰盛的大餐，人家逼着统一付账了。他气呼呼地摔了门出去了。他希望沈丹能够再次想通，就像当初一样，两眼盯着所谓的爱情，而不是像十字架似的婚姻。他不想离婚。

好玩的是，沈丹的父母突然也回过神来了，开始反对他们俩在一起，离了婚也不行，理由是边红旗不是北京户口。工作可以暂时放一放，有没有北京户口是大事，谁知道他以后会跑到哪儿去。沈丹不答应，她就是不愿意断，用她的话说，她想跟红旗过一辈子。边红旗听了头皮都发麻。他们不断地谈判，终于有一点击中了边红旗的要害。

沈丹说：“你喜欢我吗？”

边红旗说：“喜欢。”

沈丹说：“你喜欢北京吗？”

边红旗说：“喜欢。”

沈丹说：“你想留在北京吗？”

边红旗说：“想。”

沈丹说：“我们结了婚你就可以一辈子留在北京了。”

边红旗勾到裤裆里的脑袋抬起来，死鱼一样的眼里放出了光。他觉得手心里出了汗，什么话都不敢说，怕说错了。沉默是金，先沉默才有可能抓到金子。过了半天他才说：

“你让我想想，离婚是需要时间的。”

这句话里充满了希望，成了沈丹以后很长时间里安慰自己的工具，也是她和父母相持的武器。看得出来，沈丹是那种坚忍不拔的人，从她和边红旗吵架中就能发现，她喜欢把自己的想法顺利地贯彻到底。老头老太太的反对无效，只好妥协了，没办法，女儿已经跟人家“这样”了，而且现在依然“这样”，甚至都不太注意回避他们老两口了。他们只好寄希望于边红旗早点离婚，偏偏边红旗只说不练，拖拖拉拉一个婚一年了也没离掉。他们也没辙，婚是人家的，你急没用，他们就唠叨，边红旗一回去他们就唠叨。边红旗终于受不了了，就搬到我们那里了。

从三月份开始，流行于广州的非典型性肺炎就开始向北京转移。开始大家都没当回事，再非典型它也是个肺炎。二月中旬我给家里打电话，姐姐说，家里现在到处都在抢购白醋和板蓝根冲剂，听说可以预防广州的那种肺炎，让我赶快到药店去买点，防患于未然。我安慰姐姐说，别听谣言，广州人最喜欢大惊小怪了，报纸上不是说已经差不多了。那时候的报纸的确是这么说的，没什么，能有什么？广州人畏之如死，让我好笑，觉得是一场闹剧，有点隔岸观火的冷嘲。没想到好日子不长，非典型性肺炎过来了，人们愤恨地简称为“非典”，医学界则用科学地称之“SARS”。

这个叫作非典和SARS的东西在四月中旬开始像股市和国际新闻一样挂在了北京人的嘴上。伊拉克战争的枪声零零落落地响，一般市民的神经已经被拖得疲沓了，在伊拉克战争几乎不再成为新闻时，非典像一盆冷水，让整个北京激灵了一下，然后哆嗦不止。北京人原来比广州人更怕死。

五月份非典开始进入高发期，报纸和新闻整天都在头条报道最新情况。我订了一份《北京青年报》，头版中下位置每天雷打不动一个报告：今日新发病例多少，疑似多少，死亡多少，出院多少。第二版详细地介绍病人所在区域。后来又增加了外地非典信息，全国在今天的非典状况一目了然。终于看得我头皮发麻，我也害怕了，不能不怕。大街上行人开始减少，几乎所有人都戴上了口罩，有的还戴上了手套和帽子和眼镜，因为传闻曾说，病菌也可以存留在头发和手上，还可以通过角膜传染。宁可信其有，不可信其无。不仅他人成了地狱，就连自己也不安全了，你没法完全相信你自己，你不知道什么时候你的头发、你的手、你的角膜将会和空气中的一颗病菌合谋起来置你于死地。我们惴惴不安，担心非典的鬼魂附体。

我有了一个很好的借口逼迫自己待在房间里写小说，因为外面乱糟糟的，太不安全。白天写上一天，晚上再写一会儿，然后在十一二点钟下楼散步，散步回来看碟。很有规律，因为哪里也去不了。很多地方都关了门，朋友上班的也越来越少了，都蜗在家里，有事就打电话。非典期间其实是我的好日子，我完成了长篇小说的初稿，看了六七十部碟。一明的课后来也停了，上不下去，听说北大出了一例非典患者，医学部还有一位年轻有为的教授牺牲在岗位上。一惊一乍的，能停的都停了。出门的主要是边红旗，他在家里待不住，待了半天就烦。沈丹开玩笑说，他就是沿街乞讨的命，待着不动就活不下去。

边红旗的确是待着不动就活不下去，但是他出去不是为了沿街乞讨。没人可以乞讨了，正儿八经干正事的都轻易不敢上街，何况想办假证的，海淀周围已经没人有心思再去看公交车站牌上贴的办假证的小广告了。开始的时候，边红旗每天回来都说，妈的，生意难做，要办证的是不是都得非典死绝了？转了一天连个暧昧的眼神都没见着。后来他就不再提生意上的事了，而是及时向我们报告外面的最新动态。比如哪家饭馆熄火了。哪家娱乐场所关门了。硅谷附近怎么门可罗雀了。又说，大街上车子少多了，公交车常常空荡荡地晃来晃去，没人敢坐了。坐出租的也少了，有钱的都去买私家车，没钱的就只好改骑自行车，或者步行，因为一夜之间人人都明白了提高体质的重要性。他还断言，非典期间北京私家车的增长率一定远远大于同期的任何时候。

“反正满大街都是口罩。”边红旗摘下自己的口罩说，“我进承泽园的时候，门卫差点没让我进。我戴了口罩他就不认识了。他让我带话给你们，下次出门一定要把出入证带上，马上要换一个新来的门卫。”

边红旗说，到处都在查证件，非本单位本住宅区的一律不让进入。为了让沈丹能够和过去一样出入承泽园，边红旗给她也办了一个出入证。有一天小唐也来了，我很奇怪他是怎么进来的。他说当然是凭证进来的，然后对我亮了一下他的出入证，上面有他的照片，写的地址却是我们的房间，他还特意注了“左岸”两个字。

我问小唐："你什么时候办的证？我们几个是统一办的。"

小唐一脸狡猾的笑："别忘了我是干什么的，办假证的。"

因为非典，边红旗也很少到外面的馆子里吃了，和我们搭伙，轮流买菜，沙袖掌勺。有时候是沙袖和沈丹两个共同在厨房里忙活。沈丹现在空闲的时间多了不少，非典同样极大地影响了超市的生意，客流量只是原来的三分之一。顾客们带着双层口罩，一次至少要采购一周的用品，大包小包地往回拎，因为超市是人口密集的公共空间，传染的概率比较大。她经常可以轮到歇班，歇了班就来找边红旗。买菜，做饭，吃饭，温存一番，然后为离婚的事吵架，吵完了就骑着边红旗给她买的电动自行车回家。不吵架的时候一般心情都比较好，就叫我们几个陪他们打扑克。打八十分，沈丹放苍蝇的技术很高。

周末的一个早上，沈丹打电话告诉边红旗，她进承泽园的出入证丢了，问他怎么办。当时小唐也在，小唐说，还能怎么办，搞个假的呗。然后他就回去了。大概一个小时以后，小唐挎着一个小包回来了，往桌子上一摊，纸片，印章，刻刀，封塑薄膜，印泥，一应俱全。我第一次目睹制作假证的全过程。小唐按照出入证的格式，在我的电脑上打印了纸片，然后让我模仿真本上的字迹写好有关文字，贴上沈丹照片。他在一边刻章，大约一个小时，印章搞定，在一张白纸上试了一下，很像那么回事。午饭之前沈丹的出入证就弄好了。他让边红旗给沈丹打电话，只管过来，到时候边红旗把她的出入证送下楼去。

我和一明、沙袖他们多少有点大开眼界，就这么轻松就做好了。这就是办假证。

小唐说："这是正儿八经的小儿科，我只会搞这一点。看毕业证造假那才叫过瘾，水纹，暗记，全是专业人员电脑分析出来的。纸张也要特制的。"

我们只有瞪大眼睛的份了。果然隔行如隔山啊。

那天我们四个男人碰巧了都无聊，就放开了肚皮喝酒，我酒量不行，喝了两瓶啤酒就爬到床上睡觉了。一觉醒来，他们喝完了，清醒的只有边红旗，一明和小唐的筷子都抖了，总是夹不住菜。我继续躺着，不想起，听他们叽里咕噜地说酒话，接着迷迷糊糊又睡了过去。后来，我被沈丹的哭声弄醒，他们又吵了。

沈丹说："再不离我就死给你看！"

边红旗说："那我明天就回家。"

沈丹说："非典这么严重，你怎么回去？我不放心。"

边红旗说："你到底想不想我回去？"

沈丹说："我也不知道。"

边红旗说："好，好，我回去。反正待在这里也赚不到钱，回去算了。"

沈丹就算默认了。这么长时间以来，他们总算达成了一点共识，就是边红旗最近就回家，把婚离了。但是怎么回去是个问题。外面传闻，北京居民外出受限，很多地方都在歧视北京来客，担心他们把非典也顺便带过去。据说有个在北京打工的小伙子刚回老家，又被村里人赶了出来，村领导找了几个壮汉，硬是把他拖到了村子外面，从公款里拿出几百块钱，让他想办法再回到北京去。更有甚者，地方上的领导公开通知客居北京的人，不得随便返乡。我一个朋友告诉我，他们那地方的火车站贴了告示，凡有举报北京来客者，每个奖励人民币五百元。能不能回得去，这是个问题，还有一个问题是，如何在途中避免病毒感染。汽车火车都不保险，飞机更难说，空气流动差，感染的机会更多。

“那怎么办？”沈丹说。

“什么车都不能坐，自行车还不能坐吗？”

边红旗的回答吓了我一跳，从北京到他们家，大概不少于一千公里，骑自行车还不骑死。小唐半梦半醒，听了也不免兴奋，说：

“边哥，真的假的？你骑车回去？”

“有什么？我爹当年贩卖私盐，牵着毛驴一次就步行五百里，不也过来了？”

“都老皇历了，那是什么年代。你真能骑回去，我就陪你。”

“好，就这么定了。我们就骑自行车回去。”

小唐的酒一下子醒了，噌地从椅子上坐起来：“真干？”

“真干。”

小唐打了一个饱嗝说：“这下亏大了。”

边红旗的决定让所有人都觉得不可思议，在一个交通如此便利的时代，这种做法完全是超出我们的想象力的。送走了沈丹，边红旗和小唐就商量起了骑自行车回家的事。这家伙做事常常让你不知所措，他不按常理出牌。非典在北京刚刚兴起时，他老婆打了好几次电话让他回家，说家里更安全。边红旗不回去，他说这边挺好的，不是出门就能撞上非典的，大不了待在屋里睡觉。他对我说，的确是不想回去，待北京两年多了，回到家反倒不适应了，他还是喜欢待在北京，没事也喜欢。现在他突然又要回去了。我想可能是被沈丹逼急了，一个女人在你耳边把同一句话唠叨了一年，你就是块石头也受不了。

小唐问他："真离？"

边红旗说："真离。"

小唐说："想结婚不容易，想离还不好办。我帮你。"

他们第二天到商场里买了两辆赛车，要撅起屁股才能骑的那种。一人一辆。然后是准备，地图，食品和水，背包，墨镜，返乡的详细路线。出发之前他们憋足了劲睡了一天一夜，第二天凌晨四点就出发了，那是为了减少出城的麻烦，他们怕在路上遭到交警的盘问。我起床时已经上午十点，看到边红旗留给我的便条贴在门上，他祝我健康，还在开玩笑，让我无论如何也要活过这场非典。一明门上也有一张便条，边红旗让他们快点结婚算了，早晚的事，越迟麻烦越多。

我刷牙的时候接到沈丹的电话，问我边红旗走了没有，她说他的手机关了。我说边红旗四点就走了，便条上注明了时间，大概是为了节约用电才关机的。半下午的时候，边红旗给我发了一条信息，说他到天津了，一路狂奔，两条腿快变成木头了。

他们沿着京沪高速公路走，沿途能找到地方住就找地方住，找不到就在路边找一个避风的角落睡上一觉，醒了填饱肚子继续上路。我每天都通过手机信息打听他的行程，他回信说，越来越觉得做人真他妈的荒诞，就这么跑，像西西弗斯，累得都想死在路上了，但是没办法，还得跑，上了路就回不了头了。不知他指的是什么，是赶路这件事还是关于离婚的事，或者二者得兼。半个月后，他和小唐终于穿过辽阔的天津、河北和山东地界，回到他的苏北小镇。他打电话给我说，像死了一回，又像活了一回，总算是回来了，裆部都快被车座磨烂了，现在吃饭都得站着吃。真他妈的鸟鸟。

边红旗在家的日子具体好不好过，我就不得而知了。我们的联系主要是手机信息，隔三岔五也会打一次长途电话。信息往来中，他只提到过沈丹两次，更多的话题是，他开不了口，一看到老婆安静贤惠的样子他就成了哑巴，怎么离。这样不行，他说，我得找机会说。可是一个月差不多过完了，他还是没找到机会。他跟我说，他还是开不了口。

“北京的非典如何了？”

“如火如荼。”我说，“是不是离不了了？”

“不知道。老婆是感觉到了，可就是不说话。实话跟你说了吧，自从回到家我们就没干过那事。开始是她排斥，后来我就不行了，有心理障碍，一想到回来是为了离婚，就他妈的心虚，心一虚就什么感觉都没了，不像个男人了。彼此心照不宣，天也热了，就背靠背睡。半夜里她经常哭，我听见了，只能装作睡着了。妈的，没办法。”

“那你打算怎么办？”

“不知道。过一天算一天，希望她能主动提出来。想回北京了。”

边红旗在家很无聊。那里防非典防得也很可怕，他们刚回到家，当天晚上镇上领导就知道了，戴着口罩和秘书登门，后面跟着一个医生。医生先给他们测量体温，确保一切正常了领导才开始和他们说话。都是套话，希望他们一周内不要随便出门，要留在家里观察，一周后仍然没有发烧迹象才能和正常人一样到外面活动。又详细地询问了首都的非典状况，慰问了一番才离开。这一周不能出门，他就待在家里给朋友打电话，聊天。正巧一个朋友跳槽到县里的报社做记者，听说他从北京回来了，就骑着摩托车来采访他，让他说说对北京的感受，以及眼下中国人都关心的北京的疫情。边红旗哗啦哗啦说了一通，总的意思只有一个：不管怎么说，北京是个好地方。

过了一周，报纸出来了，题目就是《北京是个好地方》。当然，在文章里朋友没有说他是个办假证的，而是说，边红旗同志是个孤身闯京城的猛士，是他所在的镇上第一批在北京打工并获得初步成功的年轻人，完全可以成为青年人的楷模。边红旗在电话里把报纸念给我听，很得意，说这辈子总算上了一回报纸，还是个正面形象。

上报纸的兴奋劲儿过去了，边红旗又无聊了。小唐更无聊，他原来以为边红旗回家后很快就能把婚离了，没想到一拖再拖，让他攒足开口的勇气大概遥遥无期了。更要命的是，从北京回来很不容易，现在要离开小镇回北京更困难。他们给市里的汽车站打电话，竟然被告知开往北京的客车已经停了好多天了，一切为了防非典，地方上不惜切断和外界的交通联系。小唐没办法，他实在不想再把自行车骑回去，他怕死在路上。所以不得不百无聊赖地待在边红旗家。他们俩没事就喝酒，喝了酒就睡，瞎玩，竟然无聊到给边红旗家的狗和猫分别取了一个让人浮想联翩的名字。看门的大狼狗叫西门庆，因为见到有狗从门前经过就兴奋不已。那只整天昏昏欲睡的白猫叫潘金莲，小唐说那只猫老是向他软绵绵地抛媚眼。

刚开始小唐还动员边红旗挺起腰杆来，向老婆说明一切，他说只要边红旗挑明了，他就可以帮上忙了，可是边红旗就是挺不起来，小唐也灰心了。过了一段时间，小唐连动员也免了，他在电话里说，他深刻地体会到了边嫂的贤惠淑贞，换了他他也开不了口。他成了一个名副其实的食客，吃了睡，睡了吃，实在睡不着了就和边红旗一起出去玩。边红旗的老家那儿也没什么好玩的，一片毫无特色的大平原，没山没水，连点古迹文物都找不到。当他们俩在野地或者哪个俗不可耐的娱乐场所里玩时，就痛心疾首地怀念起北京了。比小唐的怀念更深刻的是边红旗，他连着好几夜梦见北京了。我问他是不是梦见沈丹了，他说不是不是，他现在害怕梦见沈丹，他梦见的是一盆盆总也吃不腻的水煮鱼。

"我都快想疯了，真想吃。"边红旗说，"我让老婆做，她做不好。这边没人能做的好。北京怎么样了？能不能回去？"

"再等等吧，听说又要来一个发病高峰。"我告诉他，"水煮鱼不能吃太多。刚看了报纸，上面说，一个家伙吃水煮鱼吃多了，就是吃辣吃多了，毒素一时排不出去，就在屁股上害疮。两个大疮，流脓，为了清除脓和坏死的腐肉，只好在屁股上钻洞下捻子，一下下了十几厘米。还有一个家伙屁股上下了十根捻子。"

"下二十根捻子也想吃。只要嘴巴能快活，屁股吃点苦也值。"

边红旗在家的事情很少，除了想想北京的水煮鱼，唯一烦心的就是如何向老婆开口。沈丹这边他基本上不要烦神，离开北京之前他就嘱咐过沈丹了，为了能够顺利离婚，沈丹千万不要贸然给他打电话，发手机短信也要谨慎，以免坏事。沈丹很认真地遵守了，因为离婚这种事有时候要讲究艺术，该快的时候要快，该慢的时候，你必须得让它慢下来。沈丹的短信都是先发给我，我再转发给边红旗。沈丹在短信里只重复两句话，一是她想边红旗，第二句就是问他谈妥了没有。说得比较隐蔽，这样我发给边红旗就不会引起他老婆注意了。

后来边红旗告诉我，其实他老婆有一次主动问过他，当时他们是背靠背躺在竹席上，睡不着也装着想睡。老婆突然问他："北京的那个长得漂亮吗？"

边红旗以为她在说梦话，也没反应过来，就没应声。他老婆又问了一句：“漂亮吗？”

边红旗一脸无辜地说：“什么漂亮吗？你说谁？”

“北京的那个女的。”

“哪个女的？”

“她。你的那个女人。”

“别瞎说，我哪有什么那个女人。”

“你不想说就算了。”他老婆轻声地抽泣起来。

“没有我怎么说？”

“你变了，北京把你给变了。”

“我哪儿变了？关北京什么事！”

他用手碰了一下老婆的屁股，这是他过去哄她的习惯性动作。当他的手落到老婆身体上的时候，她的身体抖了一下，他也抖了一下，赶紧把手拿开了。他没有勇气把手放的时间哪怕延长一秒钟。“睡吧，别瞎想了。”他说，“什么事都没有。”

这句话彻底断送了他挑明真相的勇气，说过之后他就后悔了，他知道，以后哪怕透露出一点关于离婚和另一个女人的信息，都是自己给自己来一记耳光。他把自己送进了绝望的沼泽地里，爬不出来了。也许从一开始他就知道，离婚是一件遥遥无期的事，他知道自己，更知道自己的老婆。她的温柔贤惠让你无话可说，因此也让你痛苦不堪。所以他又想离开小镇回北京了。沈丹对他的折磨不过是听觉和视觉上的折磨，而老婆于他却是精神上的、灵魂上的炼狱，让他时刻感觉到自己是怎样昧着良心活着的。

六月中下旬，他和小唐准备回北京了，那会儿北京虽然很多公共场所还没解禁，但是疫情已经完全控制住了。《北京青年报》头版中下方的小方框里，已经连续好多天表明，该日的病例为零。就在他要无功而返的那几天，出了一件谁也想不到的事：他老婆和小唐抱在一起的时候被边红旗撞见了。

那天午睡起来，已经四点多钟了，边红旗起来后一身大汗，他想到镇子北边的运河里洗个澡。他让小唐一块儿去，小唐不愿去，正抱着西瓜在电视前看碟片。边红旗就一个人骑着摩托车去了。他避开周围洗澡的人，独自找了一个偏僻的地方洗了一个百无聊赖的澡，想游上一会儿，游了几米远就觉得气不够喘了，有点恼火，这么快就衰了，于是冲完肥皂就上了岸。他骑着摩托车进了镇子，快到家时遇到了本家的一个堂弟，正猴急地要去商场买东西，见了他大叫，要借他的摩托车用。就给了他。大门敞开，他甩着毛巾向屋里走，电视的声音开得老大，他伸头向里看了一眼，眼珠子差点掉了下来。电视上画面变换，电视前面的沙发上，小唐和他老婆抱在一起。他看见小唐的后脑勺在动，他的嘴显然在寻找他老婆的嘴。

边红旗当时突然就被击垮了，毛巾从肩头上滑下来。一种荒诞感让他悲愤不已，悲哀和愤怒。他处心积虑地要离婚，就得到了这个结果。他老婆眼睛闭着，下巴高高抬起，一脸痛苦，脸上的泪水还没干。边红旗跳进屋里时差点摔倒，右脚踩了左脚的拖鞋。他抓着小唐的T恤一把将他扔到了一边，顺便给了他的右腮一拳。他老婆睁开眼，叫了起来。

“你给我起来！”他指着老婆喊，声音都变了。

他老婆站起来，下意识地后退了两步。此刻小唐捂着半边脸跑到他前面，结结巴巴地说：“老边，你听我说。”

“听你说什么？”

“我是想帮你。”

“就这样帮我的？你他妈的为什么不到床上去帮？！”

“边哥，我不是——”

“你给我滚一边去！”边红旗眼都红了，指着老婆，“你说！”

他老婆突然镇定了，大义凛然地擦干眼泪，说：“说什么？你不是都看到了？你外面有女人，为什么我就不能有男人！”

小唐争辩着：“嫂子，你怎么这样说？”

“你给我滚一边去！”边红旗对小唐吼起来，指着老婆的手开始哆嗦，“好。好。”他眼泪跟着就下来了。

边红旗快速地向门外走，走掉了一只拖鞋也没回头去捡，就这么一只赤脚一只拖鞋到了院子里。他老婆此刻开始大哭，他觉得她的哭声很可笑。那只名叫潘金莲的白猫不识时务地挡在路上，边红旗又看到了某种象征，他的光脚抡起来，潘金莲尖叫着起飞，一个黄昏时分耀眼的弧度，嘭地撞到了南墙上，四肢抽搐一阵就安静了。边红旗觉得脚有点疼，低头一看，白猫在飞出去时救命似的想抓住一点东西，把他的脚面抓破了，血珠渗出来。他又看到了那条叫西门庆的狗，此刻正茫然地看着他，然后又转头去看叫潘金莲的猫。边红旗顺手操起倚在桃树上的铁锹，气势汹汹地向西门庆走去。西门庆感到大事不好，夹起尾巴跑出了院门，一路委屈地哼唧。边红旗用力把铁锹掷出去，还是落在了狗的身后。

晚饭之前出奇的安宁，边红旗坐在茶几前吃西瓜。其实不想吃，他空荡荡地一片片削着西瓜，想起来就放一片进嘴里。他说不清心里什么味，莫名其妙地想哭又想笑。小唐犹犹豫豫地走过来，在他对面的沙发上坐下来。

“边哥。”小唐说，两只手放在茶几上不安地蠕动，“边哥，你别误会，我真是想帮你的。嫂子问我沈丹的事，我只是想安慰她一下，没想到，我，我看到嫂子伤心很心疼，就——”

“就什么？”

“就给你看到了。”

边红旗的火噌地又起来了，小唐没有任何防备。边红旗突然摁住小唐伸过来的左手，右手上切瓜的菜刀跟着就下来了。小唐的叫声撕心裂肺，像泡沫擦过玻璃，边红旗的老婆从厨房里跑过来，她看到了小唐抱着自己的左手在沙发边上跳舞，左手的中指和无名指的第一个骨节连同指甲血淋淋地躺在茶几上，边红旗的脸上溅了几滴血，刀还在手里举着。她站在门口放声大哭。

小唐的两个指头在小镇上没能接上去，医生的能力仅限于帮他止血、包扎、防止感染。两天以后，小唐抱着他的伤手离开了边红旗的小镇，那时候市里去往北京的班车重新开通。边红旗送他到车站，一路上两人一句话也没说。

不知道边红旗后悔了没有，他没说，事后的想法他也没有告诉过我，也许他有所忌讳。我知道这种时候，他的心里一定和麻一样乱，和麻一样复杂。小唐离开之后三天，他也回到了北京。当时的北京刚刚全面开禁，非典之后的生活渐渐变得和非典之前的生活一样，街上的人多起来，陆续摘掉了口罩，公交车重新开始拥挤。

边红旗回到北京的当天晚上，我请他和一明、沙袖去北大东门外的蓝旗营吃水煮鱼，那儿有一家很不错的川菜馆。为了给边红旗接风，也是小小地庆祝一下，我的长篇小说已经和出版社签了合同，八月份就能出来。去饭店之前，我问边红旗要不要把沈丹叫上，他说不要叫了，沈丹还不知道他已经到了北京，他现在也不愿意让她知道，他想安静两天再说。吃饭的时候，沈丹给我发了短信，让我转告边红旗，北京已经全面开禁，离了婚就可以回来了。我问边红旗怎么回，他说，告诉她，还在磋商阶段，会尽快回京的。我按原话回了。

我们要了两盆水煮鱼，边红旗要放开吃。一明也提起屁股上下捻子的事，沙袖说他净拣吃饭的时候恶心人，老边气色不好，应该让他好好吃一顿。边红旗说无所谓，就是谁把下了捻子的屁股撅在他面前，他也照吃不误。

那顿饭吃得很痛快，喝的也很痛快。边红旗喝多了，闷着头喝，很少说话。本来打算边喝边聊，了解一下离婚的进展状况的，我们也不好多嘴了，就拣好玩的事说，非典时期的奇闻怪事，已经人面对疾病的恐惧。

拖拖拉拉吃到了十一点，离开的时候留下一大串空啤酒瓶子。六月底的天气已经比较热了，夜晚还好，有点黏稠的凉爽。边红旗诗兴大发，要到高处看一看，我们就上了万圣书园前面的天桥。都市的夜景看上去很美，车辆从脚底下穿过，拖曳着流动的灯光，车显得很小，人站在桥上觉得自己也很小。对面不远的地方是夜间的北大校园，那些雍容的建筑伏在大地上，安静而又庄重。校园里灯光稀疏，一副沉醉不知归路的样子。边红旗双手撑在栏杆上，嘴里咕噜咕噜地响，我以为他要吐，谁知道他竟做起了诗。一共三句：

啊，北京

我刚爬到你的腰上

就成了蚂蚁

一明说，你还打算爬到哪儿？沙袖笑出声来，大骂男人的无耻。我刚想也凑上一嘴，手机响了，响了两声就挂了。我看看号码，是沈丹的，还有两条短信。打开一看，也是沈丹的，饭店太吵，手机响了我没听见。第一条说的是：他是不是离不了？看来我爸妈说的对，他根本就不想离！第二条是：怎么不回话？是不是他嫌我烦？我就烦，他一天不离我就烦他一天！全用惊叹号结尾。我把短信给边红旗看，边红旗看完了又咕噜咕噜地说：

“离婚，离婚，离他妈的鸟婚！”

他的手掌击打着栏杆，忽然哇地吐了出来，他真是喝多了。酸腐的秽物越过栏杆自由落下，恰好落到了一辆从桥下经过的别克轿车上。小车紧急刹了一下车，为了防止后面的车追尾，又向前行驶了一段才停下。一男一女从车上下来，凑到车前挡风玻璃上看了一眼，那个男的顿时大骂起来，急吼吼地向天桥这边来，穿着短裙子的女人在后面企图拉住他，但是那个男的还是过来了。我知道惹事了，叫上一明跟我下桥向人家赔礼。

“真是对不起！”我说，“我朋友喝多了，吐到您的车上，不好意思啊。”

那个男的说：“对不起就完啦？车脏成那个样子我怎么开？”

我想最好还是息事宁人，就提出来给他擦，可是擦也不行，那么多一摊。我和一明把口袋里所有的卫生纸都用光了也没擦干净。

“这样吧，先生，麻烦您洗一下车，费用我来出，怎么样？”

那家伙看看我和一明，又看看身边的短裙女人，脖子一梗，挥挥手说：“算了，我自己来吧，车都买起了还在乎一点洗车的钱！让你的朋友下次少喝点，管不住自己的嘴就往厕所跑，别在大街上乱搞。简直是破坏伟大首都的形象！”

我和一明不住地点头。他们上了车走了，我们才笑起来，男人呐，死要面子活受罪，就为了在短裙子跟前长点脸。

回去边红旗倒头就睡，半夜里渴醒了，爬起来问我要水喝。一声不吭灌下去两杯水，扔下杯子又回去睡了。他的状态显然有问题。此后的两天他都没有上街，也不提办假证的事，就待在房间里，在自己房间里抽一会儿烟，然后再跑我的房间里抽一会儿烟。问他话，他就说，什么都不想说，像做了一场梦，说不好。他把手机关了，让我转告沈丹，就说他的手机出了毛病，正找人修。他以为这样就能清净两天。

一天中午，我们刚要睡午觉，有人敲门。边红旗去开门，打开门就愣了，沈丹站在门外。沈丹也愣了，她揪着边红旗的T恤说：

“你不是在家吗？你不是在修手机吗？”

“回来了。”边红旗说，“你怎么知道我今天刚回来？”

沈丹没理他，直接进了他的房间，她在里面巡视了一番，然后把满满一烟灰缸的烟头端到边红旗的鼻子底下。“你骗我！你一直在骗我！你说实话，你来了多少天了？”

“没几天。真的没几天。”

“一天也不行！你说要再过几天才能回来，你一直在骗我！”

“我只是想休息两天再找你。你看我这精神，你来了我也什么都干不了，大家都难受。”

边红旗的调侃多少收到点效果，沈丹不再继续追究为什么来了不通知她，她开始追问离婚的事。

“这个我抽空再和你细说。”

“不要细说。”沈丹说，“就直说，一句话，离还是没离？”

“怎么说呢，你听我慢慢解释。”

“解释？我都听你解释一年多了！边红旗，你直说，你是不是要跟我解释一辈子？”

“小点声，别让人家听见了。”

“我偏不！我就大声，丢人都丢到家了我还怕什么？你骗我，你离不了还骗我！”

“离！我他妈的一定离还不行吗！”

动静小点了。他们关上了房门。沈丹走后边红旗说，她是到海淀买东西，顺便经过这里，她想在他回来之前，帮他把床单、被罩什么的给洗一下，没想到却撞了个正着。他们说了些什么，做了些什么我就不知道了，我睡着了。午睡起来，边红旗红着眼在抽烟，一副失败者的狼狈相。

“不行了？”我想开个玩笑。

“早就不行了。”边红旗笑得像哭，掐灭烟头的动作都比过去迟钝了，“他妈妈的怪事，你怕女人它也跟着怕，怎么也不听使唤了。没治了，都怕了。”

“沈丹怎么说？”

“还能怎么说？她对我很失望，说我离婚不力。我说力不力你都看见了，这就是我闹离婚的见证。”

“你到底打算怎么办？”

“不知道。她说以后只要有空，下了班就过来，让我当她的面跟我老婆谈离婚。”

“没办法，世上有个性的女人都给你摊上了。她竟然还没绝望，要是我，早绝望几百回了。”

“好像有点绝望，她爸妈说，我离不了。她不甘心。说实话，我也绝望，我觉得我早就绝望了。”

沈丹不再像过去那样，几乎每个晚上都来，她常常对边红旗说，她有点累，也许已经看到了将来，今晚就不过来了。边红旗且喜且忧，喜当然是少受一点逼迫之苦，忧的是觉得好像在一点点失掉沈丹。他也说不清楚为什么会这么想，他跟我说，看来男人有时候更贱，我到底怕什么呢？他都不知道我哪里知道。事实上沈丹只逼着他给家里打过一次电话，长时间没人接，挂掉后边红旗出了一身的汗。

一天早上，我正在做梦，边红旗把我叫醒了，让我赶快起来帮他一个忙。我问他什么忙这么急，他说他老婆来北京了，已经到了莲花池车站，让他去接站，她是第一次来北京，不识路。他认为他老婆这次一定是来者不善，让我跟着去解解围，天大的事也到了房间里再说。

我们打车到了莲花池车站，我们的边嫂正坐在候车室里默默地抹眼泪。见到陌生人她很不好意思，赶快把泪水都擦干了，对我露出友好的微笑。尽管生活在小镇上，边嫂给人的感觉却很好，眉眼清爽闲静，尤其身上的某些气质，是都市里的时装装饰不出来的，朴素，大方，很有女人味。看到她你就不自主地会想到温暖的家庭和幸福的生活。我想这也是边红旗大概也是边红旗迟迟开不了口的原因，一个好老婆，丢了就再也找不回来了。

上了车他们俩就没有正儿八经地交谈过几句。为了避免尴尬冷场，我充分发挥了大功率电灯泡的作用，一路都在询问边嫂旅途是否愉快，工作是否满意，因为我妈也是小学教师，找到了一点共同语言。我喋喋不休地说，不知道她烦没烦。到了宿舍，他们关上门我就解放了，赶快找水润嗓子。

他们关门的时间不长，一个多小时，边嫂出来洗澡，换了一身干净的衣服。收拾好了边红旗就叫我和一明、沙袖一起去吃饭。当然是水煮鱼。当着我们的面，边嫂有关他们俩感情和离婚的话一句都没说，说的都是上得了台面的话，怎么看都是一对恩爱夫妻。她向我们表示感谢，这么长时间来对边红旗的照顾和帮助，她说他是个生活上粗枝大叶的男人，有什么冒犯我们的地方还请原谅。完全是一个心地坦荡的好妻子。边红旗只在一边吃，脸上波澜不惊，偶尔笑笑，一个幸福的丈夫模样。

边嫂给他夹菜，夹了很多水煮鱼里的豆芽，她说："红旗喜欢吃水煮鱼，其实倒不是因为鱼，而是喜欢这菜的辣味和豆芽。"

我听了悚然一惊，细细想来，边红旗的确很少吃鱼，更多的是吃豆芽。我看看一明，一明也颇有会心，惋惜地摇摇头。沙袖正在给一明夹菜，他喜欢吃剁椒鱼头的鱼脑。边嫂一顿饭把我们三个全给搞定了。

午饭过后，他们俩直接出门，去看北京。我们回去，一路上唏嘘不已，边嫂天生就是一个好女人，好老婆。此后，我们三个从心底里都不赞同边红旗离婚，尽管都没有放在嘴上。第二天边嫂走后，我问边红旗，到底怎么想？

"慢慢来吧。"他说。

"为了对沈丹有个交代？"

“也不全是。”

“还有北京？你就这么想留在北京？”

“你不懂的。”

这么说我就不太懂了。北京是个好地方，可我还是不太懂。边嫂大概比我更不懂，听边红旗说，她对北京有点失望。和我们分了手，他们俩上了公交车，去公主坟坐地铁，边嫂想看一看天安门。从西单地铁站出来，边红旗对他老婆说，这就是著名的长安街，然后告诉她，这是西单，这是时代广场，再前面的是图书大厦。他把老婆带进了西单，那里充斥着各种各样大大小小的专卖店，沈丹一直都热衷于让边红旗陪她逛西单。边嫂似乎对西单兴趣并不是很大，她对边红旗详细的介绍产生了怀疑。

“你经常陪她来这里？”边嫂说。

“没，没有。都是和他们几个一起来的，买点便宜衣服。”

“我不是来买减价货的。”边嫂的委屈开始显露出来，“我想看天安门，看真正的北京。”

他们沿着长安街向前走，一路豪华的大厦和富丽的民族建筑，玻璃和不锈钢在闪光，琉璃瓦和水流一样的轿车也在闪光。

“这里就可以看见北京。”边红旗说，“高贵的，伟大的，繁华的。”

这是边红旗所看到的北京，边嫂的北京不在这里，在天安门。她多次向边红旗表示过，一定要亲眼看看天安门。我们这代人，尤其是外省的，大多都有一个天安门情结，从小就唱《我爱北京天安门》。从幼儿园的美术课上开始，老师就反复教我们画天安门，威严壮观的天安门，飘扬着五星红旗。边嫂是个美术老师，现在依然在教学生画天安门。在他们的小镇上，她大概是天安门画得最好的人，镇上的重大活动若需要，都请她去画天安门。他们沿长安街继续走，天安门越来越近，边嫂开始紧张了，然后天安门出现在眼前。

“这就是天安门？”边嫂站在广场前，突然就哭了，“怎么没有我想象中的高大？”

她哭得很认真，很伤心，她画了这么多年的天安门，原来是这样的。

边红旗安慰她说：“天安门也是个建筑，是建筑就有它的局限性。它和艺术是有区别的。”

这些道理我们的边嫂当然都懂，但她就是不能接受，它们之间有距离，二十多年的距离，她一两步跨不过去。此后她的情绪一直不高，到了王府井依然伤怀。

边红旗说：“你再看看这些，这也是北京。”

边嫂干掉的眼泪又出来了，第一次挎着边红旗的胳膊说：“我不喜欢这些。红旗，我们回我们的镇上去吧，我们不挣这个钱了。”

边红旗没置可否，看看天上飘过来的厚云朵：“先回去吧，要下雨了。”

他们在海淀下了332支线公交车，雨就开始下了，还跟着电闪雷鸣。从蔚秀园跑进去，到了北大产业招待所时已经是瓢泼一般，边红旗突然想起了沈丹，便拉着边嫂进了招待所。他决定让老婆住在招待所里，理由是宿舍人多，洗澡不方便。边嫂同意了，她也不太习惯那么多人男男女女的都住在一起。开房间的时候出了点问题，他们的结婚证没带，不能住在一个房间里。边嫂挽住边红旗的胳膊，盯着经理看，说：

“我们就是夫妻，你看不像吗？”

经理愣了一下，说：“我信。你们俩很有夫妻相。”

他们洗了澡，到招待所外的“老家快餐店”吃了晚饭，又回到了客房。边红旗有点坐不住了，他担心沈丹会找他。他的手机一直关机，却跑到服务台给我打了一个电话，问我沈丹过去没有。我说可能要过来，她说打你电话你关机了，雨停了可能就会过来。他打电话给我时大约晚上九点，雨已经停了。边红旗说，这样，三分钟后我开机，你打过来，我有事。

三分钟后我打过去，刚问了一句什么事，边红旗就不喘气地说起来：

“哎呀不好意思，李先生，你要的那个证件我已经办好了，现在就给你送过去好吗？真不好意思啊，今天我老婆来了，陪她出去了看了天安门。好的，好的，麻烦你等一下。客户，一个常客。不是和你说话，我是在跟我老婆说话。我要出去一下。好的，好的，待会儿见。”

十分钟后，我见到了边红旗。进了房间他就说，我救了他一命。他担心沈丹过来，也害怕留在招待所里，只好耍了个滑头跑回来了。我问他这么干嫂子会不会怀疑，他说怀疑个啥？我对她说，我去给客户送货了，回来得早就过去，迟了就算了，招待所十一点半锁门。当然会迟了。边红旗在表达自己的小聪明时，看起来一点都不狡猾，倒像个天真烂漫的小孩。

大约十一点钟的样子，边嫂来了。把边红旗着实吓了一跳，他正抽着烟和我瞎聊，她竟然杀了一个回马枪。

边嫂说："货送过了？"

边红旗说："送过了。你怎么来了？"

边嫂说："十一点半不是没到嘛，我怎么不能过来？"

她语气平静，让边红旗一句话没上来。正如边红旗所说，其实他老婆对他了如指掌，他翘一翘尾巴就知道他要拉什么屎。我要把电扇转过头对着她吹，她拒绝了，她说她不热，边红旗已经快让她凉透了，从里向外凉。

边红旗把烟抽得很响，呵呵地说："你看我老婆，幽默吧？我早就说，她应该去写小说。"

"有你一个写诗就够了。"边嫂说，"我再写小说，一家人就没一个正常的了。"

我打圆场，夸她的话说得才华横溢。她笑笑，忍住了才没把眼泪掉下来。然后她就随便问我的一些情况，比如在北京生活得怎么样，比如觉得北京如何，比如是否想在北京待上一辈子，有没有女朋友，等等。我听出来了，她其实是在当我的面问边红旗。我看看边红旗，只好含含混混地回答了。

我的手机响了，是沈丹发来的短信，说今晚不过来了，刚刚一直在跟爹妈吵架，太晚了，也没心情，边红旗关机了，只好发给我。我略略放了一点心，边红旗可急坏了，坐立不安的模样边嫂却视而不见。时间过得很快，一会儿工夫就十一点半了。边红旗像是抓到了一根救命稻草，指着手表说：

“已经十一点半了，再不回去招待所就关门了。”

“十一点半关门，现在过去也迟了。”边嫂说。

“这里不太方便。”

“有什么不太方便？我跟我老公住一起有什么不方便？要么我在客厅里坐一夜好了。”

边红旗没招了，两眼扑扇扑扇向我求救。我脑袋一亮，把沈丹的信息拿给他看，说是一个好玩的信息。他看后长出一口气，放松地笑起来，嘴里说，这是哪个无聊家伙，净发黄段子。然后对边嫂说，你要不嫌弃，那就留下来好了。

可是第二天上午还是出事了。沈丹上午歇班，昨晚上吵架塞了一肚子气，一大早跑过来是准备撒气的，没想到在边红旗的床上看到了另外一个女人。她呆住了，边红旗也呆住了，镇定的只有我们的边嫂。她慢慢腾腾地穿好衣服，然后才问边红旗：

“这就是沈丹小姐吧？”

“你是谁？”沈丹说。

“还用问吗？睡在边红旗的床上还能是谁？当然是他的老婆了。”

沈丹指着边红旗，昨晚郁积的火气一下子全出来了：“边红旗，你给我说清楚！”

“你想听什么？”边嫂说，“我告诉你。我男人胆小，你别把他吓坏了。”

沈丹大声哭着说："边红旗，你流氓！你说过要离婚的，你们还一起睡！你骗我！"

边嫂说："他不跟自己老婆睡跟谁睡？跟别人睡要犯法的。"

沈丹有点急了，声音怎么也压不下去："你流氓！"

"你说清楚，谁流氓？随随便便就跟男人睡，你说到底谁流氓？"

"我愿意！我就是喜欢边红旗，他说过他要离婚，他早就不想要你了！"

"是吗？你让他跟我说一句，他要离婚，他早就不想要我了。"

"边红旗！边红旗！"沈丹发现边红旗突然不见了。

此刻边红旗正躲在我的房间里无计可施，他从来没想过两个女人会撞到一起。他像报仇一样吸着烟，牙都没刷，他跟我说，让她们闹吧，闹明白了我就省事了。沈丹用脚踹我的门，边红旗不吭声，也不让我开，我担心她把我的门踹坏了。

"边红旗，你这个胆小鬼！你滚出来！"

边嫂说："别踹了。我不是说过，我男人胆子小。"

沈丹还是踹，力道越来越小了，嘴里还是不饶人："边红旗，你这个胆小鬼！我妈说的对，你就是个骗子！大骗子！"

"谁骗谁还难说呢！你回去吧，他离不了婚的。"

"我就不信他离不了！我一定要让他离婚！"

"好，那你就等着吧。"边嫂说，"我告诉你，我是不会和他离婚的。你还是早点回去吧。"

最先离开的当然是沈丹。边红旗躲在我的房间里，一明不在家，是沙袖出来劝的架。再吵下去也没什么意义了，边嫂主动回到边红旗的房间里，关上门。沈丹在客厅里哭了一会儿，在沙袖的劝说下极其失落地离开了。我和边红旗从窗户向下看她，她骑到电动车上还在抹眼泪。边红旗长叹一声。

边红旗和他老婆最后谈到了什么程度，我就不太知道了。那天下午她就离开承泽园去了车站，她决定坐夜车回家。我不清楚她为什么这么急着回去，按理说她应该留在北京，趁机再给边红旗多加几把火的。边红旗送她去车站，临走的时候她向我们告别，说打扰我们很不好意思，她把边红旗就托付给我们，恳请我们多多地照顾他。她和刚来的时候一样平静，看不出什么风吹草动。

边嫂回去之后，沈丹到我们这里大闹了几次，每次边红旗都以尽快离婚许诺。他请求沈丹耐心一点，再耐心一点，他现在不想出人命。都等了一年多了，还在乎这几天么。快了。一个女人就好收拾了，这是边红旗说的。他对沈丹说，天地良心，你知道的，我做梦都想在北京生活一辈子。你看我一年回过几次家？若没有特殊情况，我在家从来没有超过一周。我喜欢北京，你比谁都清楚，你应该理解我。北京有我的事业，有我的希望，有我的丹丹，我是绝不会放弃的，你还怕什么？边红旗一定还说了很多，而且大约也把沈丹说服了，此后她就很少再闹了。当然来的次数也减少了，她说忙，超市又迎来一个购物的黄金时期。我得到的信息大多片言只语，也许是实情，也许边儿都不沾。反正边红旗的婚一直没有离成，生活像一个圆，跑来跑去又跑到了过去的某个状态，至少看起来比较像。

有所变化的是，他和小唐重新交好，恢复了称兄道弟的热情。小唐和过去一样来到承泽园，我们都看到了被砍剩下的两根指头。尖端圆秃秃的，找不到了指甲。大约缺了指头并不影响生活，他依然用残疾的两根手指夹住香烟，好像根本没看见它们已经和过去不一样了，或者是时时刻刻都在意识到它们的存在和不存在，但是时间早就让他习惯了。他拎着酒菜来到我们的饭桌上，说着和过去一样的黄段子，大大咧咧地讲述他在北京遭遇的古怪和好玩的事。和我们一起打牌，甚至参与边红旗的离婚事业的讨论。他现在的观点是，一个字：离。这是他重新回到北京才彻底省悟过来的。不彻底解决后顾之忧，怎么在北京混？你只有产生了家的意识和感觉，才会全身心地投入到一个地方的创业中。边红旗表示赞同，他大约已经原谅了他，理解了他，不再觉得有所谓了，或者对他的两个指头怀有深深的歉意。

现在边红旗重新走上街头，在海淀周围寻找那些可疑的眼神。他和小唐一起出门，合兵一处或者分散工作，然后再聚到一起，生意很不错，隔三岔五就能赚到一笔大的。他的心情逐渐好起来，周末我们照例聚一聚，去北大东门外吃水煮鱼。离婚是每顿饭的保留节目，吃得差不多了，这节目就上来了。也争论不多少，各自的想法都知道，主要听的都是边红旗一个人的内心独白，听听他对自己婚姻在这一周的新思考。没什么新东西，他就是每每要感叹一番，像所有的诗人一样。然后就说到了他的忧虑，他感觉到沈丹的热情已经大踏步后退了，他搞不清这是个好预兆还是个坏苗头，言语之间充满了失落感。两个人的事别人哪说得明白，我们就瞎猜，好的坏的都说，边红旗就更不明白了。沙袖从女性心理学角度做了总结，有三种情况：一是对边红旗基本上绝望，天要下雨，娘要嫁人，随他去吧；二是忠贞不渝，就等你，往死里等；三是拖着，就像等车，反正也等了这么久了，若抽身就走，那这么长时间就白等了，不甘心。沙袖说，女人天生都有等车心理，这是情感惯性，像《等待戈多》里的那两个小东西。问题是，就怕突然来了一辆物美价廉的出租车，那就完了。

边红旗听了不住点头，“离。”他说，“一定尽快离。”

然后说到在北京创业的事。边红旗说，办假证这事不能长干，他有点厌倦了，毕竟不是堂堂正正的事业。经过这场旷日持久的离婚，他更觉得办假证的不稳定性。他想再搞一搞，再赚点钱，差不多了就收摊，去从良，这也是沈丹多次提出来的。应该让她有点安全感。这个我们当然都赞同。

正在他准备和老婆公开讨论离婚的时候，假证生意不好做了。又要严打了，海淀周围经常可以见到坐车的、步行的警察在大街上转悠。他的生活也变得不规则起来。要防呀，基本干不了，像老鼠一样到处乱窜，大部分时间还不得不待在家里。有一天早上刚出去一个小时不到回来了，说收到一个朋友的短信，跟他经常碰面的办假证的一个家伙被抓到了，进去三天了。那几天他行踪不定，一会儿见着，转眼又没影了。我也没太在意他，那两天我正在和书商吵架，我的长篇出来了，被包装得不成样子，看起来像地摊货。

原来想找一家正儿八经的好出版社出版，但是把小说巡回寄了一圈，没有一家回话。我忍不住给其中一家打了电话，一个编辑说，没在意，收到的小说太多了，名家的小说还在排队呢，你叫什么名字？我报了家门，对方失望地告诉我，呵呵，没听过，不好意思啊。就挂了。这让我很伤感，陡然觉得在北京的几年其实非常失败。后来一个混出名堂的作家朋友告诉我，别太自责了，实际上很多刊物都是不看自由来稿的。就是不看，跟作品质量没有任何关系。人家不尿你。就这样。当我明白这个道理的时候已经迟了，我已经和一个书商签了出版协议，为了赌一口气，我就是要把它出出来。拿到样书的时候我的眼都蓝了，竟然被折腾成这个样子。我觉得我做梦的时候都没有这种想象力。书商跟我说，要做适当的调整和包装，我说随你们，卖出去的东西就不是我的了。

他们搞得很痛快，简直就是再创作。小说题目改了，叫《一个“京漂”作家的非常日记》，他们私自给小说添加了无数的日期，活生生地肢解成几百段。封面上是一幅简笔画，一对夸张的裸体男女纠缠在一起，旁边是一堆内衣的照片。广告词是：直面文化京漂的生存现状；袒露都市男女的灵肉历程。“灵肉”二字喳喳呼呼地从其他汉字中跳出来，鲜红欲滴。其实小说里面没有什么灵与肉的大问题，但他们就是胆敢睁眼说瞎话。我哪受得了？看到书我就后悔当初太大方了，跟商人打交道，什么时候都得先小人后君子。我给责任编辑打了电话，他说没办法，老板说怎么样就得怎么样，何况你当初就是这么答应的。我无话可说，又给书商打了电话，他永远都比我有道理。他说，这是跟着市场走，也是为了更好地推销你嘛。你看现在的作家，为了成名不时地让别人骂他糟蹋他，不然怎么过上好日子呢？稿费这两天就兑现了，你看钱都拿到手了，还有什么好说的呢？我再次无话可说。那感觉，就像被强奸了一回。

因为这本书闹的，我的心情好几天才调整过来，一直为怎么向朋友们交代而大伤脑筋。边红旗行踪不定，我和一明他们都没多想，直到警察敲开了我们的门，才意识到边红旗出事了。两个警察站在门口说：

“边红旗住这儿吗？”

我说是，请问两位有何贵干？

“搜查。”胖一点儿的说，“看还有没有假证。”

我明白了，他一定是进去了，我这才想起来他昨天一夜未归。我把他们拦在门外，赶紧叫一明，告诉他警察来搜查了。一明手里还抓着一本书。

“你们有搜查令吗？”一明问。

瘦一点儿那个说：“你也是办假证的？”

“不是。”

“那就到一边去站着。哪一间？”

他们撞开门进去了，乱七八糟地翻了一通，满头大汗地空手出来。胖的问我：“你们的房间窝藏没有？”

一明说：“你们不是问过了吗？我们不是办假证的。”

他们洗了手悻悻地走了，嘟嘟囔囔抱怨跑了大老远路屁事没干。他们刚下了楼，又爬上来，说差点忘了，边红旗已经被抓到公安局了，让你们谁去探望一下，有事要跟你们交代。说完又下了楼。他们把我吓坏了，边红旗要跟我们“交代”一下，一“交代”事就大了。我不能不往死刑上想。一明说不会的，不可能这么严重，法律不是用来瞎搞的，可能他有什么事要我们帮他做一下。一明有课，马上去北大，我决定去公安局看看边红旗。

去公安局的路上，我给打通了沈丹的手机，响了很久她才接。那边一片喧嚣，她喂喂了半天，说，有什么事她回北京再说，现在她在河北，外婆去世了，忙得一团糟。然后有人哑着嗓子叫她，她说了一句什么我没听清楚，就挂断了。倒了一次车才到公安局，打听了好几个公安人员才打听到边红旗的下落，问明白了我的身份，签过字，他们把我带到一个空荡荡的房间里，让我等一等。那房间一看就是个探监室，被一道铁栅栏一分为二，我坐到一个长条凳子上，看着栅栏对面的小铁门，等待边红旗像电影里那样走出来。

一天不见，边红旗变得鼻青眼肿，说话的声音都变了。他穿过铁栅栏抓住我的手，说：

“我总算看到一张让我心安的脸。待在这里有点怕，想办法让我快点出去吧。”

“怎么回事，不是好好的吗？”

“昨天上午被抓到的，还有小唐，他害了我。”

事情很简单，边红旗说，像他们这样的被抓到的事情都很简单。他和小唐在北大南门口到处乱逛，等客户来取办好的证件。

是小唐的客户，说好了午饭之前来取。他们已经很谨慎了，轻易不随便招揽生意。他们俩都觉得自己的眼光不错，不会看错人，偏偏就看错了。两个油头粉面的家伙凑过来，先是问他们是干什么的，边红旗说，他们是来北京游玩的观光客。那两个很失望，他们说自己也是外地人，受朋友之托想办个毕业证书，听说北大附近有，可是转了好几圈也没见到一个，看来要空手向朋友交差了。他们失望地走了。小唐见他们走了，就对边红旗说，看起来不像警察，而且警察也不会无聊到装便衣来抓人吧。边红旗想想也是，觉得可以做。小唐就跑上去把他们叫住了，他们开始谈生意。谈得差不多的时候，那两个人突然转到他们两人身后，没等他们反应过来，两只胳膊已经被别到了背上，想逃都逃不掉。他们知道上当也迟了，边红旗的左手和小唐的右手被一个手铐铐在了一起。小唐的左手和其中一个便衣的右手铐在一起。另一个便衣在后面赶着，走向太平洋大厦前的警车。

边红旗知道栽了，只能希望从轻发落。首要的是身上不能有东西，所以他不断地抖手铐，暗示小唐把口袋里的假证瞅着空扔掉。小唐也急，可是没办法，他的两只手都被铐着，后面还跟着一个监视的，一举一动都逃不过便衣的眼。他们俩都急得满头汗，一直上了警车都没找到机会。上了车机会来了，他们被锁在关押犯人的后车厢里。在车上，小唐把假证偷偷地丢到了座位底下。到了局里，两人被带下了车，一个便衣就把他们俩押进去了。按照其他同行的经验，他们也不会有大问题，打一顿，罚一点钱，差不多就能放了。问题出在另一个便衣那儿，他在关后车厢时低头系了一次皮鞋带，抬起头看到了车座地下一个红色的东西，就是小唐丢下的假证。

因为这个假证，他们俩又被提出来，再次审问。

“谁的？”警察问。

都不说话。

开始用刑，很简陋的那种刑罚，但是很痛苦。他们俩趴在地上，一个警察在他们身上走。然后是打，很原始的那种打。

“谁的？”

小唐先开口了，说：“是他的。”

他们看着把两个人拽起来，站好了，问边红旗：“是你的？”

边红旗气坏了，说：“不是。”

“那是谁的？”

“不知道。”

他们又问小唐：“到底是谁的？说不清楚都没有好日子过。”

小唐说：“是他的！”

边红旗看到小唐指着他的那两根断指，突然就消气了，小唐满脸眼泪地对他摇晃他的断指。边红旗说：“是我的。”

他们被隔离审讯。边红旗才知道包揽责任是多么愚蠢的一件事，他得受更多的苦，更可怕的是，他可能要为此坐上几年牢。这么想他才急了，审讯还在进行，他们向他追究更详细的东西，比如组织、窝点、办假证的客户的有关情况。有的不能说，有的不清楚，他只好瞎编。这些瞎编都是他过去一直预备的，他说他只是一个新手，这个假证是他的一个表哥让他交给客户的，表哥

现在回老家了，只是交代一个任务，其他的真的就不清楚了。他刚刚干上这一行。边红旗的说辞基本上没有漏洞，警察对这种事似乎也司空见惯，并没有要更进一步调查的意思。他们觉得他自圆其说了，接下去该怎么办，就不再是他们的事了。

边红旗现在除了忍受皮肉之苦外，就是恐惧即将到来的判决，当他身在警局的时候，才发现过去自己是多么轻视了自由的重要性。他让我想办法让他出去，只要能出去，什么门路都可以试一试。

“让我想想，看北京的朋友哪个能帮上忙。”我说，“沈丹可以吗？她家在北京，应该有点关系。”

“她……”边红旗犹豫地说，“如果能不让她知道最好。我怕她有看法。你试试吧，一定不能让她父母知道，他们恨不得我坐上一辈子大牢呢。”想了一会儿，他又说，“钱不是问题，我还有点钱在沈丹那里，实在不行，我老婆那里还有钱，我这几年挣的钱大部分都给她了，我想离了婚也不能苦了她。”

临走的时候边红旗一再嘱托我，能快一天就一天，能快一小时就一小时，他一秒钟也不想在里面待了。他受不了。我答应他一定尽最大力气找到门路。

回到承泽园我就给北京的朋友打电话。他们五花八门的人物都能认识两三个，唯独戴大盖帽的没有路子。他们对这事不急不慢，还开玩笑说，他们都是摇笔杆子的秀才，跟当兵的不搭界。没办法了，我把一面之缘的朋友的号码都翻出来了，一个一个轮着打，快绝望的时候，总算在我的长篇小说编辑那里找到了一点福音。他告诉我，出我小说的那个书商有点门路，他的姐夫就在公安局里做事。但是这种事，他含蓄地说，这年头你也知道，干什么都要疏通一下的。责编是个实在人。我说我明白，关键时候帮朋友一把，没条件创造条件也要上啊。

求书商我有点心理障碍，不仅是因为和他吵了一架，而是我在吵架中完全暴露了自己的清高，现在求他无异于自取其辱。此外，我觉得再去求他，完全是主动要求再被强奸一回。我犹豫了一会儿，还是拨了他的电话。那家伙在电话里客气多了，他说这事他听他姐夫说过好多了，好像有点难度，不过方法对头了，也不是不可能，就看什么人去解决，怎么解决了。他说最好能和我当面谈谈，这样便于更具体地把握情况，顺便把我的稿费给我。我把和书商谈话的情况转述给了责编，他用五十岁的声音告诉我，见个面也好，恐怕要出点血。我问要多少，他说起码也要两千吧，再吃顿饭。我头皮一凉，心想我从他那里拿过来的，又要一点点还回去了。

我们没有吃饭，因为书商没时间。就在北大东门外的万圣书园的醒客咖啡厅。我把事情简要地说了一下，这是他重新要求的，当然是尽量按照边红旗的口径来讲的。他一直没怎么说话，一再强调的是，这事难度有多大，他事实上是不清楚的，因为一行有一行的规矩和深浅。他得跟他姐夫说一下，他姐夫再去打点、疏通，能办成什么样就不是他现在能告诉我的了。不过以他姐夫的活动能量，想来也不是吃不下的菜。最后他叹了口气，都是求人才能办成事，说没办法啊，大家都明白，就这么回事。

是啊，就这么回事，我明白。我从他给我的一万块钱里先拿出了两千，推给他，说这是麻烦他的，希望他能多多动员一下他姐夫，尽量帮忙。又拿出五千作另外一堆，这是给他姐夫打点疏通用的，有点少，先用着吧，事成之后再好好感谢。剩下的三千我装进了自己的口袋，很抱歉地说，最近我已经没有米下锅了，借了一屁股债，先解一下燃眉之急。书商呵呵地笑，把油亮的头发一把把地往后梳，说："先这样吧，我知道京漂都不容易，缺什么我能帮就再帮点，谁让我们合作过的呢。希望我们下次继续合作。"

他站起来，伸出了手。我握着他的手，说："一定合作，一定合作。希望合作继续愉快！"

三天以后，书商给我回话了，说他姐夫已经和局里的某个领导协商过了，边红旗在此类案件中情节算是比较简单的，基本上问题不大。但是惩罚还是必需的，经过他姐夫再三努力，修改了当初的决定，现在的决定是：施以罚金两万的处罚，并限令其至亲于近日到局里交钱领人。另外，当事人必须痛改前非，重新做人，不得再于北京从事此种非法行为。主要精神说完了，书商说了一件轻松的、有意思的事，他说听他姐夫说，被发现的那个假证上的照片，是另一个区的公安部门的某个科科长。书商说完自己就笑了起来，连连说有意思，有意思。

两万块钱我实在一点办法都没有了。只好打电话给沈丹，书商说，要求边红旗至亲到局里领人，这样找沈丹就一举两得了。打了好几次终于打通了，她已经回到了北京。我在电话里说，边红旗进去了，现在要出来，必须交上两万块钱，由至亲领出来。

“你在开玩笑吧？”沈丹说。

“这种事我怎么敢开玩笑？我说的是真事，加急。”

“真的我也没办法。边红旗同意我是他的至亲了吗？”

“他会同意的。他说他一定要离婚的。”

“离婚？我都不想再听这个词了。又拿离婚来骗我。”

“不管怎么说，现在把他弄出来最要紧。”

“警察凭什么相信我？再说，我也没那么多钱。他不是有老婆吗？让他找他老婆去！”

我也搞不清为什么，我觉得沈丹的态度在我意料之中。她也许已经彻底失去了耐心，或者是边红旗进去这件事让她对自己的生活做了重新的思考，要么是其他原因，我就不得而知了。沈丹到底没有答应，没拿钱，也没有出面去把边红旗领出来。我不得不给远在苏北的小镇上的边嫂打电话。边嫂正在洗衣服，满手的洗衣粉泡沫，听到消息当时就哭了，大骂边红旗为什么不早一点让她知道，她说其实她在家里时时刻刻都在担心他，每天心都悬着，她知道迟早会出事。挂电话时她说，她这就收拾，坐今晚的夜车来北京，希望我能到车站接她，然后直接带她去见边红旗。

打完电话我开始难过，因为我在听到边嫂的声音时，有一个强烈的感觉就是，边红旗其实还是属于苏北的那个小镇的，那里有他的美丽贤惠的妻子，有他的家，有永远也不会放弃他的生活，那些东西，应该才是最终能让他心安的东西。

第二天早上我在车站见到了边嫂，脸上有两个清晰的黑眼圈。

除了一个很小的包外，她什么行李都没带。见面她对我说的第一句话是：

“明天我就要他跟我回去。”

这大概也是她不带行李的原因之一。

办完了手续，我们见到了边红旗。才几天，边红旗就瘦得我都不敢认了，眼睛深陷，鼻梁显得更高了，头发和胡子长到了一起。一点都看不到过去那种意气风发的样子，众多沉重的想法让他低下了头，身体也变得虚弱不堪。他抓着边嫂的衣角随我们走到大街上，站住了，面对来来往往的车辆他有点慌张。边嫂搀住他，声音很小，说，跟我回家吧。我看到边红旗对着太阳和天空眯起了眼，眼泪哗哗地下来了。

下部

我们在北京相遇

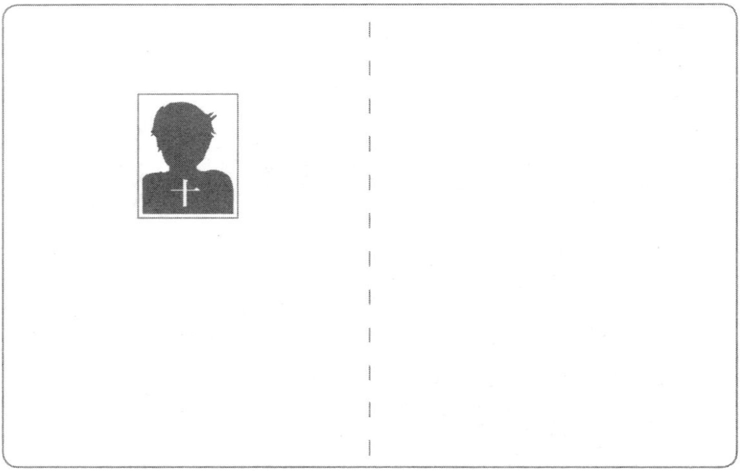

沙袖又迷路了。她在五棵松给家里打电话，说找不到家了，听声音她已经哭了，身后是更大的风声。我接的电话，沙袖说，让孟一明过来接我。我还没问清楚她在五棵松的具体位置，电话就挂了。她很恼火，她是孟一明的女朋友，心情好的时候，她都叫一明，而不是孟一明。

挂了电话我赶紧去敲一明的门，他在为明天的函授课查资料。听说沙袖又迷路了，一明电脑没关就拿围巾和棉袄，要出门，走两步摸出钱夹看看，对我说：

“有钱吗？先借我一百，打车过去。”

我给了他一百。快出门时他又让我跟他一起去，他怕沙袖对他发脾气。沙袖每次找不到家都要发一回脾气。我说好，穿上羽绒服跟他去了。出了承泽园就打车，已经是傍晚了，天色冷灰，风也是灰的，车子穿过大风跑起来，像钻进了灰暗的烟雾里。一明对师傅说，五棵松，挑最快的路走。

车子上了四环，北京就变得阔大和荒凉了。四环外一片野地，灰蒙蒙的夜晚开始从野地里浮起来。四环里面万家灯火，灯光一个比一个高，一个比一个亮。在这样的冬天傍晚，环线内外比较一下，真都让人心里没底。一明说，袖袖该急坏了，她为什么就不能把车次给记住了呢。

五棵松在北京的地图上也就是一个点，但想在那里找到一个人，就会发现那地方并不小。我们在五棵松中心地带下了车，开始到在各个公交车站牌底下找沙袖。从东找到西，再换一条南北路找，终于在一个银行避风的大门前找到了沙袖，她抱着胳膊站在那里不停地跺脚，脚边是从山东老家背过来的大包。沙袖的个头不是很高，站在灰色巨大的银行大门前，看上去没有一点热气，比四环外无人的野地还荒凉。

“袖袖，冻坏了吧？”一明脱下棉袄要给她穿上，“你怎么跑到这儿了？”

沙袖甩掉了棉袄，说：“我乐意。我喜欢到哪儿就到哪儿。”

“好了，不生气了，我们打车回去，暖和一点。”一明一口山东话，硬邦邦的山东话软下来，听起来就像是讨好。他脾气不错，沙袖在气头上他总能坚持住自己的笑脸。

“你钱多啊？”沙袖说，站着不动。

“我请客。”我上前拎起包，招呼了一辆出租车，“刚拿到一笔稿费。直接到元中元，给你接风。”

我想打个圆场。沙袖有了台阶下，勉强上了车。我们都知道沙袖是个方向盲，但是把车坐到五棵松也实在让人匪夷所思，五棵松和海淀，完全是不搭界的两个地方。总还可以看看站牌吧。但她就是坐到了五棵松。我在车镜里看到沙袖板着脸坐在一明旁边，腰梗得直直的，车里暖和多了，她还是不说话。

“袖袖。”一明叫她，我看到他在镜子里试探性地从后面抱住了她。沙袖挺了挺上身，终于把头歪在一明怀里，哭了。浑身都在抖，她被迷路吓坏了，这大冬天的晚上。

我们决定到元中元去吃水煮鱼，他们饭店的拿手菜，地道，价格也适中。有什么庆祝，或者是嘴馋了，就来这里腐败。到了元中元，沙袖的眼泪总算止住了，气氛好起来，谁都不说迷路的事，瞎说其他的。元宵节刚过，加上春节，我们有无数的话题可说。酒也在喝，因为沙袖高兴了，一明有点兴奋，跟我哄起劲来喝。喝得我们老想上厕所。我先出去，一明随后跟上，要给我钱，我说你乱来，说好了我请客，你的任务是把沙袖弄服帖了。一明说，没问题，没问题，她差不多缓过劲来了。

气氛热起来，顾忌就少了，看得出沙袖逐渐回到年前的那个沙袖，开朗，微笑，善解人意。酒多了，舌头也跟着大，说来说去就又说到迷路的事。

一明说：“沙袖，你真行，你一坐就坐到了五棵松。那地方我都好几年没过了，你是怎么坐到那儿的？”

我说：“沙袖是天才。谁说的，天才的旅行家和探险家都没有方向感，否则他们发现不了好地方。”

沙袖用筷子敲了我一下，说：“讨厌，我都找不到家了，你们还笑话我。”

“在电话里你都哭了。怕什么？你就是到月球上，一明也会爬天梯把你接回来的。”

“我也不知道，就觉得心里空荡荡的，从里到外都是大冷天的感觉。”

我看她又要不高兴了，就说：“不说这个了，再说你又该哭了。”

“我就是老想着挤在北京站广场上的那些人。”沙袖说，“我出站之后吓了一跳，广场上挤满了人，都是要挤火车的民工。坐着躺着睡着，都有，风那么大，那是石头地面。我看着都冷得哆嗦，他们倒像没感觉，头发、脸都是干的，还有女人当众奶孩子。刚下火车，或者是就等着火车来。你说他们大冬天跑出来干吗呀？”

一明说：“打工呀，不然怎么挣钱。”

“我知道。”沙袖声音提高了，“我是说他们为什么非要跑出来，大冷的天，坐在广场上。”她有点激动，喝了一口热水又接着说，“我也不知道，就是突然觉得难过，感觉从里到外一下子都凉透了，过年的那点热气全没了。”

沙袖在出站口站了一会儿，然后被后面的人拥挤着向前走，像裹在一场大水里，进了地铁站。本来她想在哪个背风的地方坐下来歇上一会儿，但是人太多了，挤着她的包向前走。为了抓住包，她只好跟着向前走。排队买票。挤进地铁。占据了两只脚的位置，连身子都没法转一下。一个个站，下去一些，上来一些，她在上下之间的空档里换一下拎包的手。到了复兴门，很多人都下，裹着她也下车。她本来还想按一明告诉的，到公主坟站下，转乘路面上的332支线的公交车。可是那么多人，上下都由不得自己，她恍恍忽忽地站下去，头脑里全是那一片挤在广场上的人，大风从他们身上刮过。他们为什么都要挤到北京来呢。然后她觉得该下车了，已经到了完全陌生的五棵松。一下子就慌了，她在五棵松也想着找332支线，转了好几个路口都没有。天近傍晚，风是灰的，她更慌了，就哭了。她又迷路了，为此很气愤，自己把自己搞迷路了，一肚子莫名其妙的火。她想自己找回家，显然不可能，她在银行旁边避风，人家都下班了，门也关上了。她只好打电话，怒气冲冲地说，她找不到家了。

就这样。

“他们都挤到北京来干什么？”沙袖重复了一遍。

“找条路呗。”我说，“就像我，还有边红旗那样的。”

“北京有什么好，那么大，出一趟远门回来都找不着家。”

“那是你方向感不好。”一明说，“方向感好的人，到了地狱也能摸回来。”

对，一明是我的大学同学，现在的室友，我、一明和边红旗三个人共同租了一套三室一厅的房子，在承泽园里，四楼，楼前有一棵老得空了心的大柳树。沙袖和一明住在一起，也就是说，我们的三室一厅实际上住了四个人。

我和一明合租已经一年了，开始先是我在承泽园租了一间平房，很小。那时候我辞掉在家乡的工作，来到北京，和所有对北京怀抱希望的年轻人一样，我希望能在北京干出点名堂，具体地说，写出点名堂。我写小说，好几年了。外省人总以为北京是个文化中心，既然很多人来北京后都能折腾出一点成绩来，那我也来。就这样。直到现在我还这么想，尽管受到的打击越来越多。生活，退稿，郁闷，等等。我还打算再忍受下去。选承泽园租房，是为了偶尔能到北大听听课，谁都知道那里有很多牛人，学者，教授，作家，哪个拎出来，对中国人的耳朵来说都不陌生。有一天听完课，在未名湖边瞎逛时碰上了一明。天下就这么小。我们是大学同学，他哼哧哼哧地竟然考上北大的研究生，而且已经是博士了。我请他吃了一顿，然后带他参观了我的小屋。他觉得有一间自己的小屋真好，更好的是还能两人分担，价钱也不贵，他就搬来了。加了一张床，挤是挤了点，但充实了。我们俩也充实，没事相互吹捧着玩，让对方觉得离大师都不远了，日子过得挺不错。隔三岔五出去吃一顿，还像大学时一样，偶尔打打牙祭是生活中最美好的事情之一。

后来一明说，沙袖要来，我们租个大一点的地方吧。就在院子里到处打听，正好碰上几个考研失败的人退房，就租了现在的三室一厅。有洗手间，能烧饭，还有一个不大不小的客厅摆点杂物。三间屋大了点，住不完，没办法，两室一厅找不到，只好咬咬牙受了。

再后来，我在北大英杰交流中心的未名诗歌节上认识了边红旗。这个在日常生活里叫边红旗的家伙，写诗时坚持叫边塞，诗人边塞。他是个好人，就像他的自嘲，羊脂球还是个伟大的妓女呢，我边红旗就算办假证也照样是个好人，好诗人。

给沙袖接风的那天晚上，边红旗不在，按他说的，泡妞去了。我打他电话让他过来一起吃饭，他喘着粗气说，正忙着哪，有事回去说，就挂了。他和沈丹在一起。沈丹是边红旗在北京的情人，超市收银员，土生土长的北京人。他老婆在苏北的一个小镇上，挺温柔贤惠的一个女人，长的比沈丹好，来过一次北京，我和一明他们都骂边红旗贪得无厌，有这么好的老婆还瞎搞。边红旗说，老婆哪有多的，何况又不在身边，用不上啊。所以在北京，他马不停蹄地和女人有染。我们就不再说什么了，大概诗人都这毛病，总能在女人身上像发现诗歌一样发现爱情。

十一点多边红旗回来了，左边的腮上还有没擦净的口红印迹。他把一只北京烤鸭扔到客厅的洗衣机上，把我们都从自己的房间里喊出来，让我们吃。

“今天高兴，赚了一千三。”边红旗说，“那个傻大个怕警察抓，没讲价就答应了。我和沈丹隆重地庆祝了一回。”他指着烤鸭说，“沈丹单位的福利，让我带给大家，同喜同喜。”

他又做成了一桩好买卖。如果不违法，办假证实在是条发财的捷径。就站在路边，或者天桥上，比较多的是待在北大、清华等大学门口，见着差不多的人就问，办证吗？什么证都有。如果碰上了，就讨价还价，根据证的种类、制作难度等指标收钱。最好是遇上一个冤大头，对办假证一无所知，就趁机提价，敲诈一番，一个证成本加上各种费用大约两百块钱，但你可以要价一千五。就像今天边红旗一样，逮到了一个傻大个，硬生生赚了他一千三。这工作就一条让人恐惧，要时刻提防警察来抓。边红旗说，每天都提心吊胆，就怕那帮戴大盖帽的什么时候突然抽风。

边红旗问我：“你抽什么风去请客？又拿到稿费了？”

我闻了闻那只烤鸭，实在吃不下了。“我那点稿费哪拿得出手？主要是给沙袖接风。”

“我们的大美女袖袖回来了？”边红旗对着一明做出色迷迷的鬼脸，“是不是又给你上了政治课？”

一明说：“她又迷路了。”

“这就是你的不对了，应该提前去接站。”

“赶着备课，明天就要上讲台了。”

“这就更不对了，还有什么比女人更重要的吗？穆鱼你说，有吗？”

“有啊。”我说，“老婆。”

边红旗对我挥挥手：“别跟我提老婆，中午我还接到老婆电话，让我回去。我回去干吗？一年挣的不如在北京一个月挣的多。”

沙袖洗漱好从洗手间里出来了，见边红旗指手画脚地大谈北京的好处，说：“你又在写诗了？好像全北京地上的钱都让你一人捡到了。”

“那怎么行？我总得剩下点给你们家一明捡。”边红旗说，头歪了半天又说，“差点忘了，昨天碰到了一塔湖图书店的叶老板，让我带个话，如果你回来了，就去上班，那个姓杨的胖丫头家里出了点事，人手不够了。”

沙袖看看一明，说：“那我就过去？反正待在家里也没事干。应该会有加班费的吧。”

一明说好，他明天就开始去给人家上课了，也没时间陪她。我让沙袖到了书店帮我看看，有什么新进的好书，抽空我去买两本。

除了有意识地聚在一起，晚上的这个时候一般是我们的公共时间。大家都从外面回来了，在某一个时候，像演话剧一样，从各自的房间里走出来，三间屋，四个人，聊聊天，天南海北地瞎说说，然后疲倦了，或者要干别的事，又重新回到自己的房间里。房间里安静下来，真正的夜晚就来临了，接着是睡眠。

我是夜猫子，他们三个都睡了我还精神抖擞，这和我生活有关系。他们都有事做，或者工作，或者上课，散漫的像边红旗，也得到马路边上去鬼鬼祟祟地推销假证。我没有工作，只是待在家里写东西，写累了就看看书，看累了就出门转一圈。夜里是看书和写作的好时光，所以养成了晚睡晚起的习惯。我醒着，两眼盯着电脑或书本，很多时候也会在发呆。其实更多时候都是在发呆，想写作的事，想写作为什么毫无起色的事。那天晚上喝多了，反而更清醒，但看不进去书，也静不下心来写东西。就打开电脑上的视频电视，午夜新闻，看到了沙袖描述的北京站广场。数不清的人挤在广场上，身边是孩子、臃肿的行李、冰冷的石头地面和整个冬天。我想起沙袖说的那句话：

“他们都挤到北京来干什么？”

是啊，他们都挤到北京来干什么？看到那么多人都待在广场上，不要说在现场了，就是看电视感觉也很不好。不知道沙袖是不是想过，她若是挤到他们中间坐下来，其实和他们没有任何区别。我也是，边红旗也是，我们会轻易地淹没到他们中间，就像水溶入水里。不知道一明是不是，他是我们四个中唯一具有北京户口的人。但是我们还是和他们一样，不过是比他们早几天从广场上站起来，住到一间建筑在北京地面上的屋子里。如此而已。如果说还有点区别，那就是我们打算像一棵树一样在这里扎下根来。我不明白沙袖怎么想，她在元中元吃饭时，不时地嘟囔着抱怨北京：干吗那么大呢，真是。抱怨归抱怨，她也许比我们更迫切地希望，能在北京扎下根来。因为一明在这里，而且他并不打算离开这个拼了好大的力气才挤进来的地方。

半年前，一明的母亲去世，他在故乡唯一的亲人也没了。母亲的葬礼办过之后，他对沙袖说，他彻底不打算回来了，他念完博士，然后留在北京。他让她辞掉工作，到北京来生活。沙袖当时还在他们的故乡，香野地，一个名字无比美好的镇子。她在镇上的中心幼儿园当老师。沙袖听到一明的决定，没有任何犹豫就答应了，她辞掉了在镇子上的人看来十分不错的铁饭碗。在沙袖看来，一明是她的男朋友，将来的丈夫，当然要和他生活在一起，到北京来倒是次要的，尽管很多人听到能到北京生活都要止不住地流口水。她就来了，在上一个春天的末梢来到了北京。

沙袖来北京，在她家人和周围人的眼里，完全是理所当然的事。也是一明母亲的遗嘱，老人家咽气前，花了五分钟说了最后一句话，就是要一明好好待沙袖，让她过上好日子。他们俩的关系，很多年前就已经公开了。大家都知道，他们俩从十六七岁就是一对了。

十六七岁就开始好，是早了点，没办法，这种事就是莫名其妙，来了挡都挡不住。这也是一明这么多年一直引为自豪的一件事。

我们是同学，住一个宿舍，上下铺的兄弟。刚进大学，军训的时候，一天下来累得骨头发硬，躺下了就不想起来。我偶尔从上铺伸头往下看，经常会看到他拿着一张照片不知疲倦地看。问他要看，死活不给，男的女的都舍不得说。军训过后就逐渐熟了，慢慢的也都觉得心里的一点小秘密没有遮掩的必要，一明就把照片拿出来了。就是沙袖，挺好看的一个女孩，鼻子和眼长得都很好。我们问他是不是他女朋友，他很害羞，不好意思说女朋友三个字，就说，就算是吧。我们说就算是什么？一明憨憨地说，你们说算什么就是什么。再后来，女朋友、老婆之类的词汇完全成了小儿科，一明才理直气壮地指着照片上的女孩说：

"你看，我女朋友。"

然后跟我们讲他们俩是怎么好上的。沙袖一家是在一明念初二那年回到老家香野地的，之前在东北，靠近大兴安岭的一个林场里。沙袖的父亲年轻时下东北，在那边找了老婆生了孩子。现在又想回来了。除了老沙，沙袖一家都是一口地道的东北腔，在香野地很稀奇，他们喜欢梗着脖子说话，把声音拉得直直的。老沙买下了他堂兄的院子，一家人住下来。和一明家隔壁。沙家刚来的时候，一明很喜欢听沙袖和沙袖的姐姐说话，经常躲在两家的围墙底下听她们姐妹俩在自家的院子里说话。听了半个假期，一明开学了，发现前排坐着沙袖。他们是同学了。既是同学，又是邻居，自然就熟悉起来，经常一起上学放学。

那时候他们都在远离香野地的小县城念中学，回家一趟很麻烦。对一明尤其麻烦。他家日子很一般，除了田里的粮食，主要的收入就靠他父亲给人家建房子。老孟是个不错的泥瓦匠。为了省钱，一明一学期也难得回去几次，都是沙袖和她姐姐回去。沙袖姐姐也在那学校念书，初三，姐妹俩交替在周末坐车回家。一明的父母就委托沙袖姐妹俩，给他带吃的，煎饼和咸菜，自家做的，学校伙食太贵。他们的熟悉程度可想而知。

念初中的一明很羞涩，模模糊糊觉得沙袖很好，但是不敢多想，尽管成绩很好，还是止不住地自卑，自卑什么自己也搞不清楚。高年级的同学都在风传谁谁谈恋爱了，听得一明心里一跳一跳的。他不知道是不是也想谈恋爱。有一天他到女生宿舍找沙袖，发现沙袖的咸菜和煎饼和他的一模一样，有点纳闷，嘴里不好说，就憋着。寒假回家问母亲，母亲说，他们家没那样的咸菜和煎饼啊。一明就明白了，是沙袖给他的。再一问，发现在学校里吃的很多东西都不是自己家的，沙袖把自己的东西分给了他。一明一下子觉得里里外外都暖洋洋的。后来一明说，要说早恋，大概就是在那天开始的。

但是这家伙胆小，不敢说，而且那时候也怯于想这些事。一明就拼命念书，想让自己更优秀，以便有朝一日能配上沙袖。他的想法其实很简陋，根本不知道将来是什么样子。果然，中考之后他就傻眼了，他考上了县里的一中，继续读高中，沙袖却考上了市里的一所中师，以后出来当小学和幼儿园老师。他一直想，两个人都考上县中，一起念书，将来一起考上同一所大学，然后，生活就是一件水到渠成的事。这事搞得他很难过，他听人说，中师里的学生基本上都谈恋爱，尤其是漂亮女生，最后一个都剩不下来。所以，高一第一学期他过得很萎靡，整天想着美好的煎饼卷咸菜，现在没人送了。

下学期天就热了，一明偶尔要趴在课桌上瞌睡一会儿。正是午觉的时间，一个同学把他推醒了，暧昧地告诉他，有两个漂亮的女孩子在教室外边找他。他觉得莫名其妙，出了教室才清醒过来，身上立马出了一层汗。是沙袖和她的姐姐。他站在太阳底下不会说话了。

还是沙袖姐姐说："一明，你怎么不说话？"

一明挠挠头说："袖袖。"

沙袖一下子脸红了。一明脸更红，他不知道该怎么办。这地方不是香野地，在家门口他和沙袖说话脸不红。

沙袖的姐姐说："袖袖回了一趟家，顺便过来看看你。"

一明又挠挠头。沙袖穿着学校发的运动服，红的，袖子和裤腿上镶两道白边，沙袖的脸也白了，粉扑扑的，一明看得见她的脸上的小茸毛。好看，真好看。当时一明都哆嗦了。他明明白白地感受到了爱情，这个词突然让他羞愧。他们在校园里到处走，整个过程中他几乎开不了口，一直低头看自己的脚尖。他突然觉得像做了一场梦，觉得所有的美好的想象到此全完了，沙袖离他一下子变远了，让他绝望，都想哭了。

一个星期以后，他收到了沙袖的信，夹了两张照片，一张站着，一张坐着。沙袖在信里说，你说我的衣服好看，我就穿这身衣服照了两张给你。一明看到这句话就哭了。他上课走了一下午的神，盘算着怎么回信。晚上宿舍里熄了灯，他打开手电开始回信，到深夜两点才把信写完。

他们开始了漫长的通信历程，直到毕业。一明考上了大学，成了我下铺的兄弟；沙袖回到香野地，做了镇上中心幼儿园的老师。她歌唱得好，舞跳得也好，进了幼儿园就是宝贝。他们漫长的通信几乎什么实质性的内容都没说，但是其实什么也都说了。一明觉得，这辈子就沙袖了。沙袖也这么认为，这辈子就一明了。

当时在我们班上，像一明这样从中学就开始的恋情有十个，最后存活下来的，只有一明一个。别人的男朋友或者女朋友，大多在其他高校，慢慢就变味了。一明顶住了，从一而终。其中不仅是因为他们俩感情一直很好，还因为，沙袖早早就承担了孟家儿媳妇的责任。一明不在家，香野地就剩下了父母两人。一明大二时，父亲从房梁上摔下来，断了脊椎骨，一直躺在床上，一明母亲一个人既要照顾病人又要照顾田地，根本忙不过来。先是沙袖帮忙，然后沙袖一家都帮上了。他们在心里也逐渐确立了双方孩子的关系。后来老孟不行了，卧床两年一蹬腿完了。沙袖就接着陪一明母亲。他母亲，确切地说，是一明的后娘，但是对一明很好，当亲生的把一明带大成人。老人家劳累操心这些年，身体也不行，没有沙袖大概早就完了。沙袖一直服侍老人家到死。这期间，她已经完全是孟家的儿媳妇了。为了照顾未来的婆婆，沙袖放弃了进县城的机会。县城的一家幼儿园看中了她，希望她能去那儿工作。沙袖眼都没眨就拒绝了。这些年，一明在爱情之外，时时感激沙袖，她代替他完成了人子的孝道。一明常说，他要让沙袖过上好日子，就像他母亲弥留之际交代的那样。

大一大二时，一明一直都坚持说，毕业之后回香野地，至少回到他们那个县城。大三以后就不再说了，他想到一个更便于施展自己的地方去。当然，他坚决对我们许诺，也是对自己许诺，不管到哪里，都要和沙袖在一起。就像现在，他实现了，他要留在北京，他把沙袖从香野地带到了北京。

香野地和北京显然是有区别的，不知道沙袖更喜欢哪个。她刚过来的一段时间里，很高兴，也很不习惯。没有事做，出门就是车，碰巧我和一明都不在她连个说话的人都没有。偶尔她抖起胆子到外面玩，几乎每次都迷路，她在北京几乎完全失去了方向感。这里不同于香野地，那里是平面的，站在哪里都明白自己的位置；北京是立体的，陷在高楼之间，连影子都找不到。这让她恐惧，后来干脆不到万不得已，就不出门。可是待在家里又干什么？她跟我开玩笑说，我还这么年轻，就开始在这屋子里养老了。开始她还唱歌跳舞，自己给自己解闷，后来她对这一套也烦了，人开始沉下去。有一回，我们一起在外面吃饭，说起了老人之死。我说老人死前，应该是非常寂寞的，寂寞会增加老人赴死的决心。

沙袖说，是啊，现在她才理解，为什么一明母亲当时会那么说。老人家躺在病床上，对刚从幼儿园回来的沙袖说：“见着你，我就想多活几天了。大半天见不着人，就想，不如早点死了算了。”

沙袖接着说，在香野地，她觉得日子过得很充实，和那帮孩子在一起，伺候一明的父母，晚上空闲下来，看着照片想想一明。然后睡觉，第二天又是忙忙碌碌这样过。心情不好了就出去走走，出了镇子就是开阔的野地，春天的青草味，秋天的谷米香，找个干净的地方坐下来，发现生活其实很不错。

“你不喜欢北京？”一明问她。

“喜欢。”

我说：“应该给沙袖找个工作，这样闲着可能很伤人。”

“是，我觉得有点累。”沙袖低下头，把筷子转来转去，“早上眼还没睁开就开始考虑，怎样把一天打发过去。完了，睡觉前还是空空荡荡，我受不了这一整天的空空荡荡。”

那以后，一明才决定给沙袖找工作。

他们都出门了，我还在睡，巨大的摔门声把我惊醒，我看看表，上午十点二十七分。听走路的声音是沙袖，这会儿她应该在一塔湖图书店上班的。我慢腾腾地起床，打着哈欠站在门前，刚开门想问她怎么回来了，她把房门关上了。

我站在客厅里说：“沙袖？”

没有回答。

我又说：“沙袖？”

还是没有回答。我就不说了，开始刷牙洗脸。满口泡沫的时候电话响了，我还在刷，等沙袖出来接。电话一直响，沙袖就是不出来，我只好抹一把嘴去接电话。

是一塔湖图的叶老板，他问我沙袖在不在。我让他等一下。我敲沙袖的房门，告诉她，叶老板找她。

沙袖在里面说："不接，我不在。"

她的声音不太对劲儿，我没敢多问。我回叶老板说："不好意思啊叶老板，沙袖不在。"

叶老板说："她不想接就算了。这样，我给她支了两个月的薪水，一明或者你，什么时候有空，过来拿一下。就这样。"

我一愣神他挂了。我回到洗手间，又挤上点牙膏接着刷牙。越刷越觉得不对，沙袖在书店干得好好的，怎么突然出这事？叶老板的意思显然是要把沙袖扫地出门，他在跟国际接轨，多发两个月工资打发走人。这叶老板太不够意思了。我停下来，满嘴泡沫就去打电话。

"叶老板。"我说，"你刚才说的两个月薪水是什么意思？"

"沙袖辞职了，我发给她两个月工资有什么不合适吗？"

"她辞职？"我摸了一下嘴，摸到满手的泡沫，"怎么可能？我是说她怎么可能辞职？"

"一点小事，我也不明白，小吴跟我说的。他也一头脑子，他说他都和沙袖解释过了，但是沙袖还是坚持辞职。具体细节你问她吧。还有，一明回来，你代我向他道个歉，真是不好意思。"

一点小事至于辞职吗？我也不明白了。我回到洗手间继续刷牙。那个牙刷了我半个小时，洗完脸回到房间，已经十一点多了。在电脑前发了一阵呆，我决定问问沙袖到底怎么回事。一明去上课了，辞职对沙袖来说不是一件小事，尤其是这样的工作。

敲了半天门才开。沙袖开了门又坐回书桌前，翻来覆去地转动一支彩色铅笔。墙上贴满了她的画，都是张大嘴笑的儿童和长满青草的野地，还有几处芦苇，叫不出名字的鸟在天空里飞。

“沙袖。”我说，在旁边的椅子上坐下来，“刚刚我给叶老板打了电话。是不是他们欺负你了？”

“没有，是我自己要辞职的。”

“没有商量的余地？”

“我都说不干了。”沙袖声音低了下来，她的铅笔不转了，下巴支到书桌上。

我知道她还有半句没有说，那就是：“我知道工作不好找”。

工作的确不好找，北京本地人找工作都是个麻烦，何况漂进北京的外省人。就沙袖来说，问题是难以找到合适的工作。她是幼儿教师，在北京哪有幼儿园愿意招聘这样的三无人员。她会唱歌、跳舞，没地方用得上，过去的职业现在只能沦落为爱好和特长，换不了饭吃。书店职员应该算是不错的了，待遇还可以，靠近北大，一明一天可以去三次，沙袖自己心里也有个底。现在没了。

没了就没了吧，她都说不干了。我只好安慰她：“既然辞了，就不要想它了，工作多的是。一明中午回来吗？”

“不一定。我就是觉得整个生活都要一明一个人负担，他挺辛苦的。”

“你别担心，他扛得住，他的课时费听说很不错。”

沙袖一声不吭，抬起下巴又开始转笔。

“这样吧，我给一明和边红旗打个电话，中午一起出去吃个饭。别愁眉苦脸的，多大的事。”

我打一明的手机，他正在回来的路上，刚上完课。他说叶老板已经给他打了电话了。“辞了就辞了，没什么，让袖袖开心点。”一明说，“我给袖袖买了她最喜欢吃的酥糖。要吃饭？好的，我很快就到。”

边红旗正在交易，他在芙蓉里的一条巷子里。他压低声音告诉我，老弟，我又发了，赚了三百。吃饭？谁请客？

“当然是你请。”

“我就知道找我没好事。今天的钱又白赚了。”

吃饭的地方移到了北大东门，一个叫大瓦罐的湘楚风味馆子。按边红旗说的，就照三百块钱吃。他知道我们吃不完才这么大义凛然的。馆子是个好地方，几杯酒下去了人就放开了，一下子就亲密了，一下子就无所谓了。所以我一见别人不高兴，我就想办法让他进馆子，让他在饭桌上坦坦荡荡，变得透明。沙袖上了饭桌就慢慢放开了，主动说起了辞职的事。说到底其实是一句话：普通话问题。

这事其实两天前就出现了。沙袖在家过了这么久，来北京自然是一口家里话。不是山东话，是东北话，直着说的。在书店里，顾客经常会问一些愚蠢的问题，比如书抱在怀里还问你多少钱一本，书架上标明文学书在哪，他不看，单单要问一句。问了就要回答，做到百问不烦，百拿不厌。沙袖随口回答了一句，顾客没听清楚，因为她无意中用的是东北方言。只好再回答一遍，她说起了普通话。不地道，本身普通话就有问题，加上这么多天一直都说方言，普通话顾客听了也别扭。那家伙显然有点轻薄，故意又问了一次。普通话说不好已经让沙袖很伤心了，偏偏他又调笑她，沙袖就火了，一点都没给他好脸色，沙袖说：

“你到底是来买书还是来挑毛病的？”

那家伙就不高兴了，把书抖得哗哗响，对二老板小吴说：“你看看，你看看，什么态度嘛！”

小吴一直坐在旁边，他们的对话都看在眼里。小吴赔了个笑脸，让那家伙多包涵，说沙袖这几天家里有点事，心情不太好。为了表示歉意，那本书打八折卖给他。那家伙得了便宜就住嘴了，白了沙袖一眼。那家伙走了以后，小吴开始给沙袖上课，纠正她的服务态度。顾客就是上帝嘛。沙袖忍了，也觉得应该好好对待上帝。

然后又有客人发问。沙袖拧着劲说普通话，刻意了反而更不溜了，客人听懂了。这回有问题的是小吴。小吴说，这样不行，要好好说普通话，普通话怎么能这么说呢？让沙袖很不高兴，他以为沙袖在消极抵抗。这是两天前的事了。

今天还是这事。沙袖用东北式普通话回答客人问题，小吴又不高兴了，他说你能不能把普通话说好了？对一个女孩子说这话，有点太过分了，这东西显然已经是能力的问题了。沙袖决定不再说话了。再有客人问她，她就拿出书来指给对方看，价钱，位置，像人类直立行走的时代一样，一切疑问都用指指点点来解决。顾客有的头脑不好使，就再问，还不明白干脆去问小吴。小吴太不高兴了，当着顾客面就说：

“我说小沙，你今天怎么回事？舌头是不是生病了？”

沙袖说：“没有。”

“没有就说话嘛。”

“我普通话说不好。”

“说不好就好好说嘛。”

“我怎么不好好说了？”沙袖一下子来火了。

“你什么态度？这态度怎么能够带到工作中来呢？”

“我就这态度。我普通话就这水平。”

“小沙，沙袖，你要是觉得委屈了，你可以走。”

沙袖当时眼泪都出来了。“走就走。”她头脑也热了，从柜台里拿出包，“我现在就辞职。”说完就离开了书店。外面的阳光照得她恍恍忽忽的，就这么辞职了。跟做梦似的，有点简单。但是回不了头了。

沙袖的决定得到了一明、老边和我的一致赞同。拽什么拽，不就一个鸟书店么，还把自己当碟菜了，我们先炒了它。我们的态度把沙袖逗乐了，一边笑一边抹眼泪。我们暂时都把丢掉工作的事给忘了，事实上，这个工作花了一明很大的精力才弄到的，好像还用上了他导师的关系。当初他是不打算沙袖出去工作的，一是觉得沙袖在香野地累了这么多年，到北京先歇会儿再说；二来也考虑到工作难找，合适沙袖的更难找。他觉得自己应该拼命干活，挣钱，一个好男人应该有能力养活老婆。所以他对丢掉工作本身并不惋惜，只希望这事不对沙袖的心理造成影响就好了。

没影响绝对是瞎说。我觉得沙袖一直在乎她的普通话，甚至是很在乎。否则她就不会要求一明在家里不许说普通话了。她的要求常常被边红旗引用，老边没事就对我说：“不许说普通话。不许说，就是不许说！”这是沙袖的语录。她不喜欢一明在她面前说普通话，觉得说普通话的一明一下子就远了，不再是这些年来操一口山东话的邻家男孩。她和一明在一起时，喜欢他声音里的地瓜干味。她刚来北京那段时间，一明一不小心就露出了北京味，字咬得很重，舌头打着卷说儿化音。沙袖就纠正他，让他的声音回到香野地去。一明经常都不小心，沙袖就不高兴了，脸板下来说：“不许说普通话。不许说，就是不许说！”

搞得一明立马得转，转得太快都找不到舌头在哪了。训练多了就好了，过一段时间一明就应付自如了。比如他带着沙袖和同门的师兄弟、师姐妹们一起吃饭，他就采用两套话语，跟师兄用的是普通话，一转脸给沙袖夹菜，地瓜味就出来了。跟我和边红旗在一起也是这样，在家里一口山东话，出了承泽园舌头就开始打卷。他经常在我们面前说方言，我和边红旗受到传染，偶尔也会用各自的方言对话，真是风马牛不相及，很有点意思。

沙袖倒不是不喜欢普通话，她不高兴的原因，我觉得是因为她普通话有问题。问题也不是很大，但就是没法彻底除去赵本山的味。单说东北话很好听，那旮子那旮子的真有点悦耳，尤其女孩子说；说普通话再那旮子一两下就不对味了，尤其还是女孩子。沙袖为此很伤心。她其实努力过，甚至一直都在努力，尽管她不说，而且还老是告诫一明不许说普通话。偏偏在香野地张嘴就地瓜味的孟一明，到了北京一开口就像穿了西装，跟个正儿八经的北京人似的。让沙袖觉得这地方真是离她很远。一明也觉得奇怪，沙袖的声音很好的，念中学时，他简直像盼福音一样盼着沙袖说话，怎么普通话就说不地道呢？据说女孩子的语言天赋要远远胜于男人的。没办法。

沙袖刚来北京，有一段时间也努力矫正发音，收效甚微。她私下里练习普通话，都是关起门来一个人练。我也是偶然的机会知道的。有一个周末，我以为一明在房间里，没敲门就直接推门进去了，看见沙袖一手拿着复读机，在重复机子里的声音。她在学习中央电视台播音员说话，学的还有点像。看到我很不好意思，立马把复读机放下了，一开口又恢复了过去的发音，真正的日常对话，她还是改不了东北味。说不好又学不好，她就更伤心了。又经过菜市场上的大妈和公交车售票员的几次打击，之后彻底放弃了努力，索性随他去了。北京越来越像上海了，口音不对就欺负你。上海我没去过，听说开口不“阿拉”一下，坐车都受歧视，是乡下人。北京公交车的售票员，耳朵也越来越挑剔了，听到外地口音的就把你归入民工行列，问路都爱理不理的，儿化音重得都有点阴阳怪气了。沙袖去菜场买菜，一张嘴就露馅，买菜的大妈就提价，爱买不买，好像外地人缺了这点菜就会饿死。她上过几次当，买菜的价钱总比一明高，一气之下，买菜的活儿都让一明做了。

叶老板在电话里很不理解，一点小事。这怎么能是一点小事呢？沙袖觉得大着哪，所以她要发火，工作都辞了。罗马不是一天建成的，有点道理；建成后的罗马就不再是一片大野地了，随便动一下都非同凡响。不管怎么说，职是辞了。这是沙袖最担忧的，下面的日子怎么打发，才是大问题。

十四

一觉醒来，我问边红旗：“老边，我跟你去办假证怎么样？”

边红旗的脑袋从门后伸出来，眼还没睁开，“半夜三更的你闹腾什么？”

“我要跟你去办假证。”

“真的假的？你梦游吧？睡觉去，明天再说。”

边红旗把我推出去，砰地关上了房门。我才想起来，沈丹还在他房间里。我披着衣服回到自己的房间，看看手表，凌晨4：30。是有点早。我想和老边一起出去办假证，这个想法刚在梦里出现的时候，也把我吓了一跳。这事边红旗做得很轻松，但它毕竟是个违法的事，我可是半辈子的良民，从小到大别人的一根针都没拿过。我又看看表，4：35，我熄了灯，在黑暗里睁大眼，我还是想和边红旗一块儿出去试试。

没钱了。昨天把卡插进自动取款机，眼就蓝了，还剩下一百二十六块钱。我来北京之前，母亲说，没钱了就说一声，家里给寄去。我说不要，哪天卡里的钱真见底了，那我混得也实在太不像样了，就该回来了。现在就快了。可我不能回去，脸往哪放啊。后院不能起火，我得迅速地把卡给充实起来，越快越好。乱七八糟地瞎想，又睡过去了。

九点钟时我被边红旗叫醒了。他隔着门问我，昨晚是梦游还是抽风。我赶紧起床，让他等等我。我说，我要跟你去办假证。

“作家也干这种事？”他拍着沈丹的肩膀取笑我。

“诗人都能干，作家为什么不能干？”我说。

沈丹说：“你真以为大作家跟你一样去赚那点小钱？人家是去体验生活，回来了就是一部《红楼梦》。”

“嗯，还是沈丹聪明。”我说。“体验生活。”

一起下楼吃了早饭，沈丹回家了，我和边红旗正式开始了办假证的生涯。程序我多少都知道，拦着形迹可疑的家伙，问他要不要证件，发票也有，他停下来，就有戏了，宰死他。我在想象里拦住很多人了，他们一个个都形迹可疑，真让我高兴。我跟边红旗说，任何地方我都可以去，千万别去北大门口，虽然我是编外的黑户，好歹还认识几个人，暂时我还不能做他们的生意。

“那去哪？”

“随便，最好是一到那儿就能挣到钱的。”

“那就银行了。有这么好的地方我早去了。”

“你平常都去哪？”

“不知道，逛到哪算哪。听说双安商场打折甩卖，去那里看看？”

我随便，跟着他走。今天是见习。我们从北大南门经过，过太平洋大厦，转到中关村大街往南走。一路的人和车，各个店里都在放着半死不活的歌。边红旗吹着口哨，努力装出不是办假证的样子。他往公交车站牌底下凑，要看看前几天他贴在那里的小广告还在不在。这是招揽生意的另一种方法，把手机号码写在一张口曲纸上，注明“办证”，到处都可以贴。有意者会主动和他联系的。边红旗骂了一句，站牌上的小广告只在不起眼的地方剩下一张，都被环卫工人清除掉了。边红旗说，让你撕，明天我还贴。

我们是一路走到双安商场的，边红旗也看了一路，他几乎在每个站牌和广告上都贴了他的小广告。尽量都贴在显眼的地方，比如广告牌上的漂亮女人的脸上，尤其集中在眼上和嘴上，有时候干脆三张，眼睛蒙上嘴巴也堵上。但是现在几乎消失殆尽。他就骂，然后到处找漂亮姑娘看。天不太好，看起来要下雨，即使要下雨，北京的天上一般找不到清晰的乌云。边红旗不时抬头看看天，骂完了就指指点点地评价某个女人的屁股。不可否认，他对此很有研究。这是有理由的，他说，这么多年他都是这么看过来的，说不出个真理也能大差不离。

“你天天就这么盯着女人屁股看？”

“不看还能怎么样？”

“我是说，你整天都这么看？”

“当然。”边红旗掐灭烟扔进垃圾桶里，“不然日子怎么过？你以为整天站在风口里拉客容易？不找点乐子无聊也把你无聊死。”

这倒也是。边红旗指着天桥上一个穿皮夹克的男人对我说，看到了吧，那家伙也是办假证的，我认识，我要没有点看女人的爱好，就跟他一样，傻子似的站着。那家伙一只手插在口袋里，另一只手向过路的行人比画，那人没理他，他只好把另一只手也插口袋里，倚着栏杆站着，真像个傻子。这个形象让我很难堪，我要真搞假证，十有八九和他一样。

双安商场果然在打折促销，很多人挤进门去。边红旗没有急着进门，而是站在路边，漫不经心地看着来来往往的人，冷不丁对一个男人说：

“先生，办证吗？什么样的都有。包你满意。”

那个人看看他，避瘟神似的躲开了。边红旗像什么事都没发生过，跟我聊起了天，说天气，要跟我打赌今天会不会下雨。正争论着，他又离开了，去问另一个年轻人，那小伙子也拒绝了他。回来继续和我说话。

我问他：“老是被拒绝，你不难受？”

“这就难受，那我还不知道上过多少次吊了。你以为是妓女拉客？不过说实话，这年头妓女拉客也不容易了。”

边红旗招揽的第三个客人是个中年妇女，那女人打听了几句又算了，对边红旗摆摆手就进了双安商场。边红旗又骂了一句，把烟踩灭，说算了，告一段落，去逛商场。我问他怎么问了三个就不问了。

“事不过三，运气不好。先逛逛，逛到了好运气再出来找生意。”

我们其实是瞎逛，不需要的东西白送也不想要；想要的东西又太贵，打两折也不是个小数目，买不起。干脆什么都没买。我们逛了整整两个小时，把楼上楼下各个角落都看了，然后决定出来，再到外面逛一圈就该吃午饭了。

出了商场外面正在下雨，很大，北京的冬天难得见这么大的雨，很多人都躲在商场门前躲雨。我们也挤在人群里，有点无聊。突然，边红旗拍着我的肩膀说，这时候不错，省得我半夜跑出来。他让我跟他进商场，到了文具柜，买了若干张背面带胶的口曲纸和两支圆珠笔。买完了我们去洗手间，一人找了一个小包厢蹲下，不是办大事，而是在口曲纸上写边红旗的手机号码，注上办证字样。一口气写了一大堆。然后买了两把雨伞，撑着伞跑进雨地。

大街上人少了点，车子目不斜视只管跑，满身都是水。正如边红旗说的，下了一会儿雨站牌底下的人就少了，我们可以把伞放低一些，遮遮掩掩地把小广告再贴一遍。一路贴下来，手里的口曲纸竟然全贴完了。我们在大白天把办假证的小广告贴出来了。开始我很紧张，后来觉得挺好玩的，产生了一种游戏心理，接下来做得好像就坦荡了。这也是边老师教导的，别总想着违法犯罪，就是游戏，一场赚钱游戏而已。对，一场游戏。游戏完了已经两点半了，雨还在下，小了点，马路上的人多了起来，我想又有很多人已经看见了那些小广告。

边红旗说，差不多了，今天的工作就到此结束吧，吃过饭回去睡一觉。下午雨停了也不会有什么生意。这是他多年来的经验。他也一直是这么做的，半下午就不怎么干活儿了，到处转转，找沈丹或其他女孩子，或者回到宿舍睡觉，当然，也可能会揪着头发写诗。

第二天我又跟他上街了。这次去的是农业大学那边，也是边红旗新开辟的一个根据地，短短的一个月里，他在农业大学门口做了七桩生意，都还不错。我们俩坐公交车过去。之前这地方我从没来过，看风景就花了我不少的时间。我提议到农大里面看看，边红旗说，急啥，做完了一桩生意就进去，带着成就感玩才爽。我们就等，对着过往的行人察言观色。边红旗让我试试，试试的目的在于强迫我张嘴，像拉客那样去招揽生意。真正要开口才发现这工作是多么困难，有好几次我几乎已经冲上去了，还是退回来了。还有一次，已经站到一个学生面前了，对方一愣，问我要干什么？

我说："没什么，这是农业大学吗？"

那学生鄙夷地看了我一眼，指指身后大门上的牌子，一声不吭就走了，走了几步才说："神经病。"

边红旗也不失时机地取笑我，说知识分子就这毛病，找妓女都不好意思说是嫖，而是说放松。我说没办法，关键时候突然开不了口了。

"你还真以为自己是知识分子？"边红旗说，习惯性地吐烟圈，他有事没事就吐烟圈，悠闲的样子很刺激人。"你能不能不要脸一点？就当自己是个卖身的，拿拉客的心态来问生意。"

我躲到一边深刻反省，终于觉得自己已经差不多不要脸了才走过来，这时候边红旗已经成功地做了一桩生意，给一个已经工作的男人做一个地质大学的本科毕业证。

边红旗问我："行了？"

我深吸一口气，点点头。

这会儿正好过来一个男学生，一看那东张西望的样子就知道，这家伙是装出来的，他在校门口寻寻觅觅，眼睛不时往我们身上瞟。边红旗说："上。"

那男生走到我附近的时候，我迎上去，声音小得我自己都快听不见了，"同学，想办证吗？什么样的都能办。"

"多少钱？"他说，依然东张西望，晃荡晃荡的像得了小儿多动症。

"那得看什么证？"

"硕士学位证书，农大的。找工作用的。"

这个价钱我不太清楚，转身看看边红旗，他在一边抽烟，离我远远的，求救都不方便。我只好硬着头皮胡乱开了个价："一千。"

"五百。"

"一千。硕士学位证不太好办。"

"就五百。"那男生还在晃荡，晃得我头有点晕，"我同学前几天刚办了一个，就是五百。"

"那好，五百就五百。"我几乎是迫不及待地接下了这桩生意。按照规矩，我收了他一百五十元的定金。

边红旗听了我的生意，咧开嘴笑起来，他说我太谦虚了，要价少了，一个硕士学位证八百块钱是没有任何问题的。我说那家伙说，他同学只花五百就搞了一个。边红旗批评我幼稚，都什么年代了，你不骗人人就骗你，有的学生脑瓜子比我们活络多了。我问他赚不赚，他说当然赚，只是可以赚得更多一点。不过已经很不错了，第一次卖身就赚，还是很值得祝贺的。我由此也高兴起来，许诺中午请边红旗吃饭。

我们在农大附近又转了一个多小时，问了几个，都没做成生意。昨天下过雨，天有点冷，我们打算找个地方吃饭，下午干不干活儿再说。正商量到哪儿吃饭，边红旗手机响了。是个男的，要办证，边红旗和他咕噜咕噜说了一通，最后说，好。关了手机他有点兴奋，说昨天在雨地里没白干，生意上来了，对方通过口曲纸上的联系方式找到了他，想办个大的，要在万泉河桥边面谈。为了赶时间，我们打车去了万泉河桥。

下了车就开始在桥底下找电话里的墨镜。很容易就找到了，大冬天戴墨镜的实在太少了，看到了吓我一跳，那人个头很高，墨镜冰冷，让我觉得身上也跟着冰凉。墨镜主动凑上来，问边红旗："你就是边红旗吧？"

边红旗点点头，指着我对他说："没事，这是我朋友，也是干这行的。要不找个地方谈？"

墨镜说："好。"

他带我们从立交桥下穿过，往万泉新新家园那边走。刚走不远，身后不知从哪里又钻出两个戴墨镜的男人来。我觉得有点蹊跷，就用胳膊肘捣边红旗。老边一点就通，小声说："跑。"这时候他正在和前面的墨镜说话，一副谈生意的架势。

我还没反应过来，边红旗猛地转身，一把将身后的两个墨镜推到一边，拽着我的胳膊就跑。三个墨镜都没有及时反应过来，后面的两个之一还摔倒在地上。没想到边红旗平常松松散散的，跑起来竟然这么快。后面追上来，嘴里叫着：

“站住，站住，我们是警察！”

我们已经穿过了万泉河桥，跑到了妇产医院前。边红旗说分开跑，他直接往北，跑上了万泉河路，我则沿着苏州街南路向前跑。我都快蒙了，边红旗说什么听得也不真切，只顾跑。那会儿正赶上上下班，苏州街南路车辆头接上尾巴连成一条龙，行人也多，我感觉是在人群里穿针引线。人群也骚动起来，有人疲于奔命地跑当然是件有趣的事，我觉得好像很多人都在跟着我跑，身后的叫喊声不断。我跑得更快了，追在我身后的人好像更多了，满耳朵里都是杂沓的脚步声，我前面的人也跟着跑起来。满大街的人都在跑，满天地都是跑步声，我的喘息呼哧呼哧的，肺部变成了一个巨大的风箱。我竟然跑得很轻盈，脚底下长毛似的。我觉得我跑得很快，从来没有这么快过，长这么大我从没参加过一次运动会，真是可惜了。

跑过了苏州街南路我闯了红灯，赶在一辆红色的轿车撞上来之前拐上了苏州街，向北跑，冲着海淀桥和海淀。我是一口气跑到海淀的，到了硅谷底下，我实在是跑不动了，衣服粘在身上，整个人的体重似乎突然变多了。此刻马路上安静下来，车在走，自行车也在走，行人也在走，满大街的人没有跑的。我也不跑了，我一屁股坐到了硅谷电脑城门前的台阶上，我得喘口气。

两腿发软，现在开始害怕了，要是被抓住就太熄火了，我还没来得及挣钱呢。我拍着腿肚子到处张望，看有没有墨镜追上来，没有。小腿开始变硬，长久不运动就会出现这种情况，想想我这一路跑的可不少啊，这么多年错过的运动会今天全给补上来了。

然后我的手机响了。是边红旗，他问我现在哪里，我刚要回答，看到他抱着手机边说边向这边走。他说："他妈的，我们大概给那帮狗日的骗了。"

我把手机关掉，问他："什么骗了？"

他才发现我在他面前。"没想到你的腿也挺溜的，都跑到这儿了。"他说，拉着我要去吃饭，"先填饱肚子再说。"

"那几个墨镜呢？"

"那几个狗日的，别管他们。没事了。"

还在"元中元"饭店。喝酒的时候边红旗问我，还记得那几个家伙长得什么样不。我想了想，只记得最先见到的那个墨镜，他的左下巴上有块发亮的小疤，不仔细很难看到。

"对，就是这个狗日的。"边红旗拍了一下桌子，把其他的客人惊得一愣。边红旗没管他们，接着说："快跑到路头上时，我突然觉得好像在哪里见过那狗日的，但就是想不清楚。你这一说，我明白了，他妈的他们根本就不是什么警察，去年还找我办了一个假证。狗日的他想敲诈我们。"

边红旗说，贴小广告经常会出这事，有警察找你，直接把你揪起来；还有就是墨镜那样的鸟人，冒充警察，敲得更狠。总算今天运气好，逃掉了。

边红旗说：“动老子的心思。正儿八经的警察我都逃过了好几次。刺激吧？”

“太刺激了。”我说，“这活儿我恐怕干不了了。”

“怕了？”

“怕了。”

边红旗笑起来，说：“你们当作家的，就是这毛病，觉得一件事好，就会想得比什么都好；不好了，就比什么都可怕。老弟，干什么事都一样，再好也不会好到哪里去，再坏也不会坏到哪里去。”

“我还是不想干。”我觉得说出这个决定让我难为情。

这顿饭我来买单，说到底还是边红旗买单。我用在农大门口揽的那个生意的定金付了账，然后把那个生意转给了边红旗。

“这怎么行？人家到时候是要和你联系的。”

“他会联系你的。”我说，觉得酒喝得有点高，“我怕这事做不好，所以留给他的是你的手机号。”

边红旗说：“你小子，根本就不想干这事。”

冤枉我。天地良心，当初我可是诚心想指望这事发点小财的。

十五

以后的好长时间里，我成了他们的笑柄。边红旗说，你是我这辈子见过的最短命的假证贩子。我只能任其奚落，我说，没办法，搞假证已经不容易了，他们还到处追我们干什么？这个毫无逻辑的玩笑又让大家笑了一阵。假证生涯是结束了，生活还要过下去，简单地说，现在需要的主要是钱。我终于体会到了。刚来的北京的时候，一个和我目的相同的朋友跟我说，他来北京后才发现，其实写不了什么东西，所有精力都用来赚钱了。既然只能赚钱了，哪个地方赚不是赚，他待了一年就卷铺盖回河南老家了。他留给我不到两万字的零散文字，他一年的收成。我要想法子赚钱。像沙袖一样，她要继续找工作，总待在家里不是个事。

沙袖找工作比我还要困难，合适的太少了，除了去饭店做服务员，但是一明不同意。沙袖试过，最后还是被一明从饭店里拉了回家。那会儿沙袖刚辞掉书店里的工作不久，她闲下来觉得很难受。因为烦闷，她常下楼走走，当然不会走太远。我们都以为她只是散散心，没想到过了几天，她兴冲冲地从外面回来，要告诉我们一个好消息。一明刚好出门，她就告诉我和老边，她找到工作了，老板说，下午就可以开工了。在承泽园外一家叫“天外天”的饭店。下午她就收拾一下去了。半下午时分，一明从外面回来，问沙袖到哪儿去了。我说工作去了。

“在哪？我怎么没听说？”

“天外天饭店。刚找到的。”

“瞎搞！”一明说，拉着我要一起去把沙袖找回来，“谁让她到饭店里去的！”

“反正她在家也没事，就让她先干着吧。”

“不行！那地方我师兄弟们常去吃饭，看见了怎么说我？再说，也不能跑去端盘子洗碗啊，我们又不是穷得活不下去了。”

他执意要把沙袖叫回家。我们到了天外天，先是站在玻璃外面往里瞅，他不好意思直接冲进去。沙袖在给客人倒茶。一个服务员以为我们要吃饭，掀开门帘要欢迎我们光临。我摇摇头。但是我们不吃又不走让她纳闷，很多人都转过头来看。沙袖看见了我们。她对我们谨慎地摆摆手，意思工作时间，让我们走。她再次回头，我们还站着，她只好和吧台的老板说了一下，出来了。

“你怎么跑这地方来了？”一明说。

“刚找到的。我在上班，下了班回家再说。”

沙袖说完就要进去，一明拽住了她。“你怎么不和我商量一下？这事不能干，跟我回家去。”

“我不回去，还在给客人倒茶哪。”

一明有点火了，因为饭店里的很多人都在看我们拉拉扯扯。他把沙袖的围裙一把扯下来，让我送给老板，拉着沙袖就走。沙袖挣脱不开，窘迫得都快哭了。我把围裙随手扔给站在门边上的服务员，跟上了他们。沙袖真哭了，她觉得难堪而且委屈。沙袖说，我找了这么长时间才找到的，回家你让我干什么。

“会找到更好的工作的。”一明说，“但是这个实在不能干。”

“那要找不到呢？”

“找不到也无所谓，我自己的老婆还养不起吗？”

沙袖又待在了家里。她也很无奈，她也不想去饭店端盘子洗碗，但是其他的工作实在太难找了，一报上学历和籍贯就被枪毙。那几天，她连续被枪毙了六次。现在，她整天对着电视发呆，偶尔也会打开门和窗户对着整个北京发呆。一个中午她来到我的房间，用带山东口音的东北话说：

“我开门就看见楼在长。”

说得真好。我伸头看着窗外，好几座大楼都搭着脚手架，它们一起在长。寂寞出诗人了，但是沙袖满脸悲凄，她又说：“生命长得让人厌烦。”

“是，让人厌烦。”

我把正在写的文档关了，我不想让别人看见我在挤牙膏，挤的就是些向小报副刊邀宠的小东西，甜得发腻，写完了我就吃不下饭。可我还得夜以继日地搞，不惜一稿多投，像卖身一样对着所有小报露出笑脸。然后我们两个都不说话，显而易见，下意识地同命相连了。

过了半天，沙袖说："你好歹还能写。"

"写不如不写。"

我只能这么说。我不能对一个女孩子说，你知道逼着自己去卖身有多痛苦吗。然后又都不说话了。在某一时刻，一个人会意识到自己又长大了，生活强迫你强壮起来，去承受和想办法获取，它已经落到了我们的肩膀上。

常常会这样，整个家里就剩下我们两个。莫名其妙地一个人就会跑到另一个人的房间里，说出一两句莫名其妙的话。说完就冷了场，谁都没有意识到这是冷场，而是觉得就不想再说了，然后再回到自己房间。现在想想那些没头没脑的感叹，好像句句都是精妙的诗。

好日子总算有了点眉目。一明带了个不错的消息回来，他师兄接到了一批活儿，编一套书，他替我和沙袖各争取了一本。刚听到消息我心里还打鼓，我能编书？沙袖眼睛瞪得更大，她坚持认为这辈子只有读书的份。一明说没问题，他研一时干过，很简单，基本不太过脑子，只在网上搜一搜，把相关资料删减拼贴一下，一本书半个月就搞定了。这在北京不叫编书，叫攒书，就像组装电脑叫攒机子一样。最要紧的，只要合同签了，当场就可以拿到百分之二十五的稿费，按照正常价格，这百分之二十五意味着两千块钱左右。也就是说，一本书，半个月，能挣个小一万。一万，什么概念啊，听了都口水直流。

我当即拍桌子，干。当然要干。

沙袖还是紧张，她没法把自己和一本书联系在一起，但还是答应了，反正身后还有一明。一明和他师兄师姐带着我和沙袖见了朋友，就是他揽下的这份差事。那人姓焦，是个诗人，满脸都是胡子，听一明的师兄说，他们打过交道，诗人靠诗只会饿死，所以焦诗人也经常攒书。客气了一番就去见书商。图书公司在宣武区的一座二十多层的楼上，不大，我们坐公交车晃到那里花了两个小时，中途转了一次车。沙袖说这么远，早知道这么远她就不来了。

一个胖男人别人都叫他何总，一只眼大一只眼小，这不耽误他目光敏锐地看人。他对一明的大师兄说：

"知识分子就是不一样。看看，气质就是好，一脸的书卷气。"

焦诗人就顺水推舟："是，是，他们都是研究生，还有博士，所以何总不必担心这套书的质量。"然后他让一明师兄把我们逐个介绍一遍。

一明师兄是个玲珑的家伙，介绍到我和沙袖时，说："这是北大中文系的博士，已经博二了，写小说，在国内各大刊物上发表了一百多万字，是我们北大的大才子。这一位是沙袖，北大艺术系的研究生，今年就要毕业了，能歌善舞，人长得漂亮文章写得更好。"

我们像电脑一样说升级就升级了。话都说出去了，我们只好红着脸接受何总的钦佩和久仰。何总介绍说，这套书是配合中学生和大学生对文学和艺术等方面的课外需求而策划的，选题主要集中文艺方面，企图通过一两个主线人物，把一个语种、一种艺术的成就尽可能地梳理出来。“比如托尔斯泰和陀思妥耶夫斯基。”他指着选题之一对我们说，“通过这两个大师，把俄罗斯的文学、历史、社会等方面都串起来，博而有专。我们的口号就是：关于俄罗斯，看完这本书就差不多了。”

他的意思我们差不多明白了。何总的意思是，定位不要太高，不能太专业，中学生、大学生，再包括一些城市小白领。丛书要做成图文并茂，读图时代了嘛，生动、形象、好玩，让他们看了以后觉得长了见识，不用认真学习也能显得有点墨水，能让他们觉得自己还有点文化，能上点品味。

“有点知识速成的意思。”焦诗人说。

何总说：“焦老师说得有点白了，不过理是这个理。”

然后是稿费的问题。一本书字数要求八九万，千字五十五；图片一百五十幅左右，找到一幅三十五块钱。这我爱听，饥饿的人看到了面包，一万块钱就在眼前啊。

我小声问沙袖：“干不干？”

沙袖犹豫了半天，说：“不知道。怕。”

一明说：“怕什么？干。”

何总去接电话的时候，焦诗人开诚布公地说，在座的好几个都干过这事，注意事项就不再多说了，他是牵头人，还是要说点责任内的话，就一点：不要所有的材料都从网上搞，尽量要有自己的想法；征引资料时千万注意，尽可能找那些老外的资料，这样一般不会涉及抄袭等问题，否则后果自负。我们都点头。

何总回来后，大家开始挑选题。我挑的是《魔幻的拉美》，要求以马尔克斯为主线，勾勒出一个魔幻的拉丁美洲来。沙袖在众多题目间踌躇，一明做了主，替她选了《脚尖上的艺术世界》，以邓肯为例。这一块是沙袖的强项。结束后每人拿到了两千块钱，感觉好极了。为了庆祝突然摆脱了穷人的身份，我们凑份子到了一家不错的馆子里吃了一顿。

以马尔克斯为主线，我以为事情就好办了。我对老马很熟悉，国内所有翻译过来的他的作品我都读过，传记资料等等平时也读了很多，这是我喜欢的一个作家。但是真正打开电脑，脑袋里突然一片空白，不知道从哪下手。一明说，先别急着写，搜，在网上把所有与老马有关的资料都搜集出来。沙袖也在搜。然后分类别保存。搜资料下载就花了我们一周的时间，真是看到了一张信息的网，一个马尔克斯和一个邓肯，几乎把全世界都兜了个底朝天。牵一发而动全身啊。搜完了资料接下来就蒙了，我蒙沙袖也蒙，下载的东西仅仅意味着一堆资料，理不出个明晰的头绪。不得不找相关的书籍来借鉴一下，比如传记什么的。

一明帮我们从北大图书馆借了很多资料，又陪着去了西单图书大厦。抱回来一摞子书，放到书桌上摊开来，竟然全是所谓的学术书，头都大了。边红旗到我房间来，见到了那些书就取消我，作家也改行做学问了，搞得跟真的似的。

“没办法。”我说，整个人瘫在椅子上，“只好假戏真做了。”

“还不如跟我去办假证舒服。”

如果不受围追堵截，办假证的确很舒服，悠闲，在大街上晃来晃去像个观光客。但是他不总是观光客，更多的时候像个通缉犯，这就让人受不了了。我宁愿去攒书。

沙袖的日子不比我好过，网上和书上关于邓肯的资料没有老马多，她做起来更辛苦。但她能受，有事做了总是让人开心的。在资料里搞得腻味了，我就站在客厅里找她说话。沙袖说，继续看，得恶补，我都快被社会抛弃了。有一天下午我到她的房间，发现她看的竟然是法律书。

“你看这个干吗？”

“瞎翻翻，说不定用得上。”

她把书合上，顺手打开音乐，看起了邓肯的传记。她不想让我知道她在看法律方面的东西。迷糊了一下我就明白了，沙袖不是在为邓肯看法律，而是为一明看法律。她好像什么时候对我说过，两个人在一起，最要命的不是爱情还在不在，而是没有了共同语言。共同语言很重要。那天我们拿了钱一起吃饭，他们在饭桌上谈的都是法律，除了好玩的个案还能听出点意思来，其他时候我和沙袖都像个呆瓜，插不上嘴，连耳朵往往都插不上。当时我就想，千万不能和专业的家伙们坐在一张饭桌上。我一个人吃得很无聊，想想那会儿沙袖应该比我还惨，一明是她男朋友，她的心态大约和我完全不同。我记得当时，她一直低着头，把两支筷子分分合合，就是不夹菜。

那本书用了我一个月的时间。一明说，他师兄师姐半个月就弄完了。可我不行，我的认真让我自己都觉得讨厌，在那本小书里，我尽力把魔幻的拉美疏理了一遍，找了大量我喜欢的图片，我想把它做好。追求完美总是很痛苦，我撑下来了，中途就决定，以后再也不干这种活儿。沙袖用了一个月多两天做好了，接着又接了一个活儿，关于歌德的。我们都觉得她疯了。

交了差觉得世界一下子大了，疏朗，可以干自己的事了，然后等着拿剩下的七八千块钱。书商说，书出来一个月就给钱。多好。

十六

午睡后大家起来，在客厅里瞎说，说到了将来哪一天不幸有钱了一定买车，起码也得奥迪。我还把一本杂志上奥迪的款式找出来，就要这样的。边红旗说，没出息，怎么说也得个宝马吧，现在一明都坐上了宝马，我们有朝一日那不太落后了。

沙袖正在开电脑准备攒书，听了就笑：“一明坐宝马？他梦里还坐宇宙飞船哪。”

“我都看到两次了。”边红旗说，“绝对是宝马，开车的还是个漂亮的女人。”

“真的假的？”我也怀疑。能坐上宝马的人在北京也不多，况且是我们这些穷光蛋。

“我撒谎有钱赚？就在承泽园门口下的车，爱信不信。”

“一明爽啊，下了课还有美女开宝马送回家，为什么不一口气送到楼底下。”

“你看我们楼底下还能跑开宝马？”

我是开玩笑的，说过了觉得不妥，扭头看看沙袖，她认真地看着电脑屏幕。她说：“你们这些臭男人啊，整天就知道做白日梦。”

边红旗说：“咱们这号人，再不做点白日梦还能活下去？”

说得我一阵伤心。边红旗出去揽活儿了，我开始写东西，两千块钱稳定了我的生活。下午五点钟左右，沙袖叫我和她一起出去。我问她干吗，她说没事，攒书攒累了，想出去走走。

“一明马上该回来了。”

“他回来我就不能出去？”沙袖说，“我又不是他老妈子，要提双拖鞋迎到门口。”

沙袖下楼的速度很快，下了楼走路的速度也很快，一点散心的样子都没有。我说你去抢银行还是参加运动会。她说快了吗，那就慢点儿。其实也没慢下来，我们很快就到了承泽园门口。快傍晚了，卖馒头、熟菜的小摊点已经开始占领万泉河边和桥上的有利地形，吆喝声也响起来。沙袖在各个小摊子间转悠，挑挑这个，看看那个，问了一圈什么都没买。我跟在后面像个跟班的，偶尔听她说几句什么菜怎么做，哪个东西更好吃。

我们在桥附近转了一个大半个小时，我还是没搞懂沙袖要干什么。后来一明从蔚秀园那边步行过来，沙袖问他怎么回来比前几次迟了，我才心里一动，她大概是想看看一明是不是真由一个漂亮女人用宝马送回来的。一明说当然是坐公交车回来的，北大西门那站下的。

一明每周去代两次课，周一和周四。我和沙袖下楼那天是周一，周四下午我就觉得沙袖有点不对劲了，三点过了她就在房间里走来走去，把音乐声音开得很大。那天边红旗在家，午睡被沙袖的音乐吵醒，迷迷糊糊到我房间里找水喝。这几天他每天回来都比较早，听说外面风声有点紧，他出门开始比较小心了。边红旗看到我桌上有一张新买的碟片，要看，我就把电脑让给他，自己躺倒床上看书。

五点钟，沙袖果然来到我房间，问我愿不愿意下楼转转。我犹豫了一下说算了，我想把剩下的几页书看完。沙袖站在门前不进不退，她对一个人去似乎有点恐惧。这时候边红旗的碟片看完了，说他愿意做护花使者，正好下去活动活动。

他们在承泽园门前没看见把一明送回来的宝马，就直接去了北大西门那站。沙袖看见的一明不是在公交车上下来，而是从一辆宝马里出来，开车的果然是个女人，而且看起来年轻漂亮，像影视里那样的白领打扮。一明下车进了蔚秀园不见了，宝马才掉头驶向海淀方向。晚上因为这件事吵架了，边红旗才告诉我，当时沙袖没让他和一明打招呼，他就知道坏菜了，他的大嘴巴惹祸了，不该提什么宝马的事。

架吵得还算平和，是关起门来以后才吵的。大概一明说不清楚了，就把门打开，把我和边红旗都叫到客厅里，他说可以让我和边红旗作证，他到底是怎么样的一个人，是不是那种随便瞎搞的人。沙袖就是不说话，听一明一再重复简单的几句话。

一明说，那个女的是在他班上进修的学生，在中关村的一家电脑公司上班，人家有个做老板的男朋友，都快结婚了。她的专业是网络管理，对法律只是业余的兴趣。因为她也住在海淀，所以顺便把他捎过来。就这些。

沙袖说："那你为什么现在不让她把你送到园门口？"

"我不是已经说了吗，觉得拐到这边让人家麻烦，也担心你看了多心。"

"就这么简单？"

"这还不够？"

"那个女人喜欢你。"沙袖说着就哭了，"她看你的眼神有问题。"

"哪有什么问题？"一明无辜地看着我和老边，两只手摊开来给我们看，好像问题在手心里，"我怎么不知道？"

"我说有问题就有问题。她的眼神就不对！"

女人这方面的直觉远胜过男人。我和老边劝一明，以后少和她来往就是了，你没问题也得防着别人有问题。边红旗暗示他赶快认输，他在这方面有心得，和女人要想和平共处，必须时刻记住，她说什么就是什么，有意见下次提。一明是个老实人，就老老实实按照边红旗的意思低头了，向我们大家保证，以后决不再坐那个女学生的宝马了。

此后的一周风平浪静，各种迹象都表明，宝马事件没有留下什么后遗症。我们生活如常，唯一动荡的是边红旗，风声越来越紧，他不得不深居简出。一天的大半时间都在床上度过，偶尔沈丹也会过来，他就更下不了床了。他把房间里的所有与假证有关的东西都转移走了，他说是为了我们三个的安全考虑，防患于未然，省得到时候连累我们。除了沈丹和食物，他不再往家里带任何东西。沙袖对老边带女人回来不太高兴，原因是沈丹的叫声常常不能自禁，关两道门她的声音依然保持了强劲的穿透力，搞得我这个时候也不得不把耳机带上。

没想到沙袖的耐力和认真如此惊人，她在两周后把一明堵在了宝马边上。在硅谷前面，一明刚从车里出来，发现面前站着一个人，一声不吭地盯着他。车上的女学生按着喇叭让她避开，沙袖动都不动。

女学生把脑袋伸出来问一明："她是谁？"

沙袖说："他老婆。"

一明说："你怎么来了？"

沙袖说："回家说。"

一路上沙袖都没说话，默默地流眼泪，一直流到家里还在流。一明跟在后面解释，怎么解释都没用。一明后来对我说，真的没有什么，至少他没对那个女人动过歪心思。他已经找借口推辞了，但是女学生盛情难却，他是个男人，总不能告诉她说为了避免老婆生疑吧。但是沙袖不听，她说只要想推辞，怎么可能找不到理由呢。沙袖也有道理，除了死亡，还有什么拒绝不了的呢。

出了事一明就找我，希望我能为他开脱一点。他以为沙袖会大吵大闹，进了门他就对我打手势递眼色，让我出来，看那样子我就知道出大事了。

沙袖只是安静地淌眼泪，没有弄出任何大动静。一明却是手脚并用去解释，脸都涨红了，他的脸一红就像已经做了亏心事。一明说，这么多年你还不相信我？不信你问穆鱼。

我只好说："一明不会有问题的。我们同学四年，上下铺的兄弟，我知道的。"我正准备把大学里一明洁身自好的证据再次拿出来，沙袖打断了我。她的声音很平静，听起来和哗啦哗啦的眼泪没什么关系。

沙袖说："其实你们有什么我又能怎样？在这里我就是个废人，我什么都不知道，什么都做不来，一个人活下去都成问题，我凭什么要求你那么多？随你，你想怎么样就怎么样吧。"

说完抹一把眼泪就回房间了。一明和我都愣在那里，感觉像是攒足了力气的一个拳头准备打出去，突然发现对方只是一团棉花。失重感让我们俩大眼瞪小眼，不知该怎么办。边红旗从房间里伸出头，问我们出了什么事，看了一明沮丧的脸立刻明白了，招招手小声说：

"又出问题了？什么事告诉我，我帮你搞定。对付女人我还是有一套的。"

没等一明把事说清楚，沈丹就在边红旗的房间里叫他。老边说："过会儿再说，我先把这边的事解决了。"脑袋缩进去，门也关上了。

十七

沙袖变了，老往两个极端跑。安静的时候一天听不见她说一句话；冷不丁就热闹了，彻底放开的那种热闹，百无禁忌，常常让我一愣一愣的。除了买菜和散步，她几乎不出门，该攒书的时候攒书，这几乎成了她的工作，每次看到她安静地看着电脑屏幕时，我都会觉得，她的攒书事业可以一辈子做下去，一本完了再来一本。累了就开音乐，还会放摇滚，跟着敞开嗓门喊。以前她是不喜欢摇滚的，张楚的那种轻摇滚也不喜欢。然后就是找我和边红旗聊天，瞎说，什么都说，荤段子也不太忌讳了。边红旗很得意，他肚子里有无数的荤段子，现在终于可以放开手脚讲了，沙袖不再反对让他多少有点受宠若惊，越发地肆无忌惮。有时候沈丹或某个女人来找边红旗，他们房门关上后，沙袖也会主动和我说起门后的事，让我猜，他们现在究竟在干什么。她的变化让我吃惊。

更让我吃惊的是，她大白天也开始穿睡衣在客厅里走来走去了。因为不出门，干脆一天到晚都穿着睡衣，头发也不像过去那样讲究。一明为此提醒过她，沙袖说，我又没什么外交活动，又没人要看，收拾那么利索干什么？你看天都热了。是的，天开始暖和了，开始热了，穿睡衣和拖鞋一点问题都没有。我有时候会想，大概是逐渐适应城市的生活了，刚来北京时她传统而且保守，绝对不会穿着睡衣出现在一明之外的任何一个男人眼里。现在禁忌都没了。

沙袖的一些小动作开始让我心跳。她穿着睡衣站在我门口，问我怎么查资料，需要哪些书。她把左边的光脚从拖鞋里拿出来，放到右边的小腿上，轻轻地挤着小腿上白皙的肉，大脚趾分明在动。她的裙子被撑起来，在客厅灯光的映照下，看得见两条腿在裙子里的模糊轮廓。她也会挠痒痒，让睡衣的领口变得更低。我得低下头，我的脸比她还红。

“那你帮我查。”她说。

我打开电脑开始搜索她要的资料，她凑过来，上半身在我的头顶，我的头发感受到她的呼吸、身体的暖香和身体不明部位不经意的摩擦。一条资料查完，我要流出一身的汗。我不知道怎么会这样，她离开时的微笑有点放肆，拖鞋击打脚掌的声音故意弄得很大。

周五的晚上，十点钟左右，一明打电话回来说，他们同门师兄弟刚讨论完一个案子，要出去小聚一下，然后再到海淀体育馆的练歌房唱歌，问沙袖去不去。沙袖说不去，已经洗过澡了。一明勉强了一会儿她还是不去，一明就让她早点睡，不要等他，他回来可能会比较迟。这是常有的事，他们师兄弟经常聚会，吃饭，唱歌，打保龄球，他们有钱，帮别人办案子，或者导师请客，导师是有名的教授和律师，一口袋的钱，他们叫他老板。过去沙袖常和一明去，她的歌一明老板都叫好。

挂上电话沙袖站在原地发呆，她刚从浴室出来，头发还是湿的。她把毛巾绞来绞去，一把摔到旧沙发上，在客厅里喊：

“穆鱼，老边，有喝酒的吗？”

说完她就去敲边红旗的门。老边不在，去沈丹或者其他某个女人那里了。这些天他很郁闷，不能出门找生意，觉也睡烦了，只好出去解闷。我从房间里出来，问她，真的假的，半晌不夜的喝什么酒？

“喝，当然要喝。”她走到我门前，脸激动得都红了，“有酒吗？”

我犹豫一下说：“有。”

一共五瓶啤酒，我喝了三瓶，沙袖喝了两瓶。晚上剩下的菜。在我房间里一边看碟一边喝，王家卫的《黑白森林》。沙袖的酒量按说没这么大的，但她坚持要喝，半瓶下去她其实就差不多了。我不让她喝，她拿眼睛瞪我，说她是山东人，怎么会不能喝？喝完了一瓶，我又制止，她推开我，说：

“你欺负山东人是不是？舍不得这两瓶酒我就不喝。”

她的脸开始红了。我完全可以劝住她的，但是我没有坚持，我记得当时犹豫了好一会儿，还是决定和她继续喝。沙袖喝了酒变得更漂亮了，眼睛里有了动人的水在流动。我不再看碟片了，看她。

两瓶完了沙袖说热，已经没法平视着看我了，要么盯着我，要么斜视，浑身的热度看得见。她说你这屋里真热，开始在脖子边上挠，抓出了一道道指甲印。她对我说，穆鱼。手扶着我的膝盖向我凑过来，说，我难过。

她的上身在我眼皮底下，我看见了睡衣里面的内容，头嗡地响了。她竟然连胸罩都没戴，我看见了两个闪光的红乳房。沙袖的手伸过来，一只手抓住我的肩头，一只手抱住了我的脖子。

她又说："穆鱼，我难过，我为什么难过你说？"

她的胸部在起伏，身体在抖，像在冷。我也冷，热得受不了了的冷。我真想抱一抱这个柔软的火炉。沙袖说："我难过。"她的声音像在哭。我掐了一下左腿，又掐了一下右腿。沙袖哭了，嘴里还在说，我难过。

"你醉了。"我说，抓着她的胳膊把她拎起来，"我扶你回去躺一会儿。"

"我没醉。我就是难过，我想哭，我想回家。"

沙袖放声大哭。我把她架到她的房间里还在哭，哭得不大正常，有点像笑。我不知道怎么照顾一个喝醉了的女人，想当然地给她敷了一条湿毛巾，她不领情，一把扔到书桌上，碰倒了水杯把一本书湿了。这样我就更不知道怎么办了，坐在一边听她哭，直到她哭声渐小睡过去。我回房间时已经凌晨两点半，一明还没回来。

一明什么时候回来我不知道，第二天中午他起床后，我决定和他谈谈。

“你没发现沙袖有点不对劲儿吗？”

“我不是瞎子。”一明说，“可我跟她解释过无数次了，真的什么也没有。”

“她不相信？”

“我也不知道她信不信。她老是摆出一副漫不经心的样子。”

“问题是。”我伸头看看客厅，沙袖不在，接着说，“我前几天还看见你从那车上出来。”

“什么时候？在哪？”

“前天，碰巧看见了。在海淀。”

一明说：“真的没什么，我发誓。你也不相信？”

“我相不相信没有意义，关键是沙袖。你得让她相信。”

“这学期的课马上就结束了，以后我再也不会坐什么倒霉的小车了。”

这么说他还要坐下去。具体事情我不清楚，不好乱猜。末了我告诉一明，该说的我都说了，应该为沙袖考虑一下，她真的不容易。

一明说：“我明白。”

几天后我回了一趟家，母亲说家里有事，重大的事，必须回去。到了家我发现风平浪静，还是老样子。母亲说，有人给我介绍了个女朋友，让我去看看。我说我现在还不想谈女朋友，我在北京还一事无成我拿什么去谈？

母亲说："北京有什么好？待在家里我都能抱上孙子了。再说，就这么漂着也不是个事，没个根。眼看着三十的人了，你不急我和你爸还急。"

他们逼我去相亲。女孩是我们那个市的邮电局职员，平心而论，长得的确很不错，个头什么的也合适。收入更不用说了，母亲说，除了邮电系统和几个大学，我们这地方还有哪个单位能有这么好的待遇？感觉挺不错。她说她在不少刊物上读过我的文章，差点把我给羞死。她很认真地说，真的，她很喜欢，还向我讲述了我对我的几篇小说的理解。她大概是硕果仅存的文学女青年。如果不是文学青年，她恐怕也懒得理会我这样的无业游民。

"那都是些骗钱的小玩意，说出去让人笑话的。"

"大家都说挺好的。"她说，"我们这边很多人都知道你哪。"

她的意思是说，在北京我不怎么样，但在我们这个小地方，也大小算是个作家了。真让我哭笑不得。

"必须要在北京才能写作吗？"

"这倒也不是，北京的氛围可能好一点。不过也说不好，其实在北京我基本上也是一个人埋头自己搞。"

"那为什么不回来？"

我无话可说。有时候我也在怀疑，现在留在北京对我的意义到底是什么？是一种朝圣还是一个仪式？或者仅仅是一个蒙骗自己的形式和借口？

我说："我再想想。"

半个月后，我从故乡返回北京，正赶上边红旗搬家。不是完全意义上的搬家，尽管房间收拾空了，但他要求这个房间还为他保留着，过一段时间他还会再搬回来，下半年的房租他都交了。严打开始了，据可靠消息说，抓到一个是一个。老边担心连累我们，也担心住在这地方太显眼，他要搬到一个偏僻隐秘的地方。那天帮他搬家的是他的两个办假证的朋友，车也是极相熟的人，彼此都信得过。大大小小的东西一车全运走了。我要送他到新居，边红旗说算了，那地方实在不是人待的地方，而且，他压低声音跟我说，为了安全起见，他们相约不把地址告诉外人，请我们多包涵。

临走时我们送他下楼，沙袖磨磨蹭蹭在房间里不出来，一明就叫她快点，老边要走了，我们送送。

沙袖在房间里大声说："送什么送，是搬家又不是去死！"

边红旗笑笑说："沙袖说的对，我又不是去死，别送了。搞得跟遗体告别似的。"

尽管如此，老边和我们还是在楼下等着沙袖来告别，但沙袖终于没有下楼。我只听到她在房间里打开崔健的摇滚，声音巨大。她让我越来越看不懂了。

十八

边红旗的新家我去了一次，完全出乎我的意料，他竟然住在蔬菜大棚里。那地方已经靠近香山了。

有一天傍晚，我在房间里关电脑，正准备陪沙袖下楼买菜，边红旗打我手机。他说他一个人在北大里面转悠，想约我一起吃个晚饭。我说只我一个？一明和沙袖呢？

“算了吧。就你一个人。”边红旗说，声音有点低沉，“他们俩以后再请。”

我说好吧，听他说话那死样子，好像有点事。我跟沙袖说，有个朋友找我谈点事，晚饭顺便就在外面吃了，菜场我就不陪你去了。

沙袖说：“怎么全世界就我一人不忙？一明不回来吃了，你也不吃了，我还做什么劲？好了，你们都走吧。”她把手提蓝往地上一扔，进房间关上了门。

我又给边红旗打电话，我说老边，就剩沙袖一人在家，叫上吧。

边红旗结巴了半天才说：“好吧，就怕她不愿意。”

沙袖果然不愿意。她在门里说：“我说过了不去，说不去就不去！”

我只好自己去了。还不到吃饭时间，我们在未名湖边上碰头。边红旗蹲在垃圾箱旁边的石头上抽烟，以便于把烟头扔进垃圾箱里。一根接一根地抽。

“你在这儿抒什么情？搬走了连电话也不打了。”

“想打，没什么说的。”

“没什么说的你找我干吗？”

“有点难受。我在湖边转了一圈，发现很久都没有写诗了。”

“你没写诗就难受了，我没饭吃那该怎么办了？”

说完我自己都呆掉了，从什么时候开始，我在北京考虑的只剩下了吃饭问题？我也蹲下来开始抽烟，一左一右守着垃圾箱，抽完了就扔进去。未名湖水里的天色暗下来，在湖边看书和谈恋爱的学生陆续离开。出了北大我和边红旗再说文学可能会矫情，但在湖边，愁闷还是沉重和真诚的。

边红旗的最后一个烟头没有扔进垃圾箱，而是用脚碾，碾完了对着湖水吐了一口痰，说：“他妈的，喝酒去！”

我们在北大艺园二楼的餐厅里要了一盆水煮鱼和几个小菜，开始喝酒。问他最近过得怎么样，他说躲在塑料大棚里日子还能好到哪儿去。

"你怎么住塑料大棚里？"

"安全。"边红旗招手让小姐拿了一盒"中南海"，"现在也难说安不安全，警察要想搞你，世界上就没有安全的地儿。前几天就有一个哥们被逮了，傻蛋一个，就住派出所对面，真以为最危险的地方就最安全。"

"想象不出那地方怎么住。"

"要不，过会儿去看看？"

"不是不带外人去吗？"

"你是外人？"老边喝多了就大舌头，"你以为我在北京还有几个朋友？吃完了我就带你去，不去也得去。"

要不是边红旗拉着扯着，我还真不想去，他说了，有点远，快到香山了。我们在西苑转了一趟车，晃荡了很久才到。下了车他带着我沿一道墙根往前走，大约五分钟，前面一片开阔的野地，房屋稀疏，都是平房，找不到路灯，幸好月亮还不错。他指着西北角，那儿。我看到了一排排塑料大棚拆调后的墙框，两头是一个个简易的小棚屋。很多小屋里透出灯光，听见有人在说笑，还有电视机和收音机的声音。这些小屋里住的都是外地来的民工、生意人，当然也有不少办假证的。

"你们都住那里？"

边红旗答非所问，指着一棵树底下黑魆魆的隆起的地方说："看见那个土堆子了？我的假证什么的都埋在那里。有人藏在树上，有人塞在砖头底下，一人一个地方。反正不能放在屋里。"

我说："开了眼。跟地下情报组似的。"

边红旗的小屋里有两个人跷着脚丫子在看电视，其中一个是那天帮他的搬家的老乡，跟他住一个屋，另一个是来串门的安徽人，同行。看见外人进来了他们愣了一下，老边的老乡随即下了床跟我握手。

“大作家来了，欢迎欢迎啊。”

安徽人也站起来对我笑笑。边红旗说：“什么大作家，我兄弟！不是外人，我兄弟！”

屋里够简陋的，蔬菜大棚想豪华也豪华不起来，生活用品乱七八糟地丢满一地，做饭的一套家伙放在门外搭起的另一个更小的棚子里。

“我看你还是搬回去吧。”我说。

“过段时间再说吧。”

他要给我倒开水，几个水瓶都是空的，就从床底下摸出两瓶啤酒，用牙齿咬开盖子，让我解渴。我哪还能再喝，就给了他老乡和那个安徽人。

他老乡说：“老边，听说青头被抓了。”

边红旗一屁股坐到床上，说：“抓就抓呗。好好的人蹲家里还要死呢。”

他老乡又说：“风声更紧了。”

“哪天不紧？”边红旗说，从床头的一堆乱书里挑了半天抽出一本书来，翻到一页给我看，“谷川俊太郎的诗，写得真好。这几天看得我难受。”

边红旗在这里读诗，有点意思。我接过来，书中选了日本诗人谷川俊太郎的几十首诗，我也很喜欢。我们谈了一会儿这个日本诗人，我就告辞了，再迟了公交车就没了。临走时我带上了谷川俊太郎的诗，边红旗说，值得好好看。

回到承泽园已经十一点半了。我正在换拖鞋，一明一脚踹开了我的门，冲着我的下巴就来了一拳。我一屁股坐到地板上，完全给他搞蒙了，觉得下巴都掉下来了。我在地上摸另一只拖鞋，半天才在屁股底下找到。穿上鞋还没站直身，又来了一拳，我重新坐到地上。他指着我，手指直哆嗦。

“你，你他妈浑蛋！”

他还要动拳头，被我抓住了。我摸了一下嘴和下巴，鼻子出血了，张嘴变得困难，活动了几次下巴才说出话来，我说：“你神经病啊，打我干吗？”

“你比我清楚！”

我又不懂了。我找了卷纸塞住鼻孔，脸仰起来，我说：“你疯了是不是？”

“袖袖有了！”一明疲惫地坐到我床上，用拳头捶我的床。

“什么有了？”

一明又愤怒了，跳起来揪住我衣服，眼珠子都快把眼镜给顶下来了。“你还装蒜，我瞎了眼找了你这个朋友！好，我就让你告诉我，你什么时候跟袖袖，那个的？”

我终于明白了，沙袖怀孕了。他认为是我搞的鬼。

“你瞎说什么？”我一把将他推回床上去，“神经病！这事要问你自己，关我屁事！”

“她说不是我的。是谁的她不说。”

我一下子愣掉了，沙袖怀孕跟他无关？真是怪事。“那也跟我没关系啊。”

“整天待在家里，除了我，不是你是谁？”

“沙袖说的？我找她。”我抱着下巴拍她的门，“沙袖，你出来！你为什么诬赖我？”沙袖躲在房间里一声不吭。我用力地拍，还是没有动静。“你出来沙袖！”

拍了半天她就是不答应，我只好回来，一明站在我门口，他不知道该用什么样的眼神看我。我突然想起点什么，问他：“她真的有了？真的不是你的？千真万确？”

“我也以为是我的，戴了套也不是百分之百保险，但她说了，不是我的，她和别的男人那个过。那些天她和我怄气，好像我们也没干过那事。”

“那老边呢？”

“可能性不大，她对边红旗感觉不太好。”

“这是两回事。”我说，赶紧跑洗手间洗冷水脸，鼻子又流血了，“你先问沙袖，问清楚之前不要瞎猜疑。”

我洗过脸止住了鼻血，一明的门大开着，他对着沙袖大喊大叫。一明气坏了。我关上门给边红旗打电话。

“沙袖有了。”

“沙袖有了？啊，什么？你说什么？”

“沙袖有了。”

“你什么意思？”

“没什么意思。”

“不可能。”我能听到他从床上坐起来的声音，“怎么可能？就一次。”紧接着又说，“她跟你说什么了？”

“什么也没说。”我说，关了手机。

刚关上边红旗又打过来，边红旗说：“我，明天我过去。你跟一明说，我对不起他。”说了一句就挂了。

这时候我听见一明在叫：“边红旗，狗日的，我杀了你！”他从房间里冲出来，头发都乱了，在客厅里跳来跳去，他不知道自己要干什么，想了半天才想起要打电话。我把电话按住了。

“你别拦我，我一定要杀了这狗日的！”

沙袖在屋里安静地说：“跟别人没关系，是我主动的。”

一明抱住我好长时间也没把声音哭出来，他的头在我肩膀上摇来摇去，把眼镜也甩掉了，摔碎在水泥地板上。除了那次他父亲去世，我从没见过他这样哭过，一点声音都没有。

今夜无人入睡。一明在我房间里抽烟，把我一直舍不得抽的两包“中华”烟都抽完了，我也陪着他精神抖擞地坐到了天亮。沙袖偶尔去卫生间，拖鞋经过客厅的声音异常清晰。

第二天一早大家的精神就不行了，我下楼买了早点，他们俩都没吃，也不说话，人都变旧了，老了好几岁似的。一明躺在我的床上，两眼半睁着。我告诉他，边红旗今天要来，一明的眼睁大一下就闭上了，眼泪流到我的枕头上。他把枕巾抽出来蒙上脸，又开始了没有声音的哭泣。我不知道他在想什么，是对边红旗的即将到来充满愤怒，还是恐惧？我想是兼而有之。这个白天前所未有的安静，天气凉爽，有点像深秋，往深处静，往绝望处静。它被安静深埋起来。

直到晚上他们才开始吃点东西。我先劝一明，我说你是男人，能承受的要承受，不能承受的也要承受，沙袖还看着你哪。一明一边吃一边流眼泪，他说除了父母去世，他没有这么死过，真跟死了一样。我说什么也别想了，一切都会好起来的。然后去劝沙袖。她抱着膝盖坐在床上，两眼发直，我熬的稀饭放在一边都快凉掉了。

“吃点吧，沙袖。你大概不知道，你一直是一明的精神支柱，你垮了，他也就不行了。”

沙袖埋下头，声音沙哑稀薄，她说：“你去看看一明。我吃。”

那天边红旗最终还是没有来。开始我也不希望他过来，但是不过来归不过来，总该给我打个电话问一下情况吧，他是彻底没有音信。我很火，无论作为朋友还是作为一个当事人，我觉得他都不地道。晚上我到卫生间里给他打电话，关机。拨了好几次都不通。他在逃避，这让我更火，后悔把他带进这个承泽园来，罪魁祸首是我，完全是引狼入室。

第二天边红旗的手机还是关着，我忍不住去了蔬菜大棚，我来讨伐。他的房门虚掩着，他和他老乡都不在。一股浓重的臭脚丫子味扑过来，屋里比前天晚上更乱，床上的书乱七八糟摊了一床。我掩上门，看到旁边一个民工模样的男人在门前引煤球炉，就上前打听。

“你是谁？”他很警惕。

“我是他朋友，上次来过的。”

“哦。”他说，低下头继续引炉子，“昨天被警察抓走了，一起抓了好几个。”

我在炉子前站了一会儿，烟扬出来呛得我鼻涕眼泪都出来了。我谢过那人开始慢腾腾地往回走。说抓起来就抓起来了。我重新打开他的房门，看了看，又关上。走到大棚的尽头，我看到前天晚上看到的那棵树，是槐树，树下的土堆被掘开了。看来边红旗真的被抓起来了。

十九

关于沙袖肚子里尚未成形的孩子，他们俩发生了争执。一明觉得极其别扭，这不是自己的地里被别人抢先下了种那么简单。这种子是一个人，它有朝一日要来到这个世界上，和自己生活在一间屋子里，和他面对面坐在一个饭桌前吃饭。他不能想象，如同不能想象边红旗每天都要在他们的生活里插一杠子一样，那个孩子的眼里闪动的是边红旗的目光。他要沙袖做掉。

沙袖一度答应的，但是后来又变卦了。变卦的原因我不是很清楚，好像是一个女人打电话来，找一明，听口气跟一明很熟，而且不是一般的熟。不知道是不是沙袖太过敏了，要么就是那个开宝马的白领打的。总之那个女人的声音改变了沙袖的决定，我听到她挂电话的声音，简直是摔。听到动静我从房间里出来，她站在电话旁边，手按在上面，人在抖。

“做掉。”一明还在坚持。

“不。”沙袖脸转到一边，“这孩子是我的。”

“可它不是我的！”

“是，它不是你的。有什么是你的？”沙袖的声音十分悲凉。

“做掉！”

“我不做。”

一明的决定无效，那个可耻的小东西不在他身体里。一明受不了沙袖的决绝，彻底垮了，他蹲下来的样子像个囚犯，捶脑袋揪头发都干。他不坐沙发，就蹲着，或者坐在地板上，烟头扔了一地。我打扫卫生时，在沙发前扫出了很多头发，他的头发本来就不景气，现在更荒凉了。他们为此争论了两天，沙袖坚决不让步。她说：“你怎么说我都可以，怎么做也都可以。我只要这个孩子。”

一明一气，在中午衣衫不整地离开家，然后就没回来。晚上也没回来，打他的手机不通，总说关机。第二天还如此。沙袖打电话问他的导师和同门师兄弟，也没人知道他的下落。我们都急了，四处找，把北京能找的地方都找了，就差打110和登寻人启事了。我们在外面跑了三天，回来后都很疲劳，尤其是沙袖，这些天她的休息和饮食都成问题，站在公交车人都在抖。她老是问我，一明会到哪儿去呢。我说没问题，他不会丢了的，这么大的人了，一时想不通是正常的，不要担心。沙袖就说，他烦我了。我劝她不要瞎想，一明不是这样的人。晚上我随便吃了一点东西就睡下了。半夜里起来上厕所，看到沙袖房间里的灯还在亮，我轻轻地敲了几下门，门开了。沙袖还没睡，床上摊了一堆衣服。

“你在干吗？”这阵势我看不明白。

“我回香野地去，我走了他就会回来了。”

“不行。”我夺下她的箱子，“你就这么走了不是让他更担心？”

“可我真是想要这个孩子。”沙袖说，坐到床上捂住脸，这么多天第一次哭出来。“我知道我配不上他。我什么都没有了，一想到还有个孩子在我身体里，我才觉得我还有点东西是自己的。你知道吗，我在这里总觉得飘着，脚不着地，它让我实在一点。你不会明白的。”

我的确没法真正体会到她的感受，我不知道一个尚未成形的孩子对母亲和沙袖这样的女孩意味着什么。可是我得阻止她继续收拾，他们的事情是要他们自己解决，但也应该等一明回来再说。第二天我早早就醒来了，睁开眼就想一明会去哪，突然想起了香野地，赶快爬起来找沙袖。她已经起床了，正坐在椅子上发呆。

“一明是不是回老家了？”

“没回。他走的第二天我就打过电话了。”

“要不再问问，都几天了。有病只能乱求医了。”

沙袖又打电话。

一明果然在香野地。沙袖的母亲在电话里说，一明两天前回的老家。他说很久没有回来了，要给父母烧几刀火纸。她又问沙袖，是不是吵架了？一明回来时头发乱糟糟的，精神也不好，衣服脏得不像个样子。沙袖说没吵架，一直都好好的。她骗她母亲说，一明本来是到其他地方有点事的，临时决定回家，所以换洗衣服什么的都没带。她母亲说，没吵架就好，以后要好好给一明收拾一下，不能穿得这么乱糟糟的，男人嘛，出去得有个样子。

沙袖母亲又说，她爸陪一明去了坟地，他说一明在父母的坟前哭得死去活来，可心酸了。前天晚上一明还说，他要和沙袖结婚了，他说袖袖已经有了孩子，不结婚怕不太好。所以昨天上午，沙袖父亲陪着一起到派出所已经把证明开了，这几天他就回北京去。她母亲说，现在有喜了，一定要注意身体，可不能马虎大意，等日子差不多了，她就过来帮着照看一下，生了孩子由她来带。沙袖的母亲说了一大堆贴心贴肉的话，然后才想起来说，一明还没起来，要不要叫醒他接电话？

"不要了，让他睡吧，没什么事。"沙袖说，"我在这边挺好的，就是想家。你让一明带点家里的东西来，煎饼、咸菜，什么都行。"

沙袖放下电话就开始哭，整个人瘫在椅子上。这些天一直紧张，突然放下心来，她有点承受不住了。我说这还哭什么，什么事都解决了，一明我知道，他对你真是没的说，离不开你，你看，想通了不是天下太平了。

"担心死我了，他一定把自己折磨坏了。那几天他也不知跑哪儿去了。"

"可能是找个地方想事了。"

沙袖看看我，说："你跟我说实话，一明他真的没变？"

沙袖的样子很无助，事实上她对自己的生活也无从把握，在这里，她完全失去了在香野地的坚强和自信。

“当然没变，这么多年一直没变。说实话，我挺羡慕一明的，有你这样一个顶梁柱支撑他的生活。”

“你在安慰我，我哪能支撑别人，自己都支撑不了。可我没有办法。”

不管怎么说，情况是好起来了。中午我们做了一顿不错的饭菜，也是这些天吃得最踏实最放松的一餐饭。吃完了睡午觉，要把亏欠的都补回来。我还在做梦，沙袖敲我的门。开了门，她说：

“你陪我去一趟医院。”

“干吗？”我还没睡醒。

“我想，还是不要了。”

“什么不要了？”

“孩子。”

我的哈欠打了一半，一下子睡意全无。“你要，做掉？”

沙袖点点头。

“一明不是想通了吗？”

“可是，我觉得挺不好的，我也觉得别扭了。”

“是不是等一明回来再说？听听他的意见？”

“你要不陪我去，我就自己去了。”

我还能怎么说，只好去了。我明白她的意思，她想在一明回到北京时，看到一个和过去没有区别的清清爽爽的沙袖。说真的，这事我也不知道该怎么办。医生显然把我当成了沙袖的男朋友，上来就责怪我一点都不用心，现在到处都是卖套和避孕药的，就不知道防护一下，只顾自己快活，让女人遭罪。

“多久了？”长相慈蔼的女医生问。

“不太久。”沙袖说。

“反应强烈吗？”

“还行。”

“什么叫还行？”

“不太强烈。”沙袖说，然后胆怯地问医生，“很疼吗？”

“不动手术，服药就行了。新出的药。你们这些年轻人啊，都快做爸爸妈妈，平常也不注意学习一点生育知识。决定了？”

沙袖说：“决定了。”

医生又看看我，我赶紧说：“是，医生，决定了。”

医生唰唰唰开始开单子，把单子递给我的时候叹息一声：“又是一条命啊。”

这句话让沙袖出了门就哭了，她靠着墙，觉得身体发虚。我扶着她坐到椅子上，让她等着，我去取药。付药的医生从窗口递药的时候，在口罩后面意味深长地看了我一眼，搞得我很不自在，她大概觉得我是个杀人犯。我真是替人受过啊，是边红旗还是一明？

从香野地回来，一明气色好多了。他带来了不少香野地的特产，还带回来一块玉佩，是沙袖母亲当年生沙袖时戴过的，她说这是块吉祥的玉，可以保佑孩子在母腹里的成长，对将来顺产也有很大的好处，她让沙袖从今天起就戴上。沙袖拿在手里看了看，放到了抽屉里。

“戴上啊？”一明说，“你妈说戴得越早越好。”

“没了。”沙袖说，起身去了卫生间。又哭了。

一明看看我，我说：“她还是决定做掉了。除了你，现在她什么都没有了。”

一明的表情很复杂，说不清楚。他自己大概也说不清楚听到这个消息是什么感受。生活瞬息万变，很多事情都来不及让你想明白，来不及让你接受，就变了。我指指卫生间，让一明过去，他们的生活需要重新开始了。

本来想抽个合适的时间去看看边红旗的，听一个和警界有关的朋友说，这一茬抓的人都关在看守所里，还没判。我想一个人去，不让一明和沙袖知道，边红旗无疑是他们生活里最为浓重的一块阴影。还没成行，家里又打来电话，母亲说，有急事，他们托人给我在市里的晚报社找了个工作，很不错的，要我回去面试，越快越好。我说我不想回去，母亲很不高兴，说我不懂得父母的辛苦，他们在家为了我的将来伤透了脑筋，我却不领情，偏要留在一个人生地不熟的地方，闯出个名堂也就罢了，都上顿不接下顿了还不回头。这句话说到了我的痛处，几年了，我就过成这样。母亲又说，她和父亲眼看入土半截了，想过几天放心日子我都不让，养个儿子还有什么意思。母亲威逼利诱之后，姐姐又来电说，要我明家理识大体，父母大半辈子不容易，他们想抱孙子都快想疯了，几乎到了见到邻居家的小孩都流口水的程度。一句话，如果我尽快回去娶妻生子，完全是在为我们家做贡献，老祖宗都会感激我的。这些都是大话，说到底，他们其实是担心我再混下去，什么都得不到，最后连基本的事业和正常的生活都丢了。

放下电话我就开始抽烟，开始想，一副痛定思痛的模样。几年了，我在北京到底干了些什么？北京对我的意义到底在哪里？过去不是没想过这个问题，但都是一闪念，过一下脑子就忘了。是啊，为什么偏要留在北京？为什么那么多人削尖了脑袋要在北京占下一块地方？大家就那么爱北京吗？我想肯定不是这么回事，但是，为什么很多人混得已经完全不像样了，还放不下这个地方？烟盒里的烟都抽完了，还是没想明白。

可是面试的日子已经定好了，由不得我不回去。

回到家，父母见了我眉开眼笑。他们说，应该没什么问题，晚报社好着哪，在我们这地方算是很不错的单位，关键是人家赏识我，将来的前途至少不会差的，据说编制问题也会尽快解决的。这不是一般的诱人了，难怪我父母扛不住。

面试的时候是那个女孩陪我去的，就是上次别人给介绍的女朋友，姓童，我叫她小童。上次见面之后，我们一直联系，打电话，发手机短信，感觉很不错，有点像热恋了。小童让我不要紧张，她爸已经和报社社长兼总编打过招呼了，应该不会有问题。我父母所谓的托人，大概就托她爸了。他们十二道金牌把我招回，也算是一举两得。小童在我父母和姐姐的监督下，把我收拾得很利索，让我觉得镜子里的那个人看起来还像模像样。

小童直接把我带到社长办公室前，敲门，出来一个头发花白的胖老头，我在本地的电视新闻里见过。

小童说：“余伯伯好。”她的手在我身后碰碰我。我说：“余总好。”

老头呵呵笑了："疯丫头，两年多没去我家了吧？越长越漂亮了。"他又看看我，"这就是，啊？丫头，眼光不错嘛。进来，进来。"

小童对他撒了一通娇，说："他胆小，可不要乱吓唬啊。"

老头说："我敢吓唬他，那你还不跑到我们家，把冰箱里的东西都吃光。"

"多少年前的事了，余伯伯还提。"

"好了，不提，说正事。"老头坐到老总椅子上，从档案夹里拿出一大堆纸，随便翻了翻，"丫头送过来的资料我都看了，文章写得很不错，有几篇小说我也很欣赏。年轻有为啊。一会儿几个部门领导都过来，问什么你就说什么，放松点。"然后给秘书打电话，让她把有关领导叫过来。

我看看小童，她竟然把能找到的我的东西都复印下来了。她说："是写得很好嘛。"

过来三个男的一个女的，围坐在旁边的会议桌前。老头介绍，我向他们一一致敬。然后就开始了。开始也是随便说。他们分别把我赞扬了一番，说我是眼下本市十分活跃的青年作家，写出了不少质量上乘的小说和散文，虽然人在北京，但是留有余香，能回到家乡效力，理当欢迎。尽管他们夸得还算有节制，但我还是觉得十分难堪，当时我的脸一定被他们夸得青一阵紫一阵，身上开始流汗，真如芒刺在背。接着是闲聊，让我说说对北京的感觉，对北京报业的看法，以及对晚报的一些想法。我就顺嘴瞎说，想到哪说到哪。他们都嗯，或者点头，或者微笑。大概情况就这样，他们都觉得我很不错，年轻，有锐气，有想法，有才华。他们当着老头的面，凡事都说好。接下来我退场，在门外等他们商定结果。大约五分钟，我刚抽完一根烟，一个领导让我和小童进去。

结果出来了，老头说，综合各位领导的意见，面试很成功，他代表晚报社向我表示祝贺，从现在开始，我就是晚报社的一名员工，可以回去准备一下，也可以明天就来报社上班。鉴于我对本市的社会各界情况还不是很熟悉，先让我做一段时间记者，各处跑跑，到时候再视工作情况另行委任。领导们鼓掌，一一和我握手，祝贺我重新成为本市的人。领导们散会了，老头向我和小童表示祝贺，问小童，什么时候请他喝酒。

“随便什么时候。”

“那不行，是那个酒。”老头天真起来也挺可爱。

小童挎着我的胳膊，说：“余伯伯，你再说，我就去你们家把你们家冰箱里的好东西全吃光。”

老头呵呵地笑：“丫头也不好意思了。好了不说了。”他拍拍我的肩膀，“小伙子，好好干，先做一段时间记者锻炼一下，对你有好处。还有，要好好对我们的疯丫头，我可是看着她长大的。”

我点头答应。

出了报社，我把领带解下来，到路边买冷饮。刚喝两口水，一明打电话来。

“怎么样？面试顺利吗？”

“还行。”

“那就没问题了。祝贺你！什么时候再回北京？”

“再说吧，可能要过几天。结婚的事筹备得怎么样了？”

“差不多了，我和袖袖决定简单一点，就几个人吃个饭，喝喝酒。你一定要赶回来喝喜酒啊。对了，袖袖让我问一声，你什么时候结婚？她想看看你那位哪。”

我看看小童，她听见了，对我嘟了一下嘴低下头，来回地转手里的矿泉水瓶子。我揽过她的肩膀说：“尽快吧。”

旁部

天上人间

这是边红旗有一天晚上讲的故事，我、一明和沙袖是听众。老边喝多了，睡不着，坚持要我们听下去。他在客厅的椅子上盘腿坐，给我们准备了足够的中南海香烟和咖啡。他说故事里的周子平和陈子午都是他哥们，如果不是陈子午出了事，我们一定会在某一天看见他，看见他和一个叫闻敬的女孩，当然还有好兄弟周子平。老边说，他常常觉得自己就是周子平和陈子午，尤其在想到他们的故事时。他甚至在一天夜里就梦见自己是周子平。他说，我用周子平的声音给你们讲这个故事。我们都没见过的周子平声音很好，饱满瓷实，如果能去掉老边的苏北小镇口音，可以做播音员。老边的讲述惟妙惟肖，仿佛周子平的灵魂附体，那是因为他对一个同命相连的兄弟知之太深——

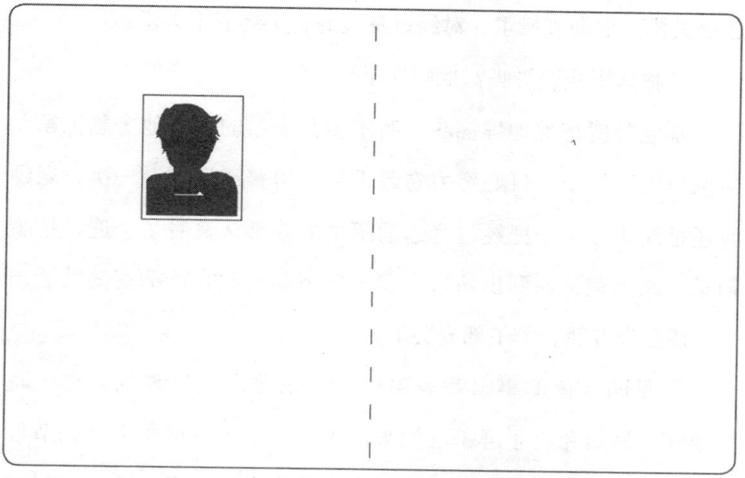

子午是我表弟，下了火车在出站口等我，脚边一个拉杆皮箱。半个小时之后，我还没到，他把箱子拖到电子屏幕下看整点新闻。新闻结束了是漫长的广告，之后有两个不相干的人在做访谈，说北京的房价像失控的热气球，想停都停不下来。我表弟就笑了，狗日的让你们住去，住死你。然后又是新闻。世界上有很多他不知道的事，很好，都跟他无关。只有我跟他有关。除了电视上看见过的国家领导和明星，在北京我是他唯一认识的人。说好了我四点十分在出站口接他。整点新闻播了三次，子午站累了，摸烟的时候发现盒子里空了，然后感到身上冷，像披了一层凉水。火车站的大钟沉郁地响起来，七点，天黑下来，新闻联播开始了。子午向四周仔细看，灯火，车辆和人，我的影子都没有。他有点慌，摸出一张纸条去找公用电话，第二次打我手机。

还是关机。他彻底慌了，对经过身边的一个环卫工人说：

“你认识我表哥吗？他叫周子平。”

那老师傅茫然地摇摇头，听不懂我表弟的话，他一急把家乡话说出来了。子午只好努力卷起舌头，用普通话重说一次。老师傅还是摇头。子午把经过身边的陌生的脸都认真看了一遍，拖着箱子一路小跑又回到出站口。新一拨下车的旅客浩浩荡荡地涌出来，还是没有我。子午都要哭了。

这是两年前的事。我表弟第一次来北京，投奔我。那天晚上他在出站口和电子屏幕之间来回走，一直走到屏幕上什么节目都没有，车站广场上除了数得过来的几个人，只有十几只塑料方便袋在风里走。他从箱子里拿出一件厚夹克穿上，坐在箱子上睡着了。我还没到。子午醒来时天快亮了，屏幕上重新开始播报新闻，女主持人用像玻璃一样客观的声音说，世界的某地正在打仗，几十万人无家可归。子午身上落满露水，头发垂到额头，他觉得自己是那几十万人中的一个，还没见到亲人就已经与亲人失散了。我是他表哥，他是我姑妈的儿子。

子午没等到我。那天我进去了。被警察撞上时，口袋里有一个半成品的硕士毕业证，落款是北京师范大学。我还没来得及找人做好毕业证的封皮。一个脑袋半秃的中年男人预定的，他想用北师大的牌子做梯子，爬到副处长的位子上。要价一千。他想压到八百我没同意。一千块钱换一个副处，一本万利都不止，副处可以贪多少公款啊。他就答应了。我很高兴，这个证赚上八百都不止。我靠给别人办假证为生。那天我的问题出在贪上。从事这行当以来，我时时告诫自己的，就是不能贪，适可而止。那天中午我其实是要找人做封皮的，偏偏就头脑一热，又在人民大学和当代商城之间的天桥上站住了，想再揽一笔生意，多赚点晚上给子午接风。我们哥俩有几年没一块儿喝酒了。

就给撞上了。一根烟都没抽完。桥上风大，我侧过身想躲躲，两个大盖帽就从南边的引桥上来了。都没法躲，也不能反抗，天桥好几米高，不敢跳。有些警察你得佩服，他们就有判断你不是良民的直觉，摁住了就从我裤兜里搜出半成品的假证。我喊冤抱屈都不管用，先带到局子里再说。他们动手了。我把牙咬得咯嘣咯嘣响，梗着脖子坚决不承认是办假证的，我只是想找人办个假证，那半成品是个样品，我想跟人家说，就做成这样的。不能实话实说，性质不同。他们好像不信，但我死不松口，而且一个半成品说到底也不算个大事，就把我扔到里面去了。那时候子午正在电子屏幕底下看世界各地的地震、海啸、战争、军事政变和一夜挣到数不清的钱。

到了里面就音讯不通。我想这下子午苦了，他一个人孤苦伶仃的都不知道往哪儿去。我每天都惦记着他。十五天后我出来，满脸胡子往火车站跑。从中午等到晚上九点，没看见一个长得像子午的人。我表弟一表人才，脸皮白净，宽肩窄臀，能长成他那样的不多。为了不埋没这个好皮相，他在县城玻璃厂上班的时候还做过两天明星梦，要去当演员，县剧团没要他，声音不行，一张嘴就像吐出一张张砂纸。这才死心。我在出口处抽了两包烟，然后疲惫地回到住处。

第二天买了个二手手机，之前那个被警察弄丢了。生意得重新开始。我一路往火车站走，一边走一边把新号码往犄角旮旯里写，希望能被更多想办假证的顾客看到。我在火车站又待了大半天，人来人往的眼睛都看疼了，还是没等到子午。就给姑妈打电话，姑妈说，不是在北京吗，就打过一次电话回来，问你的手机号。也就是说子午还没回去。我继续等。

火车站是我唯一可能等到他的地方。北京像个海，要漫无目的地找子午等于是在捞针。接下来的一周，我一直在火车站附近晃悠。直到周六下午，四点左右，一个头发乱糟糟的小伙子弓腰驼背地出现在出站口，空洞地向四处看，那样子好像已经在这里等了很多年。衣服斜吊在身上，扣子掉了一半，红底子的小背包被泥土染成灰黑色。我试探地喊一声子午，他突然抬起头，像狗一样警觉灵敏地找，看到我时，空荡荡的眼神里立马有了内容。子午踉踉跄跄地跑过来，抓住我的胳膊，眼泪哗哗地下来了，嘴唇一直抖，半天才出声：

“哥！”

他一边哭一边说，总算找到哥了。弄得我心里挺难受。比我印象里的表弟瘦多了，双眼皮都成了三眼皮。他说他知道我一定会来找他，所以一有空就会在下午四点左右过来，那是他出站的点儿。他来了很多次，有时候经过广场时，也会瞅两眼。

“你住哪儿？”我问他。

“随便哪里，哪儿能卧下一个人就住哪儿。”

“箱子呢？”

“在旅馆。”子午说，“没钱付房租，被老板赶出来了。箱子扣在那里。”正好我们经过一家小饭店，子午咽着口水说，“哥，我想吃顿红烧肉。”

好，咱们吃。子午肚子里真被刮干了，满满一大碗红烧肉一个人全吃了，两嘴角油水源源不断地挂下来，看得我直犯恶心。吃完了我们去子午住过的旅馆。一对老夫妻开的，楼上和地下室都有房间。子午住的是地下室，最便宜的。房间里摆了四张高低床，子午睡在东北角的上床。老板娘看见子午就叫起来：“钱！钱！老头子，那小子来了！”

“什么？”老板在另一个房间里喊，“他还敢来！”

子午要往我身后躲，我按住他的肩膀。哥有钱。老板干瘦着一张脸，抓着一个油腻腻的账本送到我面前。五百。对子午已经是个大数目了。钱到了事就平了。我们拎着箱子离开。子午说他恨死这些家伙了。我问谁，他说都恨。老板，老板娘，大楼，马路，商店，汽车，连走路的人和路边稀稀落落的树都恨。

我懂，无路可走时你会觉得全世界都是敌人。这样的日子我过的比他多。经过一个地下通道，他指着卧在角落里的一个疯子对我说，前几天那里是他的位置。我抓住了他的肩膀，他是我弟弟。我的表弟子午。子午说，要不是偶尔能找到个卖报纸的差事，早该要饭了。一路上他都跌跌撞撞地跟在我身后。到了西苑我租的住处，他一屁股坐到我床上，长吁一声：“妈的，吓死我了！”他说北京太大了，这些天他走到哪儿都想着回火车站的路，怕把自己弄丢了。

在早市买了一张折叠床，子午住下了。他头一次来北京，我带他简单逛了一圈。偶尔有生意找上门来，我就告诉他要如此如此。

办假证其实挺容易，眼神好使一般就问题不大。通常的程序是，我把小广告打出去，等着兔子主动撞上来，或者是到大街上揽生意，见着可疑的人就问，先生，办证吗？毕业证、驾驶证、通行证、护照，什么证件都有。对上眼了就找个僻静的地方谈价钱。对方要预付定金，然后我就按照要求去打印室和小工厂制作，最后交货。实在复杂得我一个人摆不平，再去找别人帮忙。那都是做大生意的人，你能想到的东西他们都能弄出假的来。这样的生意我一般不接。不想搞得太大，夜长梦多人多嘴杂，保不齐那个环节纰漏了，那比害眼要厉害。所以我尽量一个人就把能做的做好，从接活儿到制作，坚持做小生意。我认为这是办假证这一行必备的美德。日进分文发不了大财我还发不了小财。

那几天我不停地向子午讲解北京。北京很复杂，太大，交通又不好，我就带他看了看海淀，像北大、清华、人大、北外、民族大学、首都师大、硅谷、双安商场等，这些都是要经常活动的地方。也不断地给他树立同一个原则：戒贪。一贪准坏事，那得把自己搭进去。我就是活生生的例子。子午一个劲儿地点头。一圈走下来，子午说好多了，不那么怕了。这就好，贪会坏事；怕，你又干不成事。我表弟头脑好使。

我表弟头脑一向好使，也就因为太好使反而一事无成。我也一事无成，那是理所当然的，我清楚我很平庸，子午不一样。小时候他念书，姑妈在学期考试之前半个月跟他说，考好了给你买啥啥啥，他一准进入前三名，就靠十来天的突击。这个诱惑姑妈要是忘了，他可能就把倒数前三名给你考回来。任课老师都说，陈子午是个怪才，成绩跟老头的大裆裤腰似的，要大能大，要小能小，弹性十足。后来我姑妈的利诱慢慢刺激不了他了，他就随心所欲地学，懒懒散散，抽烟喝酒都学会了，但不是那种打架斗殴的坏小子，最后竟也赖赖巴巴考上了电大。他在那里玩了两年，随便挣了张毕业证就进了县里的玻璃厂。当时效益还不错，在我们县里算大型企业，但是说完就完，厂长带着一堆钱跑了。剩下的人死撑着，干到哪天说哪天。他从制作车间被调到清洗部门，就是在清水里涮瓶子。一大池子水，一大堆玻璃瓶子，咣当咣当地洗。一帮老娘们干的活。那些老女人整天开他玩笑，都往腰以下走，弄得他很恼火，三番五次要求调回去。领导说不行，坑都满了，你就委屈一下蹲在水池子边上吧。子午一着急，敲碎了瓶底拿瓶子锋利的上半身要挟领导。这哪儿行，往公安局一告这就是犯法。子午待不下去了，干脆辞了职，想起来要跟我混。

我们那地方来北京混的人很多，都说首都的钱好挣，弯弯腰就能捡到。通称为“跑北京”。办假证的，做小生意的，还有干其他莫名其妙事情的，这些具体的人，被称为“跑北京的”。我就是个“跑北京的”，现在子午也是。

我们住的地方不太好。没办法，北京的房子比人值钱。一个破落的四合院，我租其中一间，除了几件简单家具什么也没有。因为屋小，为给子午摆下一张床，还把一张破写字台给搬了出去。其他几间屋里住着另一个办假证的、一个三天两头出差的推销员和一个修自行车的。修自行车的老铁长一张厚脸，络腮胡子长到下巴处整齐地停下了，像电视里常说的行为艺术。子午第一次见到他，跟我说，这哥们真会长。他修车的家伙装在两个铁条焊成的大筐子里，筐子分别挂在自行车后座的两边。我感兴趣的是，老铁每天推出去和骑进来往往不是同一辆车，像玩魔术一样。事实上，除了和另一个办假证的文哥经常走动，我跟其他邻居几乎都不来往。他们之间也不来往，见面点下头。我和文哥是闲人，办假证的都闲，每天有大把的时间不知道怎么用。文哥是湖北人，高兴不高兴都爱来两段豫剧。湖北人唱豫剧，那感觉有点诡异。没事干的时候我就让他唱，其实我不爱听。但我总得找点事干。听戏的时候看着乱糟糟的门外，几只野猫挺直尾巴像仪仗队一样庄严地从院子里穿过。我一遍一遍地猜哪一只是公的，哪一只是母的。文哥常感慨，这大城市把人闹的，一个院子里都半个月不搭话。他小时候那多好，端碗饭能吃半个村，回来碗里还是满的。

我把子午带到他屋里，“我表弟，老哥多照应点啊。”

“你表弟就是我表弟，没二话。走，给表弟接风。”

我们就去了胡同口的小酒馆。文哥是老江湖，四十九岁，一喝酒舌头就大。文哥说：“小老弟，子午啊，听老哥的话，干这行，胆要大。大胆，大胆，再大胆，钱就来了。”手跟着挥起来，像列宁在十月。子午点点头，又看看我。我说，先听文哥的。

回到屋里我赶紧给他洗脑，钱老二，人老大，安全最重要。胆子太大要死人的。子午也点头。看样子是都明白了。

收拾停当了我开始带着子午办假证。晚上通常出去写广告。那时候假证这行里还没兴起随手贴的带背胶的印刷名片，主要是手工，拿只粗签字笔或者喷漆在合适的地方写。广告牌上，公交站牌上，天桥台阶上，楼房的墙壁上，觉得合适了才写。广告语很简单，“办证”两个字加上联系电话。夜里人少，广阔天地大有可为，但我们适可而止。太张扬了会惹警察和城管不高兴。他们要是较起真来给你打电话，也是个麻烦事。不像现在，小广告你可以随便贴，警察习以为常了，都懒得打电话抓你。

子午不喜欢喷漆，那东西操作起来要眼疾手快。他喜欢用签字笔，慢悠悠地写，他的字写得比我好。写完了电话号码，陡发兴致他也会写一两句别的话，比如：北京有点大；车跑得太他妈快了；我想发财，你想不想。有一晚上想起电大时的女同学，前女朋友，随手写了一句：每次转身，你都不在。我看了后跟他说，喜欢就再追。他闷着头，在下面又写了一句：说好跟我过一辈子，现在你钻进了别人怀里。有点酸，我胳膊上的鸡皮疙瘩都起来了。我没吭声。这小子心还挺重。

我觉得子午干这行还是有天分的。等到一个月后他独立干活的时候，有一天我们经过一个烤红薯摊，他停下来买了一个巨大的生红薯，我和烤红薯的师傅都纳闷，这种爱好的人不多。子午说有大用。回到住处，他把红薯削成长方体，用小水果刀挖挖剔剔，竟然整出了一个大印章，蘸了下黑墨水，赫然在白纸上印出了我们的小广告。

这绝对是个发明，一下子提高了打广告的效率，像领导用印章代替签字一样，轻轻一按，搞定。据我的观察，在办假证这一行里，子午应该是第一个使用印章广告的。他找人刻了两枚砖头一样大的广告印章，一枚他的，一枚我的。再打广告就一手印章，一手蓄足墨汁的海绵盒子，一下一个。后来越来越多的同行跟在我们屁股后头举起印章。子午是有贡献的。但有了印章子午兜里依然装着签字笔，想起来还会顺手写上两句。这是爱好和习惯，像吃完饭叼上根牙签，不一定是牙口不好，叼的是一个酒足饭饱的感觉。

行外的人都认为办假证是多凶险的事，其实到我来北京时，已经没那么严重了。据老革命说，最初办假证这一行源于刻章。私章和公章，合法的不在这范围内。因为合法的印章只能按市价来，人家坦坦荡荡地来，你没理由抬价。假的就不一样了。你心里有鬼，你想偷梁换柱鱼目混珠，你想用这个看起来一模一样但实际上是伪造的印章捞钱、干坏事，你就得付出代价。付出你心怀的鬼胎价和篆刻印章的风险价。私刻公章犯法，条文里有。一个公章几千。最初刻章的人捞海了。然后智慧的人民想，这章你要盖在一张纸上，那张纸一般也不会是真的，为什么不顺便把你想要的那张纸也做出来呢。比如伪造的公文，美化过的成绩单，还有通知单、缴费单、质检证明等等。那张纸就出来了。一张纸，两张纸，很多张纸，加个隆重的大红塑胶封皮就成了证件。假证问世了。

这个过程当然比我说的要漫长，好几年才发展起来。你当然也可以说，伪造的东西几千年前就有，圣旨还有假的呢，皇帝死了一帮太监专干这种事。你说的很对，可我不是说现在么，古人的事我管不了。反正办假证这一行是起来了。越来越盛行，那是因为人们越来越需要，谁不想不花钱就拿到缴费凭证？谁不想一天书都不用念就拿到博士文凭？

有假的就有打假的，新出现的假一定是被打得最厉害的。最初那拨造假的没少被折腾，戴大盖帽的整天盯着，所以一概鬼鬼祟祟，一看就是非法的。而且一个个都得眼观六路耳听八方，一看情况不对立马撒腿狂奔。你还得时刻提防警察查房。外来人口，要看你的暂住证、身份证，弄不好遣送回老家。生活和工作的环境相当恶劣。很多人一不小心失了手，就进去了，三年五年的说不好。当然，风险带来暴利，前辈们发大了。就我知道的，第一批入行的人大部分都成了老大，自己不干活，手下一大帮小兄弟帮他干，打广告，揽生意，制作，接头交货，每个环节都有人干，完全是完善的企业化管理，一条龙。这样整法，钱赚得没边。野心勃勃的老大会用这些钱去做别的生意，搞搞房地产，或者去山西弄个小煤窑，都有可能；没什么追求的，就在家里数钱玩。

现在干这行的多了，大小二猴都来撞运气，像我。分烧饼的越来越多，抢到手的就越来越小。我就挣点小钱。当然风险也随之变小，司空见惯了。到处贴着小广告，电视和报纸称为“城市牛皮癣”，每一座天桥和街道拐弯处都有人问你“办证吗”，就跟路边抱孩子的女人突然冲上来问你“要毛片吗”一样。太多了，警察也就无所谓了。真要都抓起来，那得把全北京的拘留所都挤爆掉。

这么说不代表就没有风险，有，只是相对小了点。两年前，子午到北京一个月后，风险就相当大，一度吓得我们窝在屋里几天不敢出门。严打，整顿，创建精神文明，重大会议和活动期间，风声就会很紧。一阵一阵的。那段时间正好赶上整顿市容市貌热火朝天地发动起来，根本不敢四处打广告。我和子午在小屋里喝了一个星期的酒，决定还是出来，亲自到街头揽生意。文哥胆子大，该怎么出去还怎么出去，一天都没闲着。他说，老婆孩子在老家伸手要钱呢。闲着也是闲着，站街去。

同志们都把搭讪揽生意叫“站街”。这个词啥意思你一定知道。我们站街去。子午跟着我实习，其实我已经放手让他干，需要改进的地方才吭一声。他聪明，差不多了。我们站街去。在海淀周围转悠。路口，天桥附近，大学门口，见了可疑的人就凑上去：“哥们，要证吗？”把声音放低。我们站街去。对方往往比我们还恐惧，所以我们能一眼看出他的可疑。就像文哥说的，这年头，害怕的不是妓女，是嫖客。话糙理不糙。我们站街去。

正面接触顾客，子午的天赋更容易凸显出来。他普通话好，尽管只是个电大，基本功还是在的。一个月他的舌头就学会拐弯了，能跟老北京一样“儿、儿”和“丫、丫”了。子午形象也好，西装一穿，不打领带也像新郎。如果头上再来点摩丝手里多个公文包，冒充IT白领进中关村上班都没问题。适合公关。像他说的，有亲和力。能亲能和有力量，好。只要对方真想办证，一般不忍心拒绝他。他开的价可能高了点，但你会觉得一定值。在海淀，你很难找到外表上比他更可靠的办假证的。这是我表弟。

风声紧，还是做成了几桩买卖。挣的钱一部分给子午置办了必需的用品，衣服、手机等，剩下的几百块钱我让子午寄回家。让家里放心，子午辞职是正确的，他在北京没有任何问题。我姑妈一辈子待在老家那个小地方，一年都难得去一趟市里，更没来过北京，她不由人地就把首都想象成是你死我活的地方。大城市嘛，竞争多激烈，人吃人了。寄钱回去就是告诉姑妈，就算人吃人，也是子午吃别人，不是别人吃子午。

四

几单顺当的生意做完，问题就来了。来得莫名其妙。我和子午错误地估计了形势，觉得风声紧要的时候我们都能屡战屡胜，接下来环境逐渐宽松，毫无疑问要财源滚滚的。哪知道有人盯住我们了。有一天下午我们在人大东门的天桥底下，子午刚开始和一个顾客搭上茬，一个反穿夹克衫的小伙子摇摇晃晃地凑过来，对那顾客说：“兄弟，你办证？我这儿更便宜。”

到嘴边抢肉，过分了。严重违反了我们的职业道德。子午脱口就说：“我比他还便宜。”

“咱们试试？”反穿夹克斜眼看天。

“没问题。”

但是客人转身就走，连连摆手说不要了。本来他就尴尬不自在，这犯法的事。子午气坏了，口气硬起来：“找事是不是？”

“找什么事？我找生意。”反穿夹克把手插裤兜里，吹着口哨摇摇摆摆走了。

子午要追上去，被我拦住。忍着，坚决不能出事。那小子我从来没见过，搞不清来头。我拽着子午离开那里，步行到北大南门外。也是做生意的好地方。我有一天在南门外不挪窝接过三桩生意，都是大家伙，不是要北大的硕士毕业证就是博士毕业证。有个人开始要硕士毕业证，我说没问题，博士的也好办。他说那就博士吧，反正也办了一回。我说那是，都北大了，那还不要最好的。幸亏博士后不是个学位，要不他很可能就要了。我找了一块干净的马路牙子坐下来抽烟，子午装出看报纸的样子，经过身边的人他觉得合适就问一句。一个钟头过去，全都摇头，个别人还夸张得像避瘟神。四点半左右，子午终于和两个女孩聊上了。

开始她们遮遮掩掩，欲说还羞。很多客人都这样。没必要，我们又不是领导和警官。过一会儿子午招呼我过去，她们要两个港澳通行证，而且要香港入境处盖过章的，他不知道该开多大的价。我就把她们带到路边靠北大南墙的僻静地方。“定金每个证一千。”我对她们说，“交货时每个再付一千。”

“两千一个？”胖一点的女孩说，“别漫天要价啊，我们都是土生土长的北京人，行情早摸清楚了。”

那口音，我打赌出不了胶东半岛。舌头硬邦邦的，说话时拼命往后拉，普通话说得还没我好。“就知道瞒不过你们北京人。”我说，“换了别人定金起码一千五。”

瘦一点的女孩说：“我朋友办一个会计资格证才四百。”

“你要吗？我三百就给你办。”我递给子午一根烟，“你要去的可是香港和澳门哪，快赶上出国护照了。”

“我们不是真要去。”

“我知道，想去凭这个也去不了，但我得做得跟你们已经去过了一样真实，是不是？”我用胳膊肘捣了捣子午。

“小姐，这已经是最低价了。”子午说，做着样子看我，“前几天，上周二吧，一个河北的什么局长刚从我们手里取了货，港澳通行证，还两千五呢。”

就这么定了，十天后交货。她们都准备掏钱了，反穿夹克鬼魂似的突然冒出来。“小姐。”他笑嘻嘻地对两个女孩说，“要什么证？我这里至少便宜一半。”

“你他妈怎么又来了！”子午火了，搡了他一下。

“我为什么不能来？”反穿夹克理理夹克，“你做你的生意，我做我的生意，又没到你口袋里抢。”

“你他妈的比抢还恶心！”

那两个女孩惊恐地说：“不办了不办了。”拉扯着小跑走了。

反穿夹克反而笑了，声音像鹅叫。“想动手？”他说，“仗着人多是不是？”

“你到底想怎么样？”我把子午拉到身后，站到反穿夹克跟前。

“我们老大说，想在海淀混，每个月交一千块钱。要不走人！”

“说梦话吧你？海淀是你们家的？”子午说，“我看你丫是欠抽！”闪出来就要动手，我赶紧把他抱住。然后看见斜对面的小区里走出来五六个男人，其中一个我见过，同行，也是在中关村这一带活动。我觉得不妙，拽着子午的胳膊就跑。我们一定是被人惦记上了。子午没看见他们，以为只有反穿夹克一个，他一个人就能把他扔得四脚朝天。我来不及跟他解释，死活拖着他跑到硅谷门口。那里人多，他们就是跟上来也不敢动手。

“哥，你什么时候变得这么胆小？”

“他们五六个人。”

“十个又怎么样？狗日的我揍扁他！到手的钱又没了。坏了我们两回生意。”

“钱可以慢慢赚。”我说，“他们是冲着咱俩来的。”

“凭什么？哥，这才到哪，我们不能窝囊成这样。”

“没什么窝囊的。”我又递给子午一根烟。“我也奇怪，他们为什么单单盯上我们。”子午气鼓鼓地往外吐烟圈。“没事。”我拍拍他的肩膀，“今天差不多了，找个地方喝酒去。说实话，就是他们不坏事，那两个证我们可能也做不了。”我没做过港澳通行证，见都没见过。要做，首先得找到母本，就是原装的真证。这东西不好找。

“那你为什么还要收定金？”

“试试。找不到再把钱退给人家。”

“要是不退呢？”子午突然来了兴致，“这样我们慢慢地可不就发财了？”

“别瞎想。”我说，“咱可不能做那缺德事，得讲信誉。有句话怎么说的，就是小偷也讲职业道德？对，盗亦有道。我们只拿别人答应给我们的钱。”

“哥，别把自己抬那么高。咱就是一办假证的。”

“那也得守办假证的规矩。”

子午撇撇嘴，好，守规矩守规矩。

晚饭后回到西苑，子午待在屋里看那台两百块钱从旧货市场买来的电视，我去了文哥的屋里。这个四合院不大，只要敞着门，从我的房间能看见文哥在他屋里的大部分活动。一个阴天下午，雨下得人万念俱灰，我一觉醒来觉得无聊得要死，一歪头看见文哥的屁股正对着门不停地哆嗦。哆嗦半天，他猛地转身，下身赤裸地亮在门前，一股东西落到雨地里。他站在门边闭着眼享受了半天才提上裤子。有意思，这老东西，生活很有情调啊。上厕所的时候我特地经过他门前，没头没脑地问他，文哥，大阴天的，想不想女人啊？他警觉地向门外看了看，雨不大，该在的东西都在。他就笑了，个王八蛋，笑话老哥？没办法啊，不是虎就是狼，自己动手丰衣足食嘛。你小子不想？我笑笑，没说话。从那以后我和文哥的关系就近了一层，不少风声就是他告诉我的。今晚去他那里，就是想问问，江湖上是不是出事了。

我跟他说反穿夹克。

文哥犹豫半根烟的工夫，说：“兄弟，你的脾气我知道。你还是换个地方吧，丰台，宣武，石景山，哪都行。”

“啥意思？”我问。对我来说，海淀就是北京，换个地方没准我路都找不到。这两年搬过几次家，但始终在海淀打转，离不开。也不愿往其他区跑。“老哥你给我两句明白话。”

“你要不问，我还真开不了这个口。”文哥说。眉毛直往上挑，一挑额头上就添了三五条皱纹。有一回说到他眉毛，已经呈八字形了，他说原来不是，起码是平着长的，人一老皮肤就泄，眉毛就掉下来了。他的眉毛一挑我就知道有难堪事了。“现在生意不是有点淡嘛，一紧就这样。有俩哥们就从丰台拉过来几个人，跟个帮派似的，收保护费。这事几百年前就有，你该知道。”

“咱们可都是干一行的，犯不着自己搞自己吧。”

“那是你的想法。哪一行其实都一样。生意不好做，总得挣钱。保护费是一笔。不交？那更好，都走了海淀就剩这一帮子，没人抢生意了。”

“什么世道！”我在文哥屋里转了两圈，“那你呢？”

“我答应了。要不怎么说开不了口呢。”文哥把头低到裤裆里。过去他老说，奶奶的，五十岁的人了，除了戴大盖帽的，怕谁呀！要挣钱，就得抓一个是一个。现在，他把快五十岁的脑袋低到裤裆里。抬起头的时候说，“要不，你就应了吧。挪个窝还不知道哪天能挣到钱，搬家三年穷啊。”

“他们不就几个人嘛，咱们一块对着干，我不信能把我们怎么着！”

文哥捋起袖子，小臂上有一道瘀紫的伤痕，然后撩起上衣，肋骨上也有一块。“前几天的事。”他说。被打了他一直都没吭声。“不软不行啊。老婆孩子还等着钱。”

他的惭愧显而易见，低头等我说话。我只咳嗽了一声就回了自己的屋。子午问我脸阴着是不是撞上鬼了，我说没有啊，我在想明天去趟颐和园吧，就几步路，也没带你去玩过。我只是想空下来一天好好想想。这种事过去从来没遇到过。

“好啊，好啊，早想去了。”子午说，指着电视，“哥，你帮我看看那女的会不会跟她同学上床，我去撒泡尿。憋死我了。”厕所在胡同口。如果一大早去干大事，要排老长的队。

第二天子午说，颐和园不去了，他想去买个CD播放机。他一直喜欢听怪兮兮的歌。像梦话一样的说唱歌曲，他一哼出声我就觉得我们是两代人，尽管我只比他大五岁。买完CD机一定还要去买CD唱片，因为他年轻；我就不去了吧，因为我老了。有时候真觉得老了，比如现在，我犹豫不定。我当然不愿意加入那个收保护费的队伍里，太他妈可笑了，但也在担忧换个地方的代价。一切都得从头开始，而子午刚刚尝到挣钱的甜头，我希望他能顺利。我跟父母和姑妈保证过，让子午越来越好。

一上午我都坐在电视前面。没装有线，房东说，要装有线，房租还得提。就几个频道，我换来换去就把上午时间忙过去了，什么都没看到。子午发来短信，他在外面吃。我给自己煮了一袋方便面。子午来之前，我几乎每天都有一顿饭是方便面。方便，想啥时候吃就啥时候吃。现在子午不喜欢这东西，我们就下馆子。午饭后眯了一会儿，决定出去看看。在院门口看见老铁推着一辆陌生的七成新自行车进来，我说老铁这就下班了？老铁说没哪，回来喝口热茶。过一会儿我从公厕里出来，老铁端着他的玻璃大罐子茶杯走在前头，自行车不见了。

硅谷门口永远都一堆人。我四处找反穿夹克，没有。后来想想，一伙好多人呢，未必都要反穿夹克冲在最前头。走到北大南门外那条路上，只看见一个有点面熟的同行，看来他们收效显著。我就在路边站住，像往常一样问往来的行人，要证吗？站了一个下午，没人找茬，也没人搭茬。一个生意没做成。所有人在今天下午都不需要假东西。

晚上子午回到西苑，除了耳朵上多了一副CD机耳塞，跟往常没有区别。但他拿掉右边的耳塞突然跟我说，他想分出来单干。我一下子没明白过来，他解释了一下，就是我干我的，他干他的。不行，当然不行，根本不需要考虑。这种时候。过了这一段再说。

“我已经做了一单。”他从口袋里掏出四百块钱，“这是定金。一个驾照。”

“子午，听哥的话，最近有点乱。你要用钱我这里有，随你拿。”

“不缺。”

“那为什么不能再等等？”

“那我说缺钱好了吧？我说我想自由支配我挣的所有钱好了吧？”子午鼻尖开始渗出细碎的汗珠。从小他就这样，一急鼻尖就冒汗。

“过了这段再说。”我只能重复这句话。两个人面对那一伙强盗总比一个人要安全。子午不明白黑吃黑最后结果会有多可怕。我刚来北京那年，一个哥们活活被另外两个办假证的踢死了，理由是他抢了他们的生意。那哥们是多仗义的一个人。子午才刚刚开始，他不懂。“这样，以后挣的钱放你那里，可以随便用。”

“我不要。该谁的就是谁的。我决定了，你要不答应，我明天就搬出去。”

好吧。都这样了，我只能妥协。他是我弟弟。然后我出门去买烟，一个人在马路上转了两个钟头。回来时子午已经睡着了，CD机还在放。我把他耳机取下来，翻身的时候他吧嗒几下嘴。小时候他就这样，老是做梦吃东西。那时候他喜欢跟在我屁股后头玩，干了坏事就推到我头上。说柿子是我偷的。说邻居家的玻璃是我打碎的。说五块钱是我弄丢的，他用那五块钱买了一把玩具枪。当初我就没打算让他来北京，姑妈也不同意。我们那地方“跑北京的”每年都有几个进去，短的三五个月半年，长的三五年都有。姑妈恨不得天天守着这棵独苗才放心。子午死活要来。我妈在电话里说：“子午少了一根头发，我看你就别回来了。”

早上起来，我再次让他别单干。他眼皮一翻：“哥，昨晚说好了的。”

我们出门。他坐332路公交车，我坐718路，他先走。到了下一站我赶紧下车，换上他之后的一辆332。得盯紧他。他在黄庄下车，我也下，远远跟在后面走到双安商场，我去了马路对面。我一个生意没做，只盯着对面。看子午说话打手势的样子，应该很熟练了。这个我不担心，我担心的是业务之外的安全问题。一上午他和四个人长时间交谈过，起码应该谈成了一个吧。中午时分，突然收到他一条短信："你累不累？"

我回他："啥意思？"

他回："跟了一上午了。过来吧，一起吃午饭。"

他早发现了。我去了对面，一眼瞥见反穿夹克从四通桥底下经过，突然想起来，一上午很太平啊，子午那边也没事。奇了怪了。"你跟着我干吗呀？"子午说，"我又不是小孩，你就不能让我单独干点事？"

"怕你出事。"

"能出什么事，光天化日的。这是首都。过去没见你这么婆婆妈妈的啊。"

婆婆妈妈。说得好。子午个头比我高，学历比我高，智力和口才都比我高，真需要我婆婆妈妈地护着么。"放心。"子午又安抚我，"你忙你的，有事我会给你打电话的。"

"刚看见那小子了，他怎么没动静了。"

"都忙赚钱了，谁有工夫理会咱们。你不会闲得自己送上门吧。"

那倒是。我和子午正式各干各的了，但我尽量离子午近一点。几天都没事。同行少了，我们的生意就多了。有几次反穿夹克和另外几个面熟的家伙从我旁边经过，他们没有表示，我也不拿正眼瞧他们。但我想清楚了，只要他们找茬，我也不会手软，不管他们几个人，反正子午不在身边。谁也不能总让人欺负。

因为各干各的了，中饭和晚饭也就经常不在一块吃。聊天主要在晚上，说说一天的收成。子午挣的比我多，我很高兴。为此我给姑妈打了电话，告诉她子午是个好同志。姑妈说，你得看好他，这孩子，心野着呢。我说野点好啊，有闯劲，像我这样那能有啥出息。电话过后三天，我在万寿寺附近一个临街的小馆子里吃午饭，几个人从门外经过，我低头继续吃，忽然觉得其中有个人像子午，放下筷子跑出来，他们一伙人已经不见了。我给子午打电话，问他现在哪里。他说打印社，正请人做一个技师证，有事？没事，午饭吃了？没有。好。挂了电话我回去继续吃。

子午越来越让我放心，我不再跟着他。那天上午没出门，看电视，然后睡了一个漫长的午觉。小型的沙尘暴刚过去，北京的春天一下子浓得化不开，天高云淡，一出门就有脱衣服的冲动。我把夹克和毛衣搭在胳膊上，随便上了一辆往北走的公交车。我在农业大学那站下来。很快接了一个生意，要农大的函授结业证。没问题。拿到定金先买了包烟，刚点上，离校门不远有一伙人在吵架。我凑上去，看见反穿夹克、文哥和另外几个人围住两个陌生人，那架势他们要打，反穿夹克的手已经伸到其中一个的身上了。都不要猜，那两个一定是不愿交保护费的。还是躲开为妙。我往公交站牌走，竟然看见子午站在一棵树的后面，伸着脑袋，他也看见了我，就从树后走出来。

“哥，你也过来了？”子午说，从口袋里掏出耳机，“我刚到。”

“他们在干吗？”我指着闹哄哄的那一群人问他。

“不知道。我刚到。”

不知道最好。我让他跟我一起离开，免得招惹上麻烦。子午有点为难，说和客户约好了在这里碰头。我让他给客户打电话，到前面见，打车费我报销。子午跟我一起上了车，那时候他们已经打起来了。那两个可怜的哥们。

我担心的事终于来了，来了就让你头皮发麻。子午跟着反穿夹克他们一起把别人打了，文哥也去了。群架。那是个周六傍晚，我等子午回来吃饭，说好了一起去东来顺吃火锅。很惭愧，都说东来顺有名，我在北京待几年了也没去过。我想有名的馆子应该也贵。但是子午想吃，那就去。天擦黑了他还没回来。我打他手机，一直没人接。正当我在院子里绕圈，院门开了，文哥抱着左胳膊进来，黑着脸看不清表情。他径直进了我的屋，让我把门关上。

在灯光底下我才看见他身上有血，夹克也穿反了。“妈的，搞上了。”文哥说，“帮我扶下胳膊。”我托着他胳膊，他开始脱他的土黄色双层夹克，他反穿是因为外面的那层右胸口一大团被血浸湿了。“那狗日的不禁打，一拳过去，鼻血就停不下来，我抱住他脑袋让别人打，弄了一身。”文哥说，“哎哟，轻点。”他另一只胳膊紫了一大块，被人用板砖砸的。

“子午。”我一下子慌了，“是不是，也打了？”

“这记性，差点忘了。就是来告诉你这事。应该问题不大，我来的时候都跑了，对方有一个趴在地上，不知死了没有。我只看见他眼珠子挂在鼻梁旁边。后来就顾不上了。”

“你说子午？”

“啊？不是。对方那个狗日的眼珠子被拍出来了。真没看见，一大群人，乱打一气，我哪看得清。在清华西门外，不到西门，往圆明园来的那条路。对对，小桥那儿。”

我扔下文哥就往外跑，出胡同开始打车，快到清华西门附近的那个小桥时下了车。这段路上的车辆向来不是很多，今天尤其少，要不他们也不会在这里打群架。靠近圆明园那一边的路旁有一摊血，在路灯下黯淡发黑。那摊血让我陡然心动过速，我不知道那当中有没有子午的。我在周围放声大喊子午的名字，喊得整个人都空空荡荡了，还是没有回答。偶尔有车经过，速度都会放慢，他们一定以为我是疯子。

在那大约十分钟里，我脑子里至少想到了十八种结果。我希望子午能占到最好的一种，毫发无损，现在还和早上出门时一样活得好好的。但这可能性相当小，他正是热血沸腾的年龄，实在没有理由不冲上去。我给文哥打电话，他说子午还没回去，他正收拾东西，马上去火车站，先离开一段时间。他担心当时他们把那人一砖头拍死了。文哥让我帮他照看一下房子，一会儿把下一个季度的房租放我床头，帮他交上。风声过去了就回来。多保重啊。多保重。听得我更急了。我就一路往回走，走几步喊一声子午。快到西苑，手机响了，对方说他是公安局，问我认不认识陈子午。我听到身体里有根绳子断了，嘣的一声。我说是我表弟，他在哪儿?

“公安局。”

我打车直奔公安局。子午在铁栅栏的另一边，整个人极度虚弱，长头发盖在恐惧的眼上，他说：“哥，哥，我没打架，真的没打架。”嗓子跟我一样沙哑。我多少放了点心，起码人没事，胳膊腿和脸上都是完整的。

警察跟我说，他们在事发现场附近发现了我表弟。当时子午正倚着圆明园的高墙低着头呕吐，面前一大摊没消化完的汤汤水水，绿汪汪的胆汁都呕出来了。当时人差不多跑光了，有一个趴在地上，头部和脸部重伤，左眼迸出。现在医院救治。有人打电话报的警。

我说：“我表弟说了，他没打架，就是经过时看见的。他从小晕血，因为吐得难受才停在那附近的。”

“我们会继续调查，嫌疑人暂时还不能离开。”

我又要求见了子午一面，让他放心待着，没问题，我会跟他们说清楚的。记着，你只是个过路人。我的意思他明白，我希望他能坚持到底。子午绝望地点点头。他哪里经过这阵势。“哥。”子午说，“你得把我弄出来，我一分钟都不想待了。”我说好。你一分钟都不想在里面待你跟他们混在一起干什么。

可我哪里有那本事。回西苑一路都在想哪个熟人和朋友可以帮上忙，一个都没有。我在北京的朋友差不多都是站在警察对面的人。回到住处，接到文哥在火车站发来的短信，说不好意思，走得急，房租给忘了，让我给他垫上，回来就还我。没问题。回完短信我就坐在床上发呆。子午还是太嫩，应该向文哥学习。

然后手机响了，一个客户说，明天他临时出差，要的货只能回来再取了。我说好。正好没这个心思。挂了电话突然就想到了一个警察，我给他办过一个本科毕业证一个硕士毕业证，硕士的是他本人的，本科是她老婆的。警察也需要证书，因为他也想过上更好的日子。但这家伙牛，上来就说他是警察，别想在他身上动刀子宰。我当时有点蒙，竟然有警察跟我打这种交道。搞不清他到底是不是，干脆有枣没枣打一竿，只收了一个本科的钱。他觉得我这人还挺实在，给他面子，就说有事可以找他。我把手机里的号码一个个往下翻，没有姓居延的。我记得他是这个复姓。我把床腿挪开，垫床腿的砖底下有个薄薄的通讯录，通常我只把一些大客户的联系方式记在上面。放床腿底下是为了防止警察突然袭击。在最后一页才找到，拨号时我已经大汗淋漓。

对方那边很吵，有唱歌的声音。我是周子平，给您办过两个证，一个本科的，一个硕士的。对方沉默了几秒钟，说："等一下，我出来说。"皮鞋踩地的声音。背景安静下来。他还是那样洒脱，"还记着我的号啊。什么事直说。"我也没客气，把事情说了。我强调子午没打架，只是路过。"就路过？"他呵呵地笑。我猜他笑的时候另一只手一定放在腆起的大肚子上。

"绝对没动手。"我妥协了，"只要能弄出来，多少钱都行。越快越好。"

"应该不贵，不就打个群架么。当然了，要弄出来就是没打。这事不归我这摊子管。我先跟一哥们问一下。"三四分钟后，他打过来，“明天去领人。五千。”中间停顿一下，吸一口烟的时间。“咱俩不欠了。从现在开始，你不认识我，我也从来没找你办过什么证。”

“没问题。我已经忘了您的号。”

子午从里面出来，我拍拍他的肩膀什么也没说。他为了我们俩才跟反穿夹克他们混到一起的。可是我没钱请他吃上一顿红烧肉了。所有的钱都拿出来也不够五千，我连夜从朋友那里拿了一千二。现在我两手空空，打车的钱都不够，口袋里也只有二十。我们去了成都小吃，我吃了两笼包子，他一个没动，脸扭到一边说不饿。见到吃的他就想吐。

昨天他们说要和另一拨人打架，那几个人联合起来抵制保护费。当时子午一点没感觉到怕。他学着反穿夹克和文哥，手里拎块板砖。动起真格的他立马抖了，他们打架都是举起板砖就上，半分钟的工夫就搅成一团。子午吓得只往后躲，他从来没经过这种厮杀，怕弄出人命来。举报电话就是他打的。

“手机呢？”

“扔到圆明园墙里面了。”子午为自己的胆怯难为情，“当时吐得跑不动，腿直软。看见他们过来，顺手就扔到墙那边了。我就是不想惹麻烦。扔了之后好像还听到手机响了，当时很多虫子都在叫，可能听错了。”

那是我打的。还算清醒。“你真晕血？”

“晕什么血？我是看着那家伙眼珠子血淋淋的挂在鼻梁上恶心的。哥，你一辈子没见过那么恶心的东西。就挂着，晃来晃去。”

子午手势做到一半，喉咙里窜出一串咕噜噜的声音。幸好肚子里没货，声音出来了也就完了。搞得我也跟着反胃。子午说，当时他回头跑，跑不远就忍不住，跌跌爬爬蹭到墙根下，呕得昏天黑地，都想干脆把脖子撕开，手伸进去把肠子、胃啥的一把掏出来扔掉拉倒。那哪是吐啊，简直就是把自己从里到外反个个儿。

吃完饭子午回去睡了一觉。我把电视抱到旧货市场卖了，一百。一百块钱对我们都很重要。子午要卖CD机，我说不行，这玩意拿到手就掉价，卖了顶多一半的价，亏大了。能把这两天打发过去就成。拿到钱，我和子午买了门票进圆明园公园，在他扔手机的地方做地毯式搜索，没了。被哪个王八蛋捡走了。子午觉得他连累了我，出了公园就要去大街上找生意。我说你省省吧，虽然出来了，难保不会再有事，文哥那种老杆子都跑老家躲了，你还是老老实实给我待屋里，哪也不许去。我把他送回西苑，一个人坐车到北太平庄找生意。

那两天我跑了好几个地方，一个收保护费的都没有，总算他妈的太平了，但也没找到一个正经生意。不过还是收了一个要办“文学大师”证书的小伙子的定金，一千。那年轻人说，他毫无疑问已经是当代的文学大师了，但是别人不给他这顶光荣的帽子戴，所以他要自己给自己戴，因为他深刻地认识到了自己的价值。他有十部长篇小说，四部在《红楼梦》之下，六部在《红楼梦》之上。如此高昂的文学成就，难道还不算文学大师？我说算，百分之百算，就是外星人来了也没话说。算就给我办，你开价。两千，定金一千。我咬了好几下牙才开这个口的。没问题，不就是两千块钱么，我随便一本书出来，没三五百万根本打不住。他咔嚓咔嚓当场就点了十张老人头给我。我激动成啥样，我面前站个疯子都应该知道。可他不知道，他说书出了一定签名送我一本。

我们有钱了。

这小子走火入魔了，那眼神就不对。《红楼梦》我还真不太知道它的价值，没完完整整看过，念书时不用功，时间都花在武侠小说上了，惭愧。但我知道也不是谁都能说整就整出一部来的，而且还六部在它之上。太离谱了，满打满算他也就二十三岁。这个证我可以随便搞，自己设计都成，但我不会给他办，这钱不能骗。我就借一千块钱应个急，小兄弟，谢谢了，过几天手头活泛了就还你。我会告诉你，兄弟，没找到“文学大师”证书的母本，钱退给你。再多说一句话，兄弟，曹雪芹有啥好当的？还要到处借债过日子。

靠这一千块钱我和子午把最艰难的几天熬过去了。回去时我给他买了开胃的话梅、酸梅、杨梅、山楂糕、山楂片、果丹皮，香辣豆腐条、香辣鸡胗、麻辣凤爪、久久鸭脖子，一大包提回西苑。子午看了酸的直流口水，一塞到嘴里立刻有不良反应，又像鸽子一样咕噜咕噜叫开了。我就让他吃香辣的。其实他一直不能吃辣，但是那天他吃了，而且吃得轰轰烈烈，看得我都直咽唾沫，后悔没给自己也买一份。所有辣的一扫而光，子午抹抹嘴说："哥，麻辣的最好吃。"

这就好办了。每天回来我都给他带一大包麻辣食品，也给自己带了一份鸭脖子，这东西我相当爱吃。我的生意很快进入正轨，维持两个人的日常生活毫无问题，就把文学大师的定金退了。大师既失望又伤心，说找什么母本呀，做得庄严好看点不就成了？

"那不行。"我谦虚地说，"我这点想象力哪行。"

"那好，我来设计。"大师说，"反正我有那么多想象力也用不完。"

"还是算了吧，我怕做不好。"

"没事，做不好还做不坏么。你随便做，只要'文学大师'四个字印得大一点就成。"

我终于扛不住了，钱塞给他就走。小兄弟，希望你不进医院也能把自己的头脑调整好。我一边走一边真诚地感谢他。我们的生活好起来了。我又买了一台旧电视，比上次那个大三寸；给子午买了新手机；他的食欲和胃恢复了正常，就是变得嗜麻辣了，不过问题不大，花椒和辣椒都不贵；因为打群架那件事再也没有消息，风声也过了，收保护费的那帮家伙散了，消失不见了，子午也开始出来干活了。感谢你，小兄弟，大师不是自己封的。

办证。吃饭。睡觉。警惕着不被警察盯上。生活正常起来。闲的时候我看电视子午听他的CD，或者正聊着天同时走了神，一起发呆。很多次我都产生同一个感觉，就是这样的日子已经过了无数年了，而且还将无数年地过下去。一个人在这浩瀚无边的城市里待了无数年，还将再待无数年。一个人像一只蚂蚁。像沙尘暴来临时的一粒沙子。这种多愁善感的时候我就特别感谢子午，他在我身边；但同时也为此愤怒，他也待在这里，是一只蚂蚁旁边的另外一只，是沙尘暴中一粒沙子身边的另外一粒。我的表弟，像我一样，早早地被这个城市淹没了。

有时候我看着正听CD的子午，觉得他陌生。那一场群架之后，他好像有了后遗症。瘦了，头发长了，人显得柔弱，见到警察就有点胆怯。可能他根本就不适合干这行。

天开始热的时候，文哥听说百无禁忌，就从湖北老家回来了，西瓜正大规模上市。这一趟探亲假把他养肥了，老婆伺候得好，床下的活都舍不得让他干，整个人胖了一大圈。因为胖，他空前地想吃西瓜，一到晚上就抱着个西瓜跑我们屋里来吃。有天晚上我们正捧着西瓜在啃，突然听到外面一声大喊：

“不许动！举起手来！”

三块西瓜都掉到了地上。这是职业病。我们面面相觑，很快就反应过来。文哥说，找我的，跟你们没关系。他抹抹嘴站起来要往外走，我让他别出去，话还没说完，子午噌地跳下床，鞋子没穿就往外跑，穿过黑暗的院子继续往院门跑。然后听到他叫了一声。我赤着脚跑出去，几道光柱从头顶上射下来，屋顶上站了十几个警察。子午在院门前被两个警察扭住胳膊，正拎着往光亮处拖。子午一个劲儿地叫哥。我大喊：“子午！”

文哥说：“子午没事，板砖是我拍的。”然后对警察说，“没他的事，放了他。”

所有的光柱一起对准文哥，一个雄壮的声音说：“你就是老铁？”

文哥说：“不是。”

从院门外又冲进来几个警察，三两下把文哥和我押了。他们又重申一遍，谁是老铁？我和文哥在灯光里对了一下眼，原来是老铁犯了事。两颗心就放下来。老铁的屋里是黑的，昨天晚上好像亮过。记不清了。谁会记着眼皮底下的事。灯下黑。

那天晚上我们被带到了警察局里。老铁真犯了事，抢劫，劫的还是警察。看起来老实巴交的，没想到啊，真是开了眼了。最初老铁和那个姓王的警察扯上关系，是因为王警察在值勤时踢了老铁的修车摊子一脚。老铁咕哝一句，王警察认为是骂他的，老铁坚持说没骂。事情最后不了了之，但老铁就和王警察飙上了。他认识王警察，就在附近的派出所工作，经常骑着一辆九成新的女式自行车上下班。老铁逮了个空就把那车子给搞来了，改头换面弄成一辆男式车。具体弄成什么样我不知道，很可能那辆女车和改装后的男车我都见过。老铁的车子推出的和推进的通常都不一样，我分不清楚。他把改装过的车子自己用，整天放在修车摊旁边。竟然被王警察认出来了。他车子丢了以后，四处打探。都偷到自己头上了，实在很没面子。王警察在老铁的自行车上大梁上发现了一张棉袜子的广告贴纸，指甲大小，他女儿拆新袜子时顺手贴上的，一年多了都没掉。老铁篡改车子时没注意到这个小细节，被抓了个正着。证据确凿，而且一看车子就刚刚组装过的。老铁死不认账，王警察懒得跟他上纲上线，把男车骑走就拉倒了。

事情到这里就可以结束了，可老铁不。他有想法，过两天又把王警察的男车弄过来。要在过去，他倒手就卖了，现在他偏不。跟王警察耗上了，决定死磕到底。继续改头换面，弄成一辆看起来像但又找不到确切证据的女车。这就是他要的效果，还摆在修车摊子旁让王警察看。王警察当然会过去，他知道这车子的一部分零件是自己的，所以车子也就是自己的，但是找不出理由。老铁忘了，人家一身警服就是理由。王警察找了个同事，一个拦住老铁，一个推上自行车就走。霸王硬上弓，老铁一点办法都没有。但换了个时间他就有别的办法。

我猜整天笑眯眯的老铁其实就是想出口恶气，没想到越出越长收不住了。他想不开，还得把变了好几次的车子给弄到手。王警察每次上班都把自行车放在一楼同事的门口，不再随便扔，偷是不行了。偷不行，只能抢，从王警察手里活生生地夺过来。老铁就这么干的，认死理了。他拎着一个大扳手，昨天晚上埋伏在王警察回家的途中，突然跳出来。该王警察倒霉，住在一个偏僻的地方，前后都找不到一个人。本来老铁只想把自行车夺过来，扳手用来威慑和壮胆。抢夺时争执不下，偏偏远处传来人声，老铁一急，对着王警察脑袋就是一扳手。老铁骑上车就跑。

今天傍晚，王警察在医院里醒来，费了好大的力气才想起老铁的那一扳手。然后公安局开始确定搜索范围，半夜三更爬到屋顶上，包围了整个院子。在警察局里，我们三个没东西可说，老铁家几口人我都不知道。威逼利诱一番没结果，就放我们出来了，临走时嘱咐我们一旦发现老铁行踪，立刻汇报。我们一直点头。出来时天快亮了，天光不明，子午的脸是灰的。

文哥死里逃生一样的快活，西瓜掉下来的时候他还以为后半辈子要在里面过了呢。为了庆祝自由，他坚持要请我们吃油条喝豆浆。我不置可否，他就问子午。子午看看我，我说好吧，吃完了回去睡觉。

那一觉睡得扎实，到下午我才醒来。子午已经起了，坐在我床边的椅子上抽烟，看见我醒来就掐灭了烟，叫一声："哥。"

我翻个了身。“哥。”子午又说，“你，是不是觉得我胆子太小，老想着自己？就是，自私？”我慢慢坐起来。他这么一说，我终于发现为什么这段时间莫名其妙地觉得心里堵了，自从上次子午从警察局里出来就这样。没错，是胆小，是自私。我尽管不赞同他冒险，但我希望他能勇敢，不胆怯，遇到事情不要两手一摊就跑掉。我希望他是一个仗义的人。我看了他半天，我表弟，也许他还没有真正长大。我对着他伸出两根手指，子午递过来一根烟。

“慢慢来吧。”我说。

抽完那根烟，我又躺下来。再醒来天已经黑了，日光灯在亮，子午刚进门，他说哥，你醒了？起来吃点东西吧。我就闻到了“麻辣一锅香”的味道。这是胡同口一家小饭店的招牌菜，主味麻辣，菜随便点，土豆、藕片、海带皮、鸭血、牛肚、豆腐皮等，一锅烧。我们都喜欢吃，懒得出去了就打个电话叫外卖。还有鸭脖子，子午又说。我从床上起来，看见子午的脑袋在灯光底下闪闪发亮。他刚剃了光头。

剃了光头的子午英气勃发，精神多了。我喜欢看到一觉醒来之后的子午。一切可能重新开始。这多好。

七月底我回了一趟老家，母亲托人给我介绍了女朋友，要见一面。女孩各方面还都不错，临时工，在一家小超市里做营业员，跟子午一样大。没成。这是第四次没成。前面三个各有原因。第一个觉得我这样长相平庸，这没办法，天生的。第二个说我像个闷葫芦，你说我们头一次见面我跟你说啥？对方倒是挺能说，天文地理巴以冲突一直到化妆品，可在我听来，除了化妆品那点知识可能还靠点谱，其他一概胡扯；化妆品我确实不懂。第三个问我一年内能不能把三居的房子买到手。我哪那本事，我李嘉诚任志强啊。

超市营业员第一次见面就黄了，原因是我说这几年没攒下什么钱，而在她看来，跑北京的挣钱如流水。她很直接，我也很直接，的确没存下钱，我也不知道钱他妈的都到哪里去了。我懊丧地回到北京。说实话，我早就想找个老婆了，有个家生活可能会是另一番样子。我得时刻想着挣钱、存钱，想着如何安顿一家人现在和将来的生活，像文哥那样。他能挣也能花，但花得心里有数，不该花的从来不花。

下了火车回到住处，已经到了吃晚饭的时间。子午还没回来。我没跟他说今天回。放下包冲了个冷水澡，还是觉得烦躁，决定出门走走。三番五次被甩能不烦躁么。我手插口袋慢慢往前晃，出了胡同上马路，我也不知道去哪儿。回家一周半，西苑没有变化。大酒店门口停了一溜车，有钱人在里面吃饭。练歌房里年轻人在唱歌。我忽然有种无所事事的空虚，得找点事做。就上了332路公交车。在终点站西直门下车，出了站随便乱走。我跟着脚走，反道，直行，过马路，再直行，拐弯，过马路，面前是一家小夜总会。看到闪烁不定的霓虹灯，我就对自己笑了，右脚踢了一下左脚，狗日的，就让我不学好。心里空落落的原来是想着这地方了。一年前我和朋友来过一两次，他非拖着我过来，他说我这样的光棍再不来看看，那等于慢性自杀。那哥们后来进去了，身上三个证。他说过这地方安全，我也觉得挺好。

值班经理是个女的，半老徐娘，居然还认识我，握了手说："好久不见了，在哪发财？"

我笑笑："有点事，刚回来。"

"怎么说？要休息一下？"

我继续笑笑，说有点累。经理说，那得找张床躺躺，就对旁边的服务生打个手势。我跟着服务生到了另外一个楼层，服务生推开一扇门，十来个女孩穿着低胸裙子在喝饮料，笑作一团。我指着裙子最低的女孩说，就她。

服务生说："不再挑挑？"

我重复一遍："就她。"转身继续往前走。

我摸摸口袋里的钱，在沙发上坐下来，开始抽烟。这地方也就工薪消费，我心里有底。女孩先从门外露个头，纯情地说："大哥，您找我？"我招手让她进来，她刚坐下，我就把烟掐了，说："脱。"速度有点快，女孩有点愣。我也愣了，竟如此果断，我觉得自己此刻的长相一定更加平庸，而且恶心。恶心就恶心吧，我有种把自己扔出窗外随他飘坠的快意。快了点么？没办法，你憋了大半年你也急。那哥们进去之后，我就再没经过这个门口；子午来到北京后，我就更没想过了。不能把子午带坏。

两次之后，我把掐掉的烟重新点上，抽完了觉得想上厕所。这种简易的包间没有洗手间，只能去外面的公共卫生间。下床时对女孩说，等下，再来。女孩一听，都要哭了。

我撒完尿，正打算出来洗手，一个看起来挺清纯的女孩走到盥洗间，对着水池吐了几口，开始洗手，一个男人站在外面，让她快点。那声音很熟。我身体里的哪个地方咯噔响了一下，伸出半个脑袋往外面看，一个光头。子午。我赶快退回洗手间。那女孩洗完手进了女厕所，我一直等到她出来，走掉。她走出盥洗室就被外面的男人揽住了肩。那个光头，不会错。我跟在后面，看见子午的手从女孩肩膀上下来，温情地趴在她的屁股上，然后进了离我不远的一个包间。门关上。

我的心情一下子坏了，进了房间就脱裤子。女孩说："能不能轻点？"看上去她也就二十出头。我直直地看着她，她往被子里缩了缩，被子拱动，拽出一条刚穿上的丁字裤来。我一屁股坐到沙发上，过了一会儿站起来，转过身开始穿裤子。出门时把一百块钱放到了那条丁字裤上。

我在外面逛了很久，回到西苑时接近午夜。子午还没回来。打手机，半天才接。在哪呢？哥你回来了？你也过来吧，这地方还不错哪。"在，哪，呢？"我一个字一个字地重复。

"怎么了哥？旅馆，就是扣我箱子的那个旅馆。"

四十分钟以后，我打车到了那里。子午正坐在床上看电视，我推门进去时他站起来，说："哥，这床大吧？"是挺大的，我们俩的床并一块也没这么大。很凉快，空调打得够低。我上来就是一脚，踹得子午后退几步坐回到床上。"哥？"子午都没回过神来。

"你跑这边干什么？"我的脸拉得有半里路长。

"我要享受一下。"子午理直气壮地说，"当初我只能住地下室，还被他妈的老板扣了箱子。我对他发过誓，有钱了我一定会回来，我要住最好的一间客房给他看。不就两间破屋子么，有什么了不起。"甩手就把电视遥控器扔到复合木地板上。

"这些天就干这个？"我捡起遥控器，在手里转来转去。

"还做了三单生意，就是没挣多少钱。"子午给我倒了杯茶，烟也递上来，"我出来其实是躲查房的。你刚走三天就有人来查房，要看暂住证，我哪来那东西。扯了个谎说是到北京找你的，就跑出来了。文哥说最好躲几天，他们还会去的。我就想起这里了。”

“没别的了？”

“没了。还能有什么？”

我的遥控器就甩过去了，砸到他的光头上。你小子还跟我玩这手！

“你疯啦？”子午从床上跳下来，赤着脚站到我面前，比我高。他捂着脑袋的指缝里渗出了血。“砸我干什么！”

“你他妈的找小姐去了！说，找没找！”

我以为他会抵赖。我希望他死不认账。我弟弟。没想到他跟我一样喊起来：“我他妈的找了又怎么样！我为什么就不能找？我就找！我明天还找！”子午声音慢慢低下来，腔调拉长，蹲下身的时候差不多要哭了。“我为什么就不能找？她给我打电话说，那人不要他了，只要我答应她把那狗日的腿打断，她就嫁给我。我成什么人了？捡垃圾的？别人不要了才往我怀里送。还要我替她报仇。我成什么人了？我为什么就不能痛痛快快地去找别人！”

“你是说，你那女同学？”

子午蹲在地板上开始小声地哭，不说话。看来是她。隔壁有人擂墙，声音含含混混地传过来，都几点了，还让不让人睡觉！子午站起来对墙踹了一脚，再踹一脚，又踹一脚，大喊，睡你妈个头啊！那边陡然不吭声了。他还要再踹，被我拉住了。“好了，不说这事了。”我觉得自己有点莽撞，不该上来就发作。我递给他一根烟，“我也不是好人。也去了。”

子午一脸泪水就笑了。“哥，你是不是经常去那种地方？”

“没有。一共三次。”男人说话没必要遮遮掩掩。

“我两次。前天晚上一次，今晚一次。就被你撞上了。那女孩长得有点像她，在大街上看见的，我就跟着，一直进了那地方。开始只是想多看她几眼。”

“以后别去了。”我说，“你那同学，怎么回事？”

“我也不知道。突然就给我打电话，问我喜不喜欢她。这还用问吗？不喜欢她我当初跟她在一块干吗？她说好，那就替她把那男的做了，一条腿就行，两条腿更好。做完就嫁给我，嫁妆都不要。不答应，拉倒。本来我都让自己忘得差不多了，她又跑出来。”

“她怎么知道你电话？”

“打到我家问的，说是我同学，聚会想联系我。”

“神经病。怎么打算？”

“当然不能干。我是喜欢她，可也没理由做掉人家两条腿啊。”

那就好。那地方别再去了。这女人我看也别拉拉扯扯了。明天给你办个暂住证，假的没用，得真的。当然得要，你不是北京人。没那么多为什么。好好赚两年钱，回家找个合意的好姑娘。你还年轻。我们俩斜躺在那张巨大的床上，有一句没一句地说话。我说不出更多的大道理。我能说出的都是你看见过的生活，你也能说，说得一定比我还好。困意慢慢上来，我就睡着了。

子午的暂住证折腾了好长时间才办好。要房东的产权证和身份证的复印件，要排队，要跟他们说明身份、理由等一系列问题。拿到产权证和身份证的复印件就费了不少嘴皮子，房东不愿意，怕我们拿出去为非作歹。子午都烦了，这么久，枯树都发芽了。他差点跟办事人员吵起来。终于办好了，子午拿到手就扔到地上，连着踩了十几脚才拿起来装进口袋。

九

这之后，子午就变了，有了江湖气。我不知道这好还是不好。我也不知道是他天赋里的野气发作，还是那个光头把他怯缩的生活照亮了，或者是找了一次小姐就增进了勇气、强壮了神经。因为据我的那些不学好的哥们说，找过一次小姐之后，整个人的世界观都会变。对我来说，在一定程度上也适应。第一次进入夜总会挑出一个女孩，我几乎是咬牙切齿地克服了过去的那个自己，你必须突破一个底线才行。我给一个旧的周子平松了绑。那是一道槛。

偶尔子午还会去找夜总会的那个女孩，他不再避讳。开始的时候他跟我说，哥，我想去看看她，让我去吧。好吧，也算情义之举。到后来，他直接就说，哥，我想去，难受。脸上已经完全是一个男人的表情了。但他这样说时，态度坚决，行色果断。你阻挡不了。他完全可以不跟我说就去，但他跟我说了。那个女孩的意义此刻在于，她有一副女人的身体。我同样不知道这好还是不好。不需要女人身体的男人肯定不是个正常男人，但是，当他是我表弟，他要成为一个嫖客，在我看来比我自己胡来一次要严重得多。我知道这很没道理，可不由人啊，他是我表弟。一想到我是做哥哥的，立马就想端出为他负责的做兄长的架子来。

在学校里多年养成的清净干爽之气在子午脸上消失了，子午的皮肤变厚，变糙，毛孔在一夜之间涨大。安静的时候脸上也会出现阴影和线条。文哥说，过去没看出来啊，你们表兄弟长得还挺像。他说的是我们俩脸上的阴影和线条。事实上，子午的阴影比我大，线条比我冷、比我硬。他长得比我好。过去是英俊，现在，用时髦的词说，是酷。他开始喜欢像高仓健一样，有事没事就把T恤衫的领子竖起来，出门坐车要戴墨镜。我觉得他身上憋出了一股劲，扑通扑通地在跳，而且还在继续膨胀。前女朋友还会给他打电话，他接电话的表情越来越无所谓，甚至有点烦。他经常重复的一句话是：都过去了。或者是，过去的就让它过去吧。然后借口吃饭、出门、洗澡等理由来挂电话。有一天吃饭我问他，还没搞定？

“有钱就让她打吧。”子午说。

“还让你做掉那家伙的两条腿？”

“早就不提了。她说只要我回去，要不答应她过来，什么都无所谓。”

“那不挺好，破镜重圆。”

“我没兴趣了。”子午表情平静，像在说别人的事，“好马不吃回头草。三条腿的蛤蟆难找，两条腿的女人多的是。”

子午想开了。“是不是有别的目标了？”

“没有。我要找个北京的。”

我笑了。想法很好，可我们这样的暂住户，要啥没啥，北京的女孩哪那么好找。都说北京女孩打死都不愿往外地嫁，宁愿在家蹲着，那是也蹲在皇城根下。“好笑吗？”子午翻了一下眼皮，“什么暂住证、外来户、盲流、京漂，去他妈的。”过一会儿又说，“哥，我想明白了，文哥说得对，大胆大胆再大胆，赚钱赚钱再赚钱。等我赚够了钱，就娶个北京老婆，在北京安家。我干别的营生去，开公司，做老板，开他妈的十家旅馆，第一次来北京的穷人全他妈的免费，想吃吃，想住住，想吃多少吃多少，想住多久住多久。”子午的语气冷静，一点不像头脑发热。到底是年轻人，没有不敢想的。我们的确是两代人。再老一点，像文哥，我敢断定他睡着了都没能力做如此雄伟的梦。于是我说：“好。”

子午逐渐改变了往日懒散的生活习惯，从体育用品店里买来哑铃和拉力器，早晚都光着上身哼哧哼哧地练，然后一身大汗去冲冷水澡。要挣钱就得有个好身体。不知道他从哪里看来这句话。除此之外他还坚持看《北京晚报》，一天一份。听音乐的风格也变了，那种类似说唱艺术的娘娘腔歌曲基本不听了，听摇滚，重金属，耳塞一进耳朵血液和筋肉都跟着跳的那种；或者雄壮的，刘欢，韩磊，腾格尔，韩红。反正他生活变了，向大的、重的、强硬的方向走，他凡事要有自己的主见，像换了个人。接生意的胆子也变大，过去太复杂的我们都不做，现在他也接，当然价钱也高。为了做一个证他甚至愿意跑到平谷和房山找人做。

有天傍晚他给我电话，问我在哪，我说北大，在未名湖边交货。他说就待湖边，他马上到，正在从石景山回海淀的路上。刚做完一个高难度的证，挣了，相当可观。要请我吃饭。见了面我们一起出北大西门去找馆子，路上碰巧撞上文哥。老家伙有公交车不坐，一肩膀高一肩膀低地用脚走。“这怎么了？”我问，“给小姐踹床下了？”

“别提了！”文哥气呼呼地说，“遇上一个检察官，屁钱没捞着。”

“活该。你也太嚣张了，跟公检法玩。”

“接活时我哪知道他是什么鸟检察官。刚交货，他啪地把证件亮出来。威胁我呢！我一个屁没敢放，眼睁睁地看他把证拿走。”

“告他个狗日的！”子午说。

“屁！你敢告？再说，他不是给自己办的，要证的是个女的，骚里骚气，八成是二奶。”

“别人能搞我们，我们也可以搞别人啊。”子午说，“办个警察证，交货的时候亮出来。对方不怕，拉倒；要怕，就吓唬一下，私了还是公了？那些胆小鬼，多半得上当，他们拿假证去招摇撞骗也犯法。”

“子午，又瞎整，那种事哪能干。”

子午撇撇嘴说：“说着玩。安慰一下文哥嘛。文哥，一块喝酒去，就当压惊。”

他让文哥挑地方。文哥一听有酒喝，精神立马好了，要去承泽园。喝啤酒，吃烤串，外加麻辣烫。文哥说的地方我知道，在承泽园门口，万泉河桥旁边。白天我常经过那里。文哥说他有个晚上在那里吃过，一个字，爽；两个字，很爽；三个字，我们一起说，非常爽。穿过北大西门对面的蔚秀园，老远就闻到烤串和麻辣烫的香味。

那地方夏天的晚上像个夜市。烤串，麻辣烫，水果，报纸杂志，盗版光盘，煎饼果子，大饼，小馄饨，小饰品小玩具，还有一家露天的大排档，大师傅把炒瓢颠到头顶上。热闹繁华的烟火气。文哥带我们到靠近承泽园门口的那家麻辣烫摊子前，喊一声：

“老板，十瓶啤酒，三只碗！”

老板应声来到，拿出四个小板凳，三个围成一圈，中间一个上面搭了一块形状不规则的薄木板，那就是桌子了。然后是十瓶燕京啤酒和三只碗，每只碗上套一个透明的塑料袋，以示卫生。文哥指着热气腾腾的两口麻辣烫方锅说，自己挑，想吃什么拿什么，不管荤素，五毛钱一串。那麻辣味早闻得我和子午口水直流。文哥是常客，挑得快，挑完了就让师傅烤串，羊肉、牛肉、鸡心、牛板筋、腰子一样不落。尤其腰子，文哥说男人得多吃，补，现在闲着用不上，哪天忙起来，现吃就晚了。

味道真是好，满汉全席都比不了。没杯子，就对着瓶嘴喝。

冰过的啤酒，透心凉，不是一般的舒服。麻辣烫的生意相当好，除了我们这样的大老爷们三两个搭伙，主要客人还是女人，尤其是姑娘。那热气腾腾的两锅，前后围了两三层，老板和老板娘都忙不过来了。所有的菜都串在竹签上，各种肉片、猪牛的下水、鸡蛋、鱼丸、肉丸、鸭血、香肠、火腿肠、豆腐、豆腐皮、蒿子秆、香菜、萝卜、平菇、海带、茼蒿、金针菜，菜场有的锅里基本上都有。随便吃，吃完了一起算账，数竹签，一根五毛。

那顿酒喝得痛快，我们熬走了几十拨人。挑了六七次麻辣烫，又加了五瓶酒。到十点多钟，三个人都高了。文哥忽然色迷迷地笑起来，歪着嘴，费力地拖动大舌头说："屁股。一堆圆鼓鼓的屁股。嗯，好看。"我和子午没听懂，文哥就指给我们看。他面对麻辣烫摊子坐，我们转过身，看见五个穿制服裙的姑娘围在方锅前，一个个伸长脑袋，撅起屁股。文哥说得没错，圆鼓鼓的，好看。包在裙子里面，甚至能看见内裤边缘印在粉红裙子上的痕迹。裙子长及膝盖，十条胖瘦不一的小腿移来移去。身材都不错，应该是附近哪个单位的，集体出来吃麻辣烫。然后她们叫起来，咯咯地笑，好像在抢什么东西。

"她们笑了，多好听！"文哥挥着手，像在演讲，一边打着酒嗝，"那屁股，多好看！嘿嘿。"

我打一下他的手，"别嘿嘿了，吓跑了都。"

文哥说："跑了好。跑了我去追。"

一个姑娘尖叫起来："我的平菇！给我！给我！"

其他人都说："谁拿你平菇了！"

老板娘说：“这就煮，一会儿就好。”

尖叫的姑娘说：“哪是一会儿，好几分钟呢！”

子午喊起来：“我这有，你要不要？”

尖叫的姑娘转过脸，长得挺不错，细高挑，短头发。“谁啊？有病！”

“病没有。”子午笑嘻嘻地说，“平菇有！”

尖叫姑娘气冲冲地走到我们简陋的酒桌前，溜了一眼，对子午翻了个巨大的白眼，说：“去死！”然后一颠一蹦地回到方锅前，同伴的姑娘都捂着嘴笑。

我和文哥也笑起来。我说：“子午，挨骂了吧。”文哥说：“子午，送过去。”我一定是喝得没章法了，竟然也跟着怂恿子午，“对，送过去。”子午真就端起装着平菇的碗站起来，歪歪扭扭地走到尖叫的姑娘面前，双手把碗送出：“平菇，给你吃。”尖叫的姑娘又尖叫一声，一巴掌把子午的碗打掉在地上。“去死吧，你！”她说。我担心子午下不来台会动手打人家，赶紧跑过去要拦，子午却蹲下了，把竹签一根根捡起来，乐呵呵地说：“你不吃，我吃。”

那群姑娘又笑起来，暧昧地起尖叫姑娘的哄。那姑娘说，有什么好笑的！一甩手，走了。文哥凑过来跟我说，他奶奶的，大姑娘就是好，屁股怎么扭都好看。

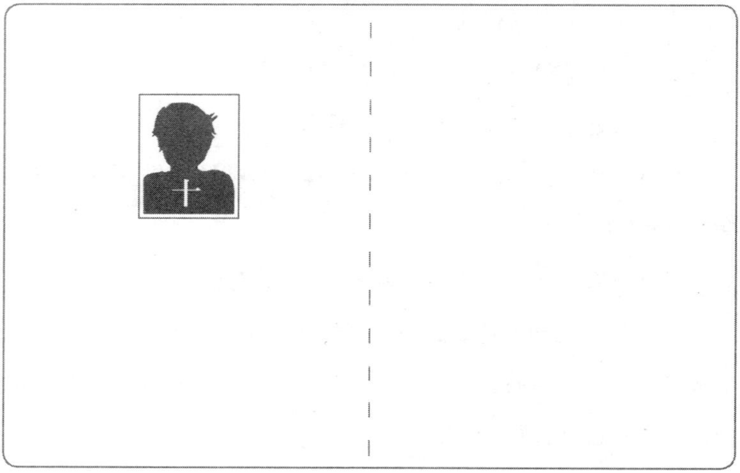

第二天很迟才起床。起来后子午吧嗒吧嗒嘴问我，他昨晚是不是喝大了？我说都大了。他又回味半天，说，好吃。要不今晚还去？他健身，我们吃早饭，各奔东西，已经是中午了。傍晚他给我短信，七点承泽园门口见。我到那儿时，子午已经摆好了桌子。

啤酒、烤串、麻辣烫，外加两块大饼。很舒服。我们慢悠悠地吃喝。生活挺好。尤其看见所有人都沉浸在烟火中，那种贴心都让我有点感动了。和别人一样，此刻我和子午也生活在繁华的生活里。在其他时间里，我们刻意地接近或躲着大家，那是有预谋的，和你一样，我们也想从这个世界里得到一点东西。我们一直在某个小小的角落潜伏着，即使淹没在人群里，内心里也知道自己十分醒目，就像一枚枚企图楔入正常生活的生锈的钉子。很多人迟早会找你算账，通常是警察，偶尔也会是普通人，当然那是你出了问题。比如子午，有个下午五点半钟时，就在大街上被两个人追着跑。

在傍晚。北京的傍晚不是个好时候，堵车，拥挤，下班的表情疲惫，人和车一整天的耐心和平静此时已经全部用光。在我们已经吃过三次麻辣烫之后，准备要去吃第四次。约好六点在承泽园门口见面。我从林业大学坐上公交车，五点四十，快到北大西门时，子午打我电话。他在电话里气喘吁吁地说："哥，哥，在哪？有人追，追我！一个人搞不定，他，他们，不撒手！"

"到北大西门了。你在哪？"

"在跑。我往硅谷，那边，跑，你，来接，接我！"

我关上手机就让司机停车，我要下去。离站牌还有一段距离，司机说不能停，这是规定。我哪顾得了那么多，对着车门踹了一脚，大喊："开门！"声音大得把我自己都吓着了。一车的人都往我这边看，旁边的售票员直往后撤。司机猛踩刹车，他也被吓着了。那段时间电视报纸都在说，恐怖分子到处干坏事，世界很不太平。"开门！"我又喊一声。售票员对司机说："开，开了吧。让他下去。"堵在后面的车一个劲儿地摁喇叭。司机只好开了车门。我跳下车的时候听见女售票员啐了一口，说："什么人哪，丫就一傻逼！"

北京人骂这话听起来特别刻薄，但我没时间理会她，撒开腿就往硅谷方向跑。北大西门到海淀桥这一段，一年到头堵车，这会儿正是高峰的峰顶，挨排排的车在鸣笛，干躁脚走不动。我在车缝里钻来钻去，跑到海淀体育馆附近，看见子午从车缝里钻出来，他跑的是反道。我一边喊他的名字，一边跑着招手。他看见了，速度明显加快，后面的两个男人追得的确挺紧，手里拎着家伙，既像榔头又像勺子。子午到我面前时，我对他喊，拐过去，打车走，我来应付。子午犹豫一下，继续向前跑，刚拐到芙蓉北路上，那两个男人就到我面前了。我一把抱住最前头的那个。

“哥们，哥们。”我用力抱紧以免被他挣开，“有话慢慢说。跑急了伤身体。”

我怀里的哥们对另一个说：“快追！追！”

那哥们追了几步停下来，子午已经钻进出租车了。他挥着手里的家伙怒气冲冲地对我来了，果然是长柄勺子。接着我就闻到怀里的那哥们一身的油腥味。他嗷嗷地叫，让我放手。我放了他，掏出烟要递过去，拿长柄勺子的那家伙一把打掉了。我捡起来，又给刚刚抱在怀里的哥们递过去，他手里拿一把铲子。“哥们，有话慢慢说。我弟弟他年轻，不懂事，您多包涵。有事找我。”

“好，这可是你说的。还钱来！”勺子说。

“什么钱？”

“那小子办证不好好办。”铲子用铲子指着子午打车的方向，“冒充警察诈我兄弟！”

一听就知道是真的。文哥前两天的教训转眼被现学现卖，也太快了点。为了不惹有关人员注意，我把他们俩拉到前面的大自然花卉市场里说话。卖花的小姐以为我要买花，我说先随便看看。哥们说吧，到底怎么回事？勺子说，也不瞒你，我想办个红案证书，有证人家饭店才要，就找那小子。他接了，昨天交证的时候突然拿出一个警察证，说他是便衣，专门抓我这种用假证扰乱社会的。他抓住我这只手，就这只，要送公安局，我哪知道轻重，蒙了，死活不跟他走，我头一回干这事，我冤不冤我！他说不想去也行，交五百块钱罚款。我把裤裆里的钱都搜出来，也就剩三百块钱。他说三百就三百吧，收下了。证也没给我。放了我之后，我就觉得哪里有点不对劲儿，警察罚完钱你得给我个单子吧，我不能不明不白啊。回去跟我朋友一说，也觉得有问题，今天就到那附近等。小子胆还挺大，打完一枪还不换地方，我就知道不是个好鸟，冒牌的。果然，咱们俩一露面，他拍屁股就跑。哥们你来说，我前前后后花了六百块钱，连个证都没摸着，我他妈的是不是冤大发了？你说，我冤还是不冤？我们他妈的挣钱也不容易啊，一铲子一勺子弄出来的。拿铲子的哥们又对我挥了挥铲子。

“六百？”我晃晃右手的大拇指和小指。

“六百！”勺子理直气壮地把他右手的大拇指和小指推到我面前。

我掏出钱包，三个夹层都找了，只有五百五十块。“不好意思。”我说，“要不给我个电话，明天我把那五十给哥们送过去？”

勺子看看铲子。铲子说：“算了，少五十就少五十，就当交了个朋友。”

勺子说：“那好，就五百五。”接过钱他和我亲切握手。分手的时候语还重心长地说，“哥们，让你弟弟别瞎搞，干一行讲一行。别为了那点钱坏了名声。不就点钱吗，算啥，花纸一张。

是不？”

我一个劲儿地点头。是是。

这屁股算是擦干净了。完了我给子午打电话，搞定了，我在承泽园门口等他，一定得过来，要不我可得脱裤子当了。子午到了承泽园时我已经开始喝酒了。他坐下来，听说我给了他们五百五，立马跳起来。“那孙子，我一共就拿他五百！”子午说，“狗日的，我找他算账去，反过来敲我们了！”

我把一瓶啤酒对地上猛地一顿，底掉了，啤酒流了一地。“你给我坐下！你能敲别人，别人为什么不能敲你？”

子午嘟囔着坐下，用牙咬开一瓶啤酒一口气喝了半瓶。“我不是想多赚点吗。”

“有你那样赚钱的吗？拿来！”我伸出手。

“什么？”

“拿来！”

子午磨磨叽叽从口袋里掏出假警察证。这小子，做得还像模像样，真的似的。子午要穿上警服，真没人会怀疑他不是人民警察。我掏出一根烟，点火的时候先点上了假证。子午要抢已经完了。塑胶封皮烧起来快，火苗很快就爬上来。

“哥，你干什么？”

“我跟你说过，咱老老实实挣钱，别玩那些歪门邪道。”

“歪门邪道？”子午从鼻子里冷笑出声来，“都是犯法的事，偷和抢有区别吗？”

那一瞬间我真给子午问倒了。没错，我们干这个也不是人间正道。法律说了，不许这么干。可是。其实我没有那么多可是。“你说的对，性质是一样的。”我说，“但是，程度不同。偷和抢判的年数不一样，你一定知道。收别人送过来的钱，在我理解，跟拿着刀去逼人交钱，也是不一样的。办假证是一个罪，办了假证还冒充公安，是更大的罪，你知道吗？”我喝了一口酒，吃了一串牛肉丸麻辣烫。“再说，你又不爱听了。还是那句老话，职业道德。假如说你去绑架，钱拿到了你得放人，你不能钱拿了还撕票。这不对。”我拉拉杂杂地说，也不知道说清楚了没有。

应该是说清楚了，因为子午说：“哥，你是这一行里的圣人，哪天办假证合法了，我一定推选你去做劳模，全国劳模。”

“那事我没兴趣，要被全国人民看着。我怕被人看。”我谦虚一下，气氛好了就算和解了。

喝完一瓶酒，子午去挑麻辣烫，又让师傅烤串。坐下来他忽然伸长脖子问我：“要是我想在短时间内多挣点钱，怎么办？”

“有点困难。你想干吗？”

“谈恋爱。”

“有目标了？带给哥看看？”

“我也就见过一次。”

“靠谱吗？”

“靠。我让它靠它就得靠。你也见过的，就那天晚上要吃平菇的那个。”

我觉得这太不靠谱了。就见过一次，还让人骂了一顿，其他一无所知，这也能谈恋爱？恋爱我是谈得比较少，没什么经验，但我总知道得有个八九不离十吧。你知道人家多大？有男朋友没有？说不定都结婚生孩子了。就算单身，人家凭什么非要跟你谈？到底年轻。一点办法没有。但子午明明是一张成熟男人的脸。他的表情正大庄严。“哥，你为什么非要八九不离十才觉得可以去做呢？”子午很严肃地跟我说，“她有没有男朋友、结没结婚、生没生过孩子有什么关系？我那个都发过誓了不照样跟别人跑？什么事都有可能，只要你想。”

子午说这话的时候脸上风轻云淡。正因为这个无所谓的表情，反而让我觉得他有点不好琢磨了。于是我说：“人家若是有家庭，你可别乱来。”

“行了哥，又职业道德是不是？别抱着你那套老八股不撒手。爱情里头没职业道德，要有，那也是你想，还是不想。”

这小子，还一套一套的。但我还是认为这事严重不靠谱。我不跟你争，看你这把火能烧几分钟。你连人家在哪住哪都不知道。

“我等。”子午顿顿他的碗，我才发现他挑了满满一碗平菇串。“我就不信她不来。”

“你不是要找北京的姑娘吗？”

“那舌头卷的，那刻薄劲，绝对是北京人。”

那天晚上没等到。子午一次次去挑平菇，为了让那姑娘找不到平菇跟他搭茬。他几乎把那晚上所有平菇串都包了。喝到十一点，那姑娘也没来，她的同事也没出现。我跟子午说，还真当回事了，回去吧，还得举哑铃呢。

我想子午头脑热一热这事就过去了，没想到他动真格的了，每天晚上都过去，下雨天也不例外，因为下雨天麻辣烫摊子照样开。摊子摆在一个大棚底下，白天那地方修车、修鞋、配钥匙，晚上他们走了，麻辣烫来了。我陪子午连续又去了四次，开始是想看他到底能否成事，后来只是为了一顿痛快的晚饭。表弟认真要谈一场恋爱，我这做哥哥的当然要支持。

那四次里我没见着尖叫姑娘，倒是等到了几个她的同事，还穿那身好看的制服裙。眼看那几个姑娘也走了，尖叫的还没来，子午怕失去机会，上去跟她们搭茬。都认识，那晚被骂了嘛。子午说你们女孩子为什么都喜欢吃平菇。她们说，就喜欢呗。

“那我请你们。”子午说，“不过你们得告诉我个事。”

“好。吃完了再说。”她们明显在集体捉弄子午。但子午装作没看出来，该怎么请就怎么请。一共花了他三十块钱。她们说不好意思放开了吃。吃完了，一个说：“人家有男朋友了。”另一个说：“都快结婚了。”又一个说：“别想了。”还一个说：“不过，多请我们吃几次，说不定还有机会啊。”然后几个人笑成一团。

“她人呢？叫什么名字？总可以说吧。”

“才几串就想知道名字，太急点了吧？请假回外婆家了，什么时候回来我们可不知道啊。”

子午得到的另一个信息是，她们都是附近一个疗养院宾馆里的服务员。那家疗养院我知道，我们经过它门口好多次。子午谢过她们，邀请明晚继续过来吃。她们果然就来了，大老远就捂着嘴乐。不吃白不吃。子午花了四十。她们说，看在麻辣烫的面子上告诉他，明天就该上班了。叫什么不能说。子午第二天真就去疗养院找她了，在大厅的服务员标兵的光荣榜里看到她的照片和名字：闻敬。子午向值班经理打听，经理说请假呢。那帮丫头把他涮了。子午忍着不生气，晚上照样请她们吃。吃完了他说，做人要厚道啊。她们就笑起来，说快了快了，明天准上班。

白天子午挑吃饭的点儿去疗养院门口等，直接进去找怕影响人家工作，还可能弄巧成拙。她总归要下班吃饭的。午饭没等到，他去北大附近站了一会儿街，接了一单小生意，晚饭的点儿又跑回来。等到了。闻敬和几个同事端着饭盒一出宾馆大厅，他就叫她名字，后面的同事赶紧嬉笑离开。闻敬径直走过来，第一句就是："你有病啊！"

子午摸了摸脑袋，说："我找了你很多天。"

"去死！"闻敬转身就走，走两步又停下来，"以后也别骚扰我同事！"

子午晚上又去了麻辣烫。约我一块，我没去，这段时间总喝酒吃麻辣，胃有反应，上厕所干大事都不利索。据他说，闻敬和一帮同事去吃麻辣烫了，只是一看见他扭头就走，小皮鞋咯嘣咯嘣地响，一个人回疗养院了。子午挺住了，继续给那一帮丫头买了单。她们吃完了觉得有点对不住子午，就说，闻敬好像没有男朋友，不过她好像对你不感冒，其实你挺帅的。子午回来跟我说，当时他感动坏了。一个胖丫头见他不说话，不负责任地鼓励他一句，要不你再试试？女人嘛，哪有攻不下的。她们就笑她，干脆攻下她算了。子午谢过她，坐下来继续喝啤酒，决定再攻一下。

那段时间子午白天晚上都在承泽园附近转悠，他发现闻敬家就住在海淀体育馆旁边的芙蓉里小区。小区楼下是一个开放的小公园，公园里有一处石头设置的景点，很多块巨大的条形石，横着排竖着摆，猛一看既像圆明园的大水法废墟遗址，又像我在报纸上看到的那个神秘的英格兰巨石阵。巨石阵旁边有个巨大的喷泉，只在重大节日才会出水。冬天我经常和几个朋友到那里晒太阳，眯缝着眼抽烟，北方的太阳晒得人浑身无力，神仙似的。现在轮到子午去了。如果我们碰头，白天一般是在巨石阵，傍晚通常就是麻辣烫摊子。有一天子午跟在下班的闻敬后面，一直看她上了楼。然后在六楼的一扇窗户打开了，露出一张脸，随即窗户又关上了。子午没看清那张脸，但他断定那就是闻敬。她家住那栋楼的最顶层。

然后子午想到了最俗也最管用的一招，送花。

我没给哪个女人送过花，送不出手。满大街都是人，你拿着一束花像猴一样被大家盯着看，感觉一定很不好，一想我就浑身炸痱子，出汗的方式都变了。子午拿得出手，这点我很佩服。他说不就花么？假证跟炸药似的，我都整天拿在手上。公园旁边就是花卉市场，那时候北大的畅春新园研究生公寓还没有开始建，花卉市场生意很好，硅谷周围飘满花香。子午挑红玫瑰和香水百合送，每周总要送两次。他不直接迎着闻敬的面送上去，而是在她回家之前或者回家之后送到她家门口。进楼要刷卡，他只好等别人进去和出来时混上去，放下花就走。有时候实在没人进出，他只好硬着头皮拨她们家的对讲机，捏着嗓子说："您好，闻敬小姐家吗？我是花店，有位先生给您预订了一束鲜花，请您下楼取一下。"等闻敬下了楼，子午已经跑掉了。

子午的等待和送花工程持续了两个月，深秋都到了。北京的天开始高，云开始淡，空气开始发干，落叶满地，北大西门里的两棵连抱的银杏树金黄耀眼，如同燃烧一树的黄金火焰，树底下则像铺了一圈黄金。那一天子午远远地跟在闻敬后头，闻敬突然转身，说：

“你玩够了没有？”

子午说：“你忙你的。”

“我连你叫什么都不知道，你老跟着我干吗呀？”

“我叫陈子午。”

“讨厌！没见过脸皮这么厚的。”

“有人比我还厚。”

然后闻敬就笑了。一笑就露馅。子午眼泪哗地就一眼眶，他知道有戏了。

闻敬经常幸福地向我转述这段对话，她说你表弟的脸皮怎么就这么厚呢。我说不知道，打小他的脸皮挺薄的，见女同学脸都红，谁知道见了你突然就厚起来，那一定是一物降一物。死敌，克星。闻敬就更幸福了，眼角眉梢都是子午所有者的灿烂的笑。子午的脸皮突然如此之厚也让我想不通，别说人，就是一条狗摇了几个月的尾巴还没人理，那自尊心也受不了啊。所以我问子午：“实话实说，秘诀在哪？”

子午冷静地说：“我女朋友就是这样被那个浑蛋抢过去的。”

“比你还厚？”

“厚多了。不光送花，还请人帮他写情书，一天两封。那肉麻话说的，一般人神经都扛不住，要是你，看完非疯了不可。”

噢，我就明白了，实践出真知。接下来我高度警惕：“你不会就为了把人家闻敬弄到手才这样干的吧？”

“不瞒你，哥，开始我就是想，就不信搞不到北京女孩。他妈的，凭什么。追得久了，才真正喜欢上她。要不我哪撑得了这么久。”

子午的确是硬撑到现在。一直围着闻敬转，生意撂得差不多了，挣一个花一个，又没积下老本。眼下他连一千块钱都拿不出来，为此他比没追到手的时候更焦虑。追要花钱，追到了更得花钱。我说没问题，应急的时候找我。子午说不行，这几年你也一分没攒，以后找女朋友、结婚、生孩子，都得靠现在。我说咱别想太远，我都三十了还没动静，这辈子说不定就光棍过去了，攒钱有屁用。子午还是不愿意。会挣到钱的，他说，当务之急是，怎么样让她死心塌地。子午说这话时像个老谋深算的家伙，一道冷光从眼里进去，经过脸从下巴出来。吓我一跳。

十二

他们发展得不错，具体到哪个部位了我不好问。我是大伯子，不着调的话不能说。我就知道他们“快了，快了”。子午挂在嘴上的，像安慰我也像给自己打气。有天晚上，月亮又大又好，月光落到地上跟铺了一层水似的，看了让人想家。子午出去找闻敬了，我一个人在屋里抓老鼠。平房就这点不好，夏天受苍蝇蚊子和蟑螂害，天冷了受老鼠害。我屋里的老鼠半夜里喜欢拖着一张纸到处走，拖拖拉拉的声音像有人穿拖鞋在走路。你想想吧，睡得迷迷糊糊有人穿着拖鞋在你床边走来走去，那个恐怖。得坚决镇压掉它们。我把原来吃饭的小桌子搬开，正撅着屁股准备往老鼠洞里灌水，子午带着闻敬来了。这是闻敬第一次来我们住处。屋里乱糟糟的一片，现收拾都来不及，真是丢人丢到家了。

我让子午招呼她坐。“不好意思，你头一次来就赶上阶级斗争。”我努力让自己也让闻敬放松点，“灌完水就好。”

闻敬说：“没事，哥，你忙。”

子午说：“没时间忙了。”他把半桶水都灌进去，顺手把桶倒扣在洞口。“哥，收拾一下我们去圆明园。”

“半夜三更去圆明园？”我说，“你把桶扣那干吗？”

“闻敬说夜游园才好玩，月亮堂堂的，人少园子大。”

好嘛，一恋爱就浪漫了。闻敬说有条小道可以进园子，得翻一道墙。正说着停下来，屋里响起吱吱嘎嘎声。我到处找声音的来源，子午往小桶上一指，原来是老鼠淹得受不了，爬出洞里要往外跑，拼命地抓桶壁。闻敬说，看你弟弟，坏死了。子午说，这才到哪，我还有更坏的你不知道。好了好了，该走了。出门时正赶上文哥倒洗脚水，问我：“还出去？”

“逛圆明园去。”

“那地方，找鬼呀。”

都说圆明园里过去死了好多人，皇帝住的地方，妃子、丫头、太监可没少给他们弄死。闻敬带我们从一条巷子里进去，然后再拐，再拐，反正我是晕了，就到了一个死胡同里。胡同底有个公共厕所，老远就闻到臭味。闻敬说一年前她跟一帮老同学来过，翻过厕所旁边的墙就是。墙不高也不矮，墙根有根枯藤，正好踩着上去。我先爬上去接应，因为闻敬一个姑娘家爬不上去，上面得有人拽着她手，下面还得有人托着她屁股往上送。我当然不能托她屁股。我爬上墙，另一边立刻开阔了，道路、树丛、小桥、湖水，在幽幽的月光底下诡异地展开了。哥。子午在下面小声叫我。我骑到墙头上，发现离我手很近的地方堆了一坨坨东西，竟然是大便。一定是从这厕所里直接甩上来的。看来大家都知道这是不花钱进园子的捷径，圆明园的管理人员设防了。我抓住闻敬的手，不由自主地哆嗦了一下。清凉，柔腻，娇小。但我头脑里突然出现的却是夜总会里那个小姐葱白一样的大腿。闻敬一脚踩空，尖叫一声。我骂了自己一句，让她踩好，子午用点力。

夜晚的圆明园大得让人难受，死一样的安静。影视和图片里的以及想象中的景物在月亮地里无谓地睡着了。深夜十一点半，没有管理人员在巡逻，但我们不自主地怕，声音往低处压，再压。风从水面上吹过来，凉飕飕阴森森湿漉漉，像有很多潮湿透明的小手拂过我的脸。闻敬有点怕，抱紧子午的腰，子午把她搂在怀里。闻敬开始还小声地向我们介绍她从小听来的圆明园故事，越说速度越慢，逐渐前言不搭后语。走神了。他们的脚步也在走神，绕过水，走过桥，我听到哪个地方有声怪异的鸟叫，转过身去找，再回头他们已经不见了。

我一个人在巨大的园子里晃荡，后悔跟他们一起来了。这么好的月亮对我其实没有意义。这样的夜晚，我应该睡觉、看电视，或者随便找个地方喝点酒。四周空无一人。一个人面对浩浩荡荡的月光无论如何是件让人悲伤的事。过去的那些年，我在这样的好月亮底下都干什么了。想不起来，就像第一次迎头撞上一大片月光似的。本来一直想去的地方陡然就没有兴致了。我随便走，有一搭没一搭地抽着烟。当年的圆明园极尽繁华，所以皇帝们才乐意来这里住，要是也像现在这么孤寂冷清，打死他们也不会来。

正走着，突然从灌木丛里钻出来一个黑影，吓得我心脏都蹦到嗓子眼里了。我后退了好几步。是个人，一看就是傻子，流浪汉，现在就穿着一件军用棉大衣，头发乱蓬蓬的，像顶了一个喜鹊窝。“烟。烟。”他伸手向我要，嘴半张着歪在一边，兜不住口水。月光照不到他嘴里，一个不规则的黑洞。我往灌木丛里看，中间有两床烂被子。一定还有其他的墙头可以爬，要不这傻流浪汉是没法进来的。他倒会挑地方。我递给他一根烟，帮他点上，然后又给了他几根。他呵呵地笑，吐烟的时候伸长下巴，舍不得它们这么快地离开他的嘴。

继续往前走，我小心地防备，担心哪个黑暗的角落里冷不丁再蹿出个人来。这么大的地方，不藏几个人是不可能的。你没看见，是因为他们没有及时地跳出来。

慢慢就走到大水法那里了。很多石头高高低低散乱地矗立在夜里，阴影处看起来充满可怕的玄机，让我想起小时候见过的乡村里的乱坟岗子。我试探着往那边靠近，上一次看它是几年前，刚来北京的时候。第一个月挣的钱全花在传说中的景点上了。我靠近，再靠近，听见了奇怪的声音。两个人的粗重的喘气声。天大地大，人还真不少啊。我放轻脚步，慢慢往声音发出来的方向走。走到一半，突然想到可能是子午和闻敬，我停下来。我想转身走回去，可是有个东西拽着我的脚。向前走，再向前走。那个东西说。我顺从地向前走，绕过一块雕琢精美的大石头，看见两个人在动。上面的那个裤子堆在脚踝上，光屁股上下耸动。底下的那个人死死地抱住上面那人的腰，一条白腿泛着幽蓝的光，从躺着的大石头上垂下来。她的嗓子里有混乱的声音发不出来。子午和闻敬。我转身离开，越走越快，直到任何声音都听不到。我对着路边的一棵树送出拳头，疼痛一直贯穿到头皮上。

我很恶心是不是？我既觉得自己恶心，也难受得要死。难受得把眼泪都憋出来了。不是身体的欲望让我难受，而是心里空荡荡的感觉让我难受。那是两只手伸出去，什么都抓不到的空落。那些跟我一拨来北京的，一部分人早就回去了，一部分人做大了，发了，或者改行了。我还两手空空地在北京的街头乱走，站街。所有的繁华近在眼前，但是距我却极其遥远。我不知道这些繁华具体都是什么，也许不是女人，也不是金钱，那它到底是什么？我在水边蹲下来，开始洗脸，把脸上的角角落落都洗到了。然后坐在一块石头开始抽烟。

一根烟抽完了。我平静下来，就像什么都没发生过。就像这几年里的任何正常的一天一样。子午和闻敬从身后过来了，子午说，哥，你怎么坐这儿？冷死了！闻敬掐了他一把，子午哈哈地笑起来。闻敬小声说，讨厌！

从原路返回，翻过那堵放了大便的墙，我感觉重新回到了北京。本来我想找一找傻流浪汉进入园子的通道，打算从那地方出去，但子午说那太耽误时间，闻敬急着回家，怕挨爸妈训。我们翻过墙，先打车把闻敬送回家，然后打车回西苑。路上子午说：

“哥，搞定！”

“你们俩的事？”

“应该没问题。她还是第一次呢。”

他们关系一直很好，用如胶似漆来形容应该不过分。看得出来的。在谈恋爱方面子午显示了良好的耐心和温柔，他把闻敬料理得妥妥帖帖。时间对他们来说，快也快，慢也慢，因为日常和沉醉，世界变了他们也浑然不觉。事实上世界也没怎么变，还那样，晃晃悠悠天就凉了，冷了。

如果你不在风雪天出门，北京的冬天还是蛮舒服的。屋子里有暖气，外面阳光也好，这种好天气让你觉得一切都有可能。生意也会很好，因为拖了一年的事情都急着要了结，想办假证的会主动找上门来。手写和印章的广告不怎么用了，改用口取纸，广告写在上面，有背胶，随便往哪里一拍就行。这种小广告快捷、方便，跟北京一起现代化了。但子午口袋里还装着签字笔，他还有到处乱写的习惯。我偶尔会在广告牌上或者光滑的墙面上看到他的字。他写北京是个好地方，写他喜欢一个女孩，还写一些莫名其妙的话，比如，突然拿到两百万你第一件事干什么？比如，修路为了通畅，但所有的路现在都很堵。比如，报纸上说，一头猪变成了象，我们都知道是假的。还有，假如你去圆明园，建议你躺在那些大石头上。等等。

我们几乎每天都能找到点生意，大小而已。我和子午依然在海淀一带活动。他喜欢围着疗养院和芙蓉里转。闻敬上班的时候我们去站街，烦了或者没生意就去巨石阵晒太阳。北京冬天里的太阳很好，阳光毫无阻碍，劈头盖脸地就落满一身，穿过棉衣照进骨头里，一照后背就开始嗞嗞地往外冒油汗。大自然花卉市场开始要拆，花一朵朵地从温室里被搬走，北大打算在那里建研究生公寓。我们晒太阳的时候经常免费给北大规划公寓，觉得应该建成什么样的楼房最好看，想来想去也没能想出“蛋壳”“鸟巢”那样匪夷所思的形状来。我们也经常去吃麻辣烫，但不太喝啤酒了，凉。要喝就喝白酒，二锅头，一口下去就是一溜火线，从舌头一直烧到胃里。

子午偶尔夜不归宿。挺好。年轻人满身的力气，需要夜不归宿。文哥此时就会跑到我房间里，大惊小怪地说，子午老婆长得不错，有点意思。这话他说了不下三十次。本来我打算把老铁的那间屋租下来给子午住，闻敬来了也方便，但想想又算了。这院子里都是大老爷们，见到女人眼里恨不能伸出手来。老铁跑了以后，再也没露过面，除了两床烂被子，值钱的家当早带跑了，就没打算回来。房东又安排进一个房客，公司的小职员，戴眼镜，挺清高的好像，整天仰脸望天不搭理我们，不知道脑子里在想些什么。不理拉倒，缺谁不一样活。

我一直担心的是，闻敬家里不同意他们俩的事。虽然该干的事都干了，但这年头，有几个能把裤腰带守到洞房那晚的，所以这也不算个事。等我知道闻敬父母不同意，冬天已经过完了。草长莺飞，杨花飞舞，沙尘暴都到了。

反对的理由都不要想。子午是外地人，还是个办假证的。老两口接受不了。我也觉得有点玄，可能源于我一贯的自卑，你想，职业和出身，没办法。但子午和闻敬有信心，都决定要在一起过一辈子。子午说，只要你扛住红旗不动摇，我来解决你爸你妈。闻敬说，只要你敢往上冲，我就能挺住。子午说，好。闻敬也说，好。为了向闻敬父母表示决心，两人决定出来租房子。就在承泽园里，一居室。子午他们到西苑来收拾东西，正值一天中沙尘暴最疯狂的时候，漫天黄尘，风也大，马路上一个接一个的旋风涡，垃圾袋像鸟一样在半空里飞。我刚从院子里逮了一只野猫进屋，想让它抓两只老鼠。子午和闻敬灰头土脸地进来了。

“哥，我想搬出去住。”子午说。

“啥意思？”我看闻敬也跟在后面，想是不是有什么地方让人家不高兴了。

“你别多心，哥。”闻敬说。这丫头我很喜欢，爽快，不跟你玩弯弯绕。“就是想给爸妈一点压力。我们也想经常在一起。”

我当然支持。子午的家当很少，两个人两只箱子就拎走了。但搬完之后我的屋里倒是空了一大块，心里跟着空了更大的一块。其实我不希望子午走，你不知道，在这么大的城市里举目无亲，有一个伴是多么重要。本来我想过去帮着一起收拾房子，想想又算了，看到他们更大的房子我可能会更难受。一居室，对我来说已经很大了。更大的空空荡荡。这种烂天气，一个大老爷们也免不了要多愁善感。我把他们送到马路边，我说，常过来玩啊。子午也有点不舍，闻敬替他说，哥，回吧，有空也到我们家里看看。她说“家里”，沙尘暴的春天也一下子温暖起来。多好的姑娘。

后来我倒是常去。子午让我去喝酒吃饭，有时候我在硅谷附近做生意，到了吃饭的点儿，也会买点鸭脖子、鸭翅或者叫一份水煮鱼外卖带过去。闻敬的手艺不错，尤其是红烧鲫鱼和麻辣鸡胗，每顿饭都吃得我百感交集。所以我想，以后真要能找着老婆，得挑个厨艺好的。进一步又想到别人总结出的那个道理：一手好菜就能守住老公。你让他想着，从一张嘴开始，一直想到肚子里。他永远跑不掉。

他们租的房子离麻辣烫摊子不远，从巷口往里走，两百米，三楼。一个月一千五，这是个不小的数目。看起来他们俩还应付得了。除了房东提供的几样大件，没添什么新东西，沙发倒是新的，那是因为子午喜欢躺着看电视和报纸。闻敬两头跑，有时回自己家里住，在哪住那得看那几天和爸妈的关系如何。通常很僵，所以大部分都住在承泽园。她爸妈跑到他们的房子里闹过几次，威胁闻敬时说：你再跟他混在一起我们断绝关系！威胁子午时说：你再缠着我们女儿，我们去公安局告发你！当然一直没有忍心断，也没忍心告。究竟还是自己生养成人的，骂完了还是自己的孩子。子午也懂事，他的态度相当好，脸上赔笑，低头随你怎么骂就是不吭声。

子午甚至给闻敬爸妈写了一封信，拿出他平生所学，打了草稿再认真誊抄，大意是：他会一辈子对闻敬好，决不负她；会好好挣钱，尽快换个正当体面的工作，让闻敬尽快过上好日子；他会孝敬好二老，当亲爹亲妈一样奉养。他写得很真诚，自我感觉不卑不亢。

写这封信之前子午问过我，写信合不合适。我说当然合适，他们不愿意跟你坦诚交流，总得有个表达自己的方式啊。我觉得合适的原因还有一个，那就是子午一手不错的字。这很难得。我一直认为所有字写得好的人学问都不会低。希望闻敬爸妈也相信这个貌似有理的逻辑。子午写了，特地强调了钱，他会拼命挣钱，两三年内把房子问题解决。子午私下里跟我说，说到底不就是钱的问题吗？要是手里攥着一千万，他们想什么我给什么，我就是他妈的黑社会，她爸妈一个屁也不会放，没准一天咧三次嘴迎我进家门呢。有了钱，没人管你是干什么的。

这封信写完之后，子午和她爸妈之间突然就平静了。他们不再闹到门上来，有事找闻敬就打电话，如果闻敬不在家，啪地就挂电话，跟子午没一句废话，当他不存在。不知道闻敬爸妈是不是在乎钱。反正子午跟我说，哥，看出来了吧，没有人不爱钱的。别以为北京这地方又怎么样，哪都一样，最后都要钱来总结发言。我说别瞎猜，人家也不会傻到连你的空头支票都相信。大概闹不动了。女儿都睡过去了，还能怎么样，总不能一天到晚磨嘴皮子。

“还是因为他们看出来我有钱途。”

“钱呢？”我说，“我看看？”

“你放心，哥，我不会让你们失望的。”子午都咬牙切齿了。

自从子午咬牙切齿地要挣钱，我们见面的机会就少了。见也多是在街头的某个拐角处碰见。他忙，一打电话就说他要去站街、去制作证件、去交货，想一块喝两杯都没机会。打到他住处，一般都是闻敬接。有几次天都晚了，子午还没回来，闻敬说，去丰台了，去宣武了，去房山了。这小子连房山都去。在我见过的办假证的人里，子午差不多是最拼命的一个了。我跟闻敬说：“让他悠着点，银行也不是一天挣出来的。”

“我说很多次了。”闻敬说，“我说爸妈现在已经不太反对了，他们从来也没提过钱的事。可他不信，说我在骗他。哥，有空你说说他，咱不能为了钱不要命啊。”

我给子午打电话，他根本就不理你的茬。“你不懂，哥。”他说，“他们想要什么你不明白。”

我觉得子午内心里还有顽固的自卑，因为自卑导致自负，他以为他是对的，以为钱可以把所有问题都解决。但我跟他说不拢，他不听你的这出戏。他觉得他比我懂得北京，比我知道怎么样才能在北京这种地方扎下根来。一点办法也没有。慢慢地，我跟子午越来越远，最多有过一个月没联系。他忙着赚钱，我也忙着赚钱，还要忙着安慰文哥，陪他喝酒聊天，帮他解解闷。文哥离婚了，老婆提出来的。听到这消息我都呆了，他老婆四十五岁，这把年纪突然提出来要离婚，而且刻不容缓。她威胁文哥说，不离就让他戴帽子，绿的。这是大问题。文哥火速回家，像子弹一样快，东西都没来得及收拾。他说这女人能整，最好她说什么你信什么。十天以后文哥回来了，离完了，也像子弹一样快。这次他说的是：这女人能整，最好她说什么你做什么。回来了以后文哥的难过才涌上心头，在家里他憋着，觉得自己还挺悲壮，一见到我立马老泪纵横。文哥说：

“兄弟，老哥我瞎了！”

我说怪谁，让你在北京待这么久。老婆三天两头让你回去你不回，这下好了，不用回了。还“瞎了”，这是你们湖北话吗？你活活让北京给坑了。

“我也没闲着啊。我给她们娘俩挣钱，像小偷又像强盗，今天躲明天避，我容易么我。”

“现在容易了，光棍一身轻。”

挖苦完了，我开始安慰文哥。五十岁的男人掉眼泪，那一定是伤到心里去了。我说节哀顺变吧，有走的就有来的，钱难挣不是还挣了一堆。毛主席说的好，世上无难事，只怕有心人。放下包袱，开动机器，备战备荒为人民。继续干吧。文哥悲伤地说，兄弟，别的还能怎么办？走，喝酒去。我差不多安慰了一个月文哥的情绪才稳定。人老了，安慰起来难度也大了。平常看起来硬邦邦的，其实里面最软，一碰就烂。

有一天闻敬突然给我打电话，让我过去吃饭。我一进门就傻了，新添了几个大家伙，超薄液晶电视、豪华音响、电脑，还有一台跑步机，都闪动着鲜亮的高科技的光芒。我说你们改行卖电器了？闻敬说，子午刚买的，让哥过来看看，一块吃个饭。好长时间没聚了。子午正在倒腾电脑，从网上下载歌曲，然后打开，刘欢的《好汉歌》。大河向东流。风风火火闯九州啊。我问子午哪来的钱？挣的啊。在哪挣的？还能在哪。干什么挣的？还能干什么。

“怪了，我干这么多年了怎么就没发现它能一下子挣这么大的钱呢？”

“那是你。”

我就无话可说了。在办假证这方面，子午的确比我强。

十四

那顿饭吃得爽弯弯。疗养院姑娘的手艺就是不一样。吃完了闻敬去上班，我跟子午剔着牙坐在沙发上聊天，一边看液晶电视里的智商在五十以下的娱乐节目。大，清晰，有钱人的感觉很好。可是，我越看越觉得不对头，子午怎么会这么快就有一大把钱呢。我挺起腰，准确地将牙签扔进废纸篓里。“子午。”我说，“跟哥说实话，哪来的钱？”

“不是说了吗，假证。”

“什么样的假证？”

“你就别问了。”

“一定要问。说。”

“别人送的。”

谁会送给一个办假证的钱。子午说，一个公司的经理送的，三万。他运气好。

半个月前接了一单生意，交货是在对方单位不远的街道拐角。对方是小职员，正交货，小职员忽然把子午拉到一棵树后，说，别动，有人。躲在那里大气都不敢出。子午伸着脖子看见一个西装革履的男人挺着小肚子从本田车里出来，拎着公文包往斜对面的大楼走。子午觉得那人挺眼熟，尤其是他尖溜溜鸭蛋壳似的后脑勺，一般人很难长成那样。谁呀？子午问。鸭蛋后脑勺进了楼那小职员才说，我们头儿，部门经理，刚提的，厉害着呢，被他发现就死翘翘了。子午说，我好像认识他啊，什么学历？小职员说，硕士，比我这假的厉害多了，正宗的中国人民大学国际金融专业研究生。

“姓刘？”

“你真认识啊？”

“那就对了。”当时子午有种强烈的自豪感。这是职业的光荣。

“牛得很。训人的时候从来都是背对着你，屁股底下那老板椅能转十八圈。”

这事说完就算了。交完货他在周围溜达一会儿，突然就想去看看鸭蛋后脑勺到底是怎么牛的。他给刚才那个小职员打了个电话，让他下楼带他上去，他想看看刘经理，老熟人了。小职员带他进去，一路叮嘱让子午别把他假证的事捅出去，捅出去他就完了。子午说没问题。小职员把他带到刘经理的办公室门口就回去了。子午敲门，里面说进来。推开门子午先看见的是鸭蛋后脑勺。刘经理。鸭蛋后脑勺慢慢转过来，两只眼猛地开始放光。你是？不认识了？我是陈子午啊。噢，你好你好。他们亲切握手。然后刘经理关上门，脸一下子撂下来，你来干什么？

“没事。顺路上来看看。”

有人敲门。鸭蛋后脑勺对着门外说：“我有点事，等会儿再来！”门外的高跟皮鞋咯噔咯噔走远了。“你想怎么样？”

“不想怎么样，就是过来看看你。”

刘经理盯着子午，手指在宽阔的紫红色老板桌上敲来敲去，然后坐下来拉开抽屉。一捆钱像薄砖头一样放在桌面上。“这个你拿走。”他说，“以后别在我面前出现。”

子午眼都大了。天地良心，他当时的确没想到会出这事，都结巴了。“我不是，为这个。”

“嫌少？”鸭蛋后脑勺又从抽屉里摸出一捆，推到子午面前。

“不是我要的，他主动给我的。”子午跟我说，“哥，你别训我。你看，我也没办法。不拿不行啊。不拿他一定不相信我。那我就拿，不拿白不拿。正好又有人敲门，那家伙看我还站着不走，急急忙忙又从抽屉里拿出一捆，说，这是极限了，再玩下去我可要报警了。我就把钱装口袋里了。你别怪我，我跟他说过谢谢了。那家伙从抽屉里摸钱出来跟玩魔术似的，我怀疑我继续站下去，他会源源不断地摸出钱来。哥，你看你还是要怪我。跟我没关系呀，他心虚怪谁。”

“那你也不该拿。”

“又来了。现在不是我想拿，是他非要给。我不收他心里不踏实，没准回过头算计我。上午他又给我打电话了。”

“还要给？”

“那倒不是。让我给他写个条，收据，加保证书。彻底把这事了了。”

“赶快写了送过去。这种事以后别干了。”

“我才不给他送，想要自己过来取。这点钱也没买着啥东西，全自动洗衣机我还没买。天冷了，闻敬洗衣服我还心疼她的手。”

“好了，你打住。别跟闻敬说，谁也别说。你先给我保证，不再瞎搞，出了事闻敬怎么办？人家可是不管不顾一头钻到你这里的。”

“我知道。我不也为了她嘛。哥，我清楚，我还得挣钱，就是他父母答应了，没钱我在他们家也直不起腰来。”

子午还守着他的逻辑，相当顽固。我说不通这个表弟。回去以后，我一直隐隐地替子午担心。这小子心野，说不好。所以我隔三岔五给他电话，揪着耳朵盯他，也算有半个家的人了，凡事得想清楚。他让我放一千零一个心。他没让我失望，四个月后，他告诉我，他和闻敬决定领证，挣到房子的首付再举行结婚仪式。这四个月里，风平浪静。

风平浪静。这是个好词。那段时间想到子午和闻敬，我就觉得最好的生活其实就是这个“风平浪静”了。你还想要什么。你还能要到什么。

领证那天我去了，他们一辈子的大事。我买了一包鸭脖子坐在车上，边看景边吃。麻辣的味道真好。我表弟结婚了。北京这几年变化实在太大，短时间内看不出来，眼光往远里放，沧海桑田就出来了。我刚到北京那会儿，海淀这一片到处都是野地和平房，低矮破旧，自行车过去都能卷起尘土。才几年啊，海淀桥往南一幢幢楼房竖起来，一夜之间从土里长出来似的。到处都是钢筋水泥混凝土，到处都是在阳光底下闪闪发光的玻璃。北京越来越像一个巨大的玻璃城，走到哪里都能感觉到阳光照在身上。因为玻璃无处不在，阳光也就无处不在，北京的气温在一天天升高，像房价一天天在涨。子午要结婚了。他即将如愿以偿地把家安在北京，非常好。北京离他比我近，北京跟我没关系。那一包麻辣鸭脖子吃得我心里五味杂陈。我在想，也许我真该回老家了，找一件值得花一辈子的时间来做的事情干。三十而立，成家立业。我三十都过了，还是两手空空。

民政局在双安商场对面。结婚的人很多，有喜气洋洋的，这很正常，本来就是喜事嘛；有心事重重的，我就不太明白了，好像别人搞他们的拉郎配似的。我想跟那些心事重重的人说，这种事都露不出来一个笑，还是回去吧。我只见到闻敬一个人，脸颊红扑扑地坐在大厅里的椅子上。看得出来，她有点激动。只要真想结婚，这种事放谁身上都激动。她招呼我坐下，说子午半路上接了个电话，有点事先去处理一下，马上就过来。太浑蛋了，还有什么事比这个还重要？我说，要给他打电话。

“他说很快就回来。”闻敬拦住我，“他说你总教训他，干一行讲一行，得敬业。领完证他就不再干了，想找一个好工作。”

不干了好。早该这样了。我的目光躲躲闪闪，是我把他带进来的。然后我看见闻敬包里的喜糖，我就说：“能不能让我提前吃两颗？”

“看，我都忘了。”闻敬说，赶紧把喜糖拿出来给我，“他说我们得隆重点，所有的喜糖都是上等的巧克力。”

巧克力就是好。我把两块一起放嘴里，那个甜，齁得我牙根发疼，眼泪都出来了。我表弟今天结婚了。那个甜啊。那些看起来像新郎新娘的人，走来走去。天也好，基本上感觉不到风。在北京，没风的日子几乎是难以想象的。空气来充满没有来由的香甜气息。

十点半了子午还没回来。眼看着一对对新人进去了又出来，我和闻敬都急了。我给他打电话，半天没人接。刚断掉，手机响了，是子午。“在哪？”我很生气，钱不是在任何时候都重要的。

“哥，哥……”子午断断续续地说，声音里像灌进了风，呲呲啦啦听不清楚。那声音把我吓坏了。他又说：“闻敬，闻敬。”

我把手机赶快给闻敬。闻敬说：“子午，你在哪？你在哪？子午你在哪？”子午一直没有回答。闻敬喂了半天，只听到子午在手机里咕噜了一声。“哥，子午是不是出什么事了？”闻敬把手机直往我手里塞，整个人都抖起来了，一瞬间就泪流满面。“哥，子午是不是出事了？哥，子午他在哪？”她突然感觉很不好。

我哪里知道。再拨子午的手机，一直没人接，最后自动挂断。连拨三次。我问闻敬是否知道子午去哪了，她说不太清楚，就听他在电话里呜噜一个地名，好像是六郎庄那边的什么地方。六郎庄在四环外，再往外走就是一片荒地。我怀疑当时我的头发都竖起来了。我猜是出事了，赶紧征求闻敬意见，问她要不要报警。闻敬已经没主张了，筛糠一样抖。报，报。

三个小时后，我们和警察在离六郎庄两公里的野地里找到子午。仰面朝天，两条腿呈现痛苦的弯曲状，左手抓着地上的荒草和泥，右手握着打开翻盖的手机。人已经僵硬了，两眼圆睁看着天空。脖子底下有道刀口，血染红了新买的白衬衣和咖啡色西装，头底下的泥土都是潮湿的，颜色紫红。新买的皮鞋上蹭了很多泥。闻敬看到子午，尖叫一声人就瘫软下去，包掉在地上，巧克力撒出来。花花绿绿的一地。接着闻敬开始哭，可她的哭声出不来，噎得脖子一挺一挺的，我拍她后背她也哭不出来。警察让我把她架到一边，找个地方坐着顺顺气。不远处有条小路，路边有两块大石头，我把闻敬架过去。她一点反应都没有，像个植物人。刚要坐下，我看见石头上有一行字，子午的笔迹，不会错的：

老婆，今日坚决收手，从此我们天上人间。

“子午的字！快看，子午写的字！”我指着石头。闻敬缓慢地扭过头，身子剧烈地抖几下，突然哭出来。尖叫一样的声音出来了，像竹子一样一节一节地往外长。

案子破起来没遇到太多麻烦。公安人员从子午的手机里调出所有号码，一个一个核实调查，很快就找出凶手。一个报社分管广告的业务主管下的手。审问时那人说，本来没起杀心，只是子午胃口太大，一再敲诈。他们见面时说好了付最后一次钱，但他看到子午穿着那么光鲜来收钱，很不痛快，就骂了他一句，其实没什么，就是关于他老婆的，子午火就上来了，然后两人扭打起来。那水果刀是子午口袋里的，应该是用来应付危险情况的，他干这个，应该有个防身的准备。那人在扭打时无意中摸到了，情急之下就掏出来，对准子午的脖子就一刀，没想到切断了大动脉。一看见血他也吓坏了，撒腿就跑，跑到路上才发现刀在手里，就找了个水沟扔进去。警察找到了那条水沟，打捞出了那把水果刀。的确是子午的。

石头上的那行字，应该是子午在等对方的时候随手写下的。

根据警察的调查，被子午敲诈过的有九人之多。办假证的时候就留下了他们的联系方式。警察又搜查承泽园里的房子，搜出了子午藏在沙发底下的一本手机大的通讯录和一本存折。通讯录上有一大串名字和电话，其中一部分人警察已经联系过，被敲诈过的名字后面都打了勾。存折上一共十九万两千三百元。

子午出事以后我一直失眠，睡不着，一闭眼就是子午，他在我眼前一遍遍从小长到大。第一次看见他我才五岁，刚记事不久，那时候子午刚出生，脸皱巴巴的像个小老头，我很不喜欢，不想再看第二眼。后来他长开了，慢慢就好看了，简直是变成了另外一个人。他喜欢跟在我后头拍着小手，喜欢把脑袋抵在我的屁股上说，牛牛拉拉到家没？他说到了吗？我说没有。后来他长大了，有了小小的坏心思，凡做错的事就往我身上赖。我已经习惯了有个弟弟要我承担责任。他长高了，变成大人了，然后按照自己的方式生活，一切逐渐与我无关。然后就是到北京来，我们又成了兄弟，哥哥和弟弟，但是他从我的生活里再次逸出去，我有点难过，更为他担心、高兴和自豪，我希望他一帆风顺。一帆风顺，可是我的弟弟，一下子戛然而止。一个人戛然而止。我想得脑袋疼鼻子发酸。我睁开眼，睁开眼又想该如何向姑妈姑夫交代，如何向我父母交代。他们两天后就来北京。我如何说得出口。

那几天我不断地给闻敬打电话。其实我也不知道该说什么，只是想让她知道，子午留下的巨大的空虚有人愿意和她一起分担。这个甚至比她还痛苦，他是子午的哥哥，他看着子午长大成人。我说到姑妈来京的事，闻敬主动提出和我一起去接站，她哭着说，她想看一看子午的父母。她还说，得让他们挺住。

我在她家楼下等她。她下来的时候我心冷得难受，她把一根黑布条钉在衣袖上。多水灵饱满的一个姑娘，施了淡妆，但收拾过了还是干。头发，脸，整个人，都干，只有眼睛还饱满，又红又肿，眼泪永远擦不完。她像一张旧纸片从楼上飘下来。她说：

“哥。”

我眼泪就出来了。我把自己耗在北京还不够吗，还把子午也带来。

题解

伪证制造者

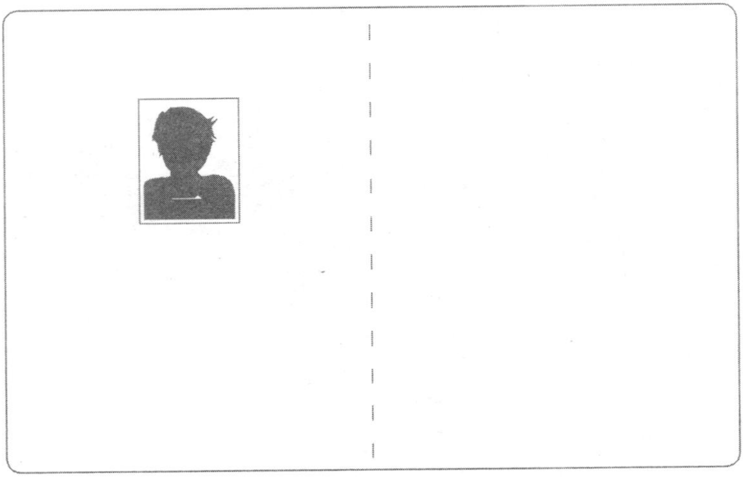

我姑夫是个办假证的，三年前被警察抓了个正着，一堆假证件都揣在口袋里，就进去了。几天前监狱方面通知我，到日子了，让我把他领出来。我到监狱的时候，姑夫已经抱着一个大旅行包坐在大厅里等我了。

“你怎么不到门外等我？”出了监狱的大门，我问他。

“怕你找不着我。”

我知道他害怕，三年没出过这个门，跨过铁门门槛时他差点被绊倒了。外面是平旷的沙子路，昨夜的雨水还积在地上。这地方是城外的野地，行人和车辆很少。我姑夫站在监狱的大门前，遮着眼睛看天上的太阳。

“真亮。”他说。

“预报说这几天都是北京式的好太阳。”我说，顺手戴上墨镜，“前面的岔路口可以打车。”

“我想坐一会儿。”我姑夫说，一屁股坐到了路边一块奇形怪状的石头上。我陪着他坐下，递给他一根烟，接火的时候他的嘴唇和手都在抖。深吸了一口烟吐出来，他还在看天：“你看，天真大。”

那根烟吸完他平静一些了，拍拍屁股站起来，捻灭了烟头又吐了一口响亮的痰，说他想撒尿。四周空旷，连个像样的小屋都看不到，哪来的厕所。我让他就地解决，他不愿意。我只好指着不远处的一丛芦苇和荒草，那个地方可以避人。他背着包就走。

“你背着包干吗？”

“不沉。”他头也不回地向前走。

半支烟的工夫，他从芦苇丛后面走出来，如果不是他的光头和身后的大包，我差点没认出来那个穿一身西装的家伙就是我姑夫。他把囚服换成了西装。

“怎么样？”他掸着西装袖子上年深日久的褶皱问我，“都三年没动过了。”

“好看。”我说。

那西装一看就知道几年没上过身了，领子后面被虫子蛀了个洞，我没告诉他。我告诉他的是，穿西装比土灰色的囚服好看多了。我姑夫很高兴，说要快点打车，他要干大事。我说你不是刚去过芦苇丛吗？他说那里哪行啊，撒泡尿还可以，干大事，那得找个正儿八经的厕所才蹲得下去。我们就去打车。

出租车上了四环，姑夫扭着头到处瞅看，嘴里咕哝着：还在。还在。不对了。原来没有。什么时候出来的？变了。真变了。嗯，好看。真他妈的，车都变快了。我姑夫一路都在抚今追昔，他唠唠叨叨地说，开始出租车司机还敷衍两句，后来也烦了，不理他了。我在打瞌睡，早上为了去监狱，起早了。司机放了音乐，车里就他一个人在说。

我住硅谷旁边的芙蓉里小区，租人家的一居室破房子。幸好还有个卫生间，姑夫进了屋就直奔马桶。他在那里待了好长时间，我正担心出了什么事，他拉开洗手间的门叫我。

“把我的内裤拿过来。”他从门缝里伸出脖子，上身光溜溜的，他连澡都洗了，“在包里。”

洗过了澡，姑夫躺倒了我的床上，抽烟的时候说，不是人过的日子。我提醒他，该给家里打个电话了，姑妈和小峰都在等着哪。姑妈一大早就给我打电话，让我早点去监狱接他。姑夫抽完了那根烟，掐灭的时候说：“生活。”

小峰接的电话。姑夫说：“儿子，我是你爸。”

我听到小峰在电话那头哇地哭出来了，他说：“我爸，我爸。妈，我爸。”

姑夫又重复了一句：“好儿子，你爸。”他也开始擦眼睛。

我去了客厅，看窗外奔跑的车辆和疾走的行人。楼下是忙碌的北京。每天我都站在窗前，看他们跑来跑去，或者和他们一样跑来跑去。姑夫在哭，老男人哭声让人受不了。他一直叫着小峰的名字。后来应该是姑妈接了电话，姑夫慢慢不哭了，姑妈在那边哭。姑夫兴奋地说：

“我出来啦。”

他和姑妈断断续续地说。嗯嗯啊啊，一会儿又激情澎湃，长篇大论，和姑妈争执什么。我去洗手间把他的脏衣服丢进了洗衣机里，放了半袋洗衣粉开始搅。出来的时候姑夫的电话差不多打完了，他竟然跟姑妈说了几句北京味的普通话。然后姑妈让我接电话。姑妈还在抽泣，但也听出了清爽的高兴，毕竟是出来了。姑妈说，你多劝劝他，让他回家，别在北京混了，都快五十岁的人了。若是还留在北京，千万不能再去干那违法的事了，要是再出事，抛下他们孤儿寡母可怎么办，就是挣下一座金山银山还不是一堆粪土。

姑妈只能让我劝，他管不了姑夫。多少年来都这样，姑夫自己都管不了自己。我把姑妈的意思跟他说了。姑夫躺在床上抽第二支烟。

“不能回去。”他说，“就那小地方，抢银行也发不了财。”

“你在北京就能发财了？”

“在北京都发不了，去哪儿都没用。我想趁这两年还能动，把小峰读大学的钱给挣出来。”

“可是姑妈和小峰担心，他们宁愿日子过得苦一点。”

“我跟她保证过了，决不再办假证，就是蹬三轮也不办了。”

他是我姑夫，忠告、教育什么的都轮不到我，我只是强调一下，姑妈和小峰这些年生活不容易。姑夫一边抽烟一边点头，说他都知道，以后会老老实实挣钱，挣大钱。

姑夫在芙蓉里待了三天就走了。这三天里他到处跑，出去找工作，也让我给他留意合适的招聘广告。后来他找了一份送报工，先干着，安稳下来再做打算。我给了他两千块钱，让他租个房子，置办一下生活用品。临走的时候他信誓旦旦，说一定不会让姑妈和小峰失望的。

过了两天，姑夫给我打电话。我问他在哪里，让他挂掉我打过去。他说不用了，他用的是手机，我打过去还两头收费。他打过来就是为了告诉我他的号码。

“你要个手机干什么？”我想他真是能穷折腾。

“现代人嘛，没个联系方式怎么混？”姑夫说，一点都没觉得不好意思，“二手的，三百块钱。你忙吧，我要送报纸去了。”

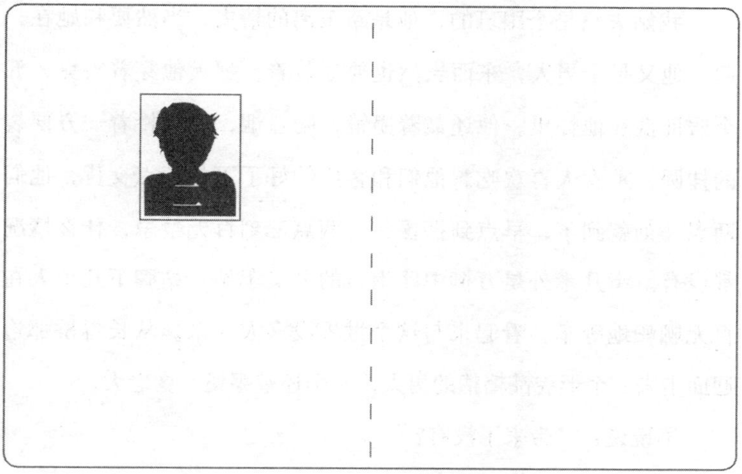

我姑夫是个办假证的，三年前被警察抓了个正着，一堆假证件都揣在口袋里，就进去了。他进去多少有点冤，当然他的确犯了法。我的意思是说，他当时身上的假证件并不是他揽的活儿，而是一个叫路玉离的女人的生意，她也是个办假证的。

那时候我还没见过这个女人，听说长得不怎么样，但是对我姑夫不错，是姑夫的情人。她害了我姑夫。那天他们俩一起在街上转悠。我姑夫没生意，主要是陪路玉离到万柳中路附近交货。那时候的万柳，除了已经成形的光大花园，只是一片乱糟糟的贫民区，房屋低矮，土路，大卡车过后尘土飞扬，缥缈的沙尘要到下一辆车经过时才能沉落下来。路玉离选择这样的地点交货是有原因，荒僻的地方警察少。这也是办假证这一行的规矩，要在硅谷门前交货就太危险了。

我姑夫只是个跟班的，他是路玉离的情夫，当然要和她在一起。他又是个男人，东西当然也要他装着。那天他穿着夹克，五个假证揣在他怀里。他还戴着墨镜，叼着烟，手里拎着一方便袋的桂圆，那女人喜欢吃。他们和客户约好了下午三点交货，他们两点一刻就到了，早点到探探路。两点三刻百无禁忌，什么情况都没有。十几米外是万柳中路南口的公交车站，站牌下几个人在百无聊赖地等车，看起来与这个世界没多大关系。从长春桥那边迎面走来三个形貌乱糟糟的男人，一个还戴墨镜，像老大。

墨镜说："带来了没有？"

路玉离说："带什么？"

墨镜说："证呀。"

我姑夫见他们的样子的确像是需要假证的人，就问他的情人："是他吗？"

路玉离瞅了两眼，低声说："好像不是。"拉着我姑夫就要走。

墨镜旁边的两个就上来了，挡在他们面前。路玉离一甩手，"快跑。"

他们两人分头跑，当然都没跑掉。墨镜一个人把路玉离收拾了，我姑夫跑了大约五十米后被另外两个抓住了。当时站牌底下的几个人都看到了我姑夫狼狈的丑态，他甩着手里的袋子，桂圆一路撒落，断断续续滚了一地，另一只手想扔掉怀里的假证，可拉链就是拉不开。他被抓到了，脸贴着泥土被摁在地上，剩下的桂圆被一只脚全踩坏了，他听到了桂圆破裂汁液迸溅的声音。有一回我去监狱看他的时候，他还跟我说，可惜了那袋桂圆，新鲜的，可不便宜。

三个便衣把他们带到了局里。审问的时候很有意思，这种案子不大，而且常有，几个警察坐在办公桌前，他们俩蹲着，问一句答一句。他们先问路玉离：

"你知道你触犯了法律了吗？"

"我没犯法。"路玉离说，"我是跟着他来的，不关我的事。"

我姑夫就急了，这事不是开玩笑的："这证不是我的。"

"到底是谁的？"

路玉离说："是他的。"

我姑夫说："是她的。"

那天没审出个名目来，他们简单地打了他们俩一顿，因为要下班了。挨打的主要是我姑夫，他是个男的嘛。挎打的时候，路玉离小声对我姑夫说，让我姑夫认了吧，否则两个人都得受罪。她说如果我姑夫把罪名揽下来，她就没事了，这样她出去后就可以到外面找人活动一下，三下五除二地把他解救出来。我姑夫觉得她说的也有道理，深思熟虑了一夜，第二天就全认了。他知道路玉离路子广，她在北京单是办假证就干了七八年了，三教九流的人认识了不少，据说处级以上头衔的名片就有一大摞。我姑夫在北京这一年，喝酒都找不到一个碰杯子的人，就是傍上了路玉离才过上了算是滋润的日子。路玉离出去了，他还有点希望；路玉离也进来了，他准没好果子吃，女人一急，一定会拉着他一起陪葬的。所以他就大义凛然地代路玉离受过了。

他和路玉离都没想到的是，事情竟然搞大了，那几个证跟一个不太干净的贪污团伙扯上了关系，他们企图通过这些假证件往上爬，评职称，定级别。路玉离出来了，多少也花了一点钱去解救我姑夫，但是效果几乎可以忽略不计。在宣判之前，她去看了我姑夫，结结巴巴半天才说：

“怕是不行了。”

我姑夫当时就哭了。路玉离安慰了他一番，让他嘴紧点，什么都别说，别把一大堆人都供出来。这是道上的规矩。供出来了，谁都没有好日子过。我姑夫此刻已经六神无主了，那女人说什么是什么。后来的几次拷打他竟然都咬着牙挺过去了，除了那几个证，他什么都没说。

我父亲当时还来拘留所探望过我姑夫一次，因为姑夫没把我也牵连进去。在此之前，父亲是十分讨厌我姑夫的，在父亲看来，姑夫就是个不折不扣的败家子，浪荡子，这些年没让我姑妈过上超过三年的好日子，挣了钱就瞎搞，去舞厅跳舞，去酒吧喝酒，和女人鬼混。我父亲讨厌的事情姑夫基本上全占了，逢年过节他到我家给我爷爷奶奶送节礼，父亲根本不愿意搭理他，用他的话说，见了姑夫酒都不想喝了。

但那次父亲还是来了，一是看在姑妈和小峰的份上，另外就是刚才说的，姑夫没给我带来麻烦。

他被抓以后，警察搜了他租住的小屋，海淀旁边巴沟村的一间小平房。他们在那里搜到了姑夫已经做好了但还没来得及交货的一份毕业证明，是给一个京漂找工作做的假材料，按照北京联合大学的毕业证明做的，上面有成绩单，班主任和系主任的评语及签字。班主任的评语是姑夫自己写的，系主任的字是他让我写的。当时我还在读本科，姑夫经常到北大西门附近交货，拿了钱就到宿舍里找我，顺便请我吃一顿。他经常去北大玩，除了找我，他多数是和路玉离一起去的，陪她散步，未名湖边的风景不错，姑夫经常也能附庸风雅一下。我们宿舍的同学他都认识了，偶尔也会叫上同学一起下馆子。他经常和我同学开玩笑，问他们要不要假证，熟人，五折就行。他对打算考研究生的同学说，读什么研究生，浪费三年时间还要花一堆钱，办个假证算了，三五百块钱搞定，多省事。我舍友都很喜欢他，因为他这人还有点意思，不算太俗，而且看起来也不像个违法分子，倒像个体面的机关干部，他喜欢把自己收拾得干干净净，头发上永远都飘着优质啫喱水的香味。

吃饭的时候他从公文包里拿出一张纸，让我瞎写几句，当一回系主任。我就写了，然后签了一个龙飞凤舞的名字。仅凭这张纸倒无所谓，问题是他们还搜到一本小说，上面有我的字，我习惯在书上留下买书的时间、地点什么的。那是拿给姑夫消遣的读物。两个一对照，他们发现了假材料跟我也有关系，就去学校领导那里找我。

当时我吓坏了，我从没和戴大盖帽的打过交道，而且辅导员的脸色很难看。我说是我写的，他是我姑夫。调查之后就没动静了，我倒不安了，不知道明天会怎样。过了三天，我忍不住问辅导员，警察怎么说。辅导员挑着眉毛对我说：

“没事了，你那宝贝姑夫承认是他逼你写的。”

有姑夫这句话，加上系里领导老师的保护，这事就算结束了。虱子多了不咬，姑夫把事情全兜着了。路玉离在北京继续办假证，过得好好的；姑夫一个人待在监狱里，靠两眼望天和出来以后的发财梦熬过了三年。

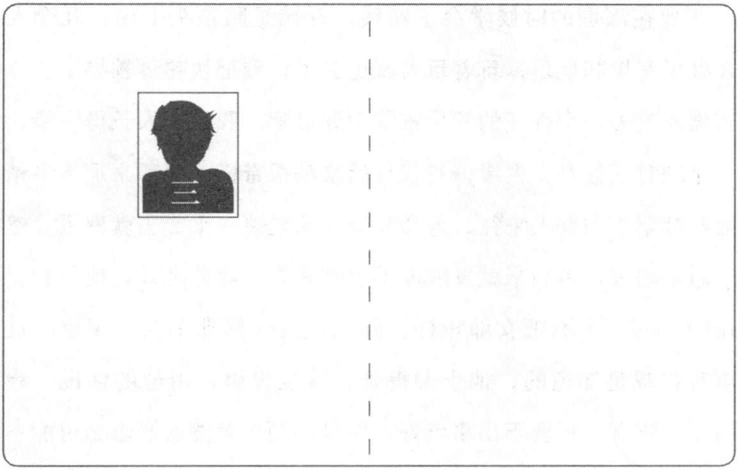

后来我见到了路玉离，长相一般，腰倒是挺粗的，身体也丰硕，走路的时候浑身没有一处不抖的。因为不下辛苦，五十三岁的人了，保养得跟四十左右似的。姑夫说，其实她对他很好。但是姑夫是否真的喜欢她，我就不知道了，我只知道，在北京，姑夫离不开她。

姑夫是四十五岁时决定来北京的，之前在家待了半年，再之前大约有四年时间在深圳，在我叔叔的公司里做事。我叔叔是公司里的一个小头目，不大不小，要负担我婶婶那边一家人的生活，日子过得也比较紧，工作又忙，没有剩余时间理会我姑夫。他和我们家其他人一样，了解我姑夫的为人，所以对他要求也不高，只要老老实实工作，把挣到的钱拿回家，不出问题，就万事大吉了。就是这样，姑夫还是出问题了。

他在深圳的时候学会了赌钱。开始是陪顶头上司，几个人在办公室里瞎玩玩，玩着玩着就进去了，瘾都快超过领导了。一到周末就去一个姓汪的领导家陪领导打牌。我姑夫人长得不错，从年轻时就很有女人缘，我叔叔后来都很奇怪，他哪来那么多精力和钞票去和女人来往。他和汪领导的老婆一来二去就熟了，然后眉来眼去，再后来就发展成了男女关系。除此之外，他还和公司门口的一个酒吧女郎相好，隔三岔五住到那个女人家里。这事我叔叔是知道的，他也懒得管，管也没用，用他的话说，狗改不了吃屎，只要不出事就好。但是跟领导老婆通奸怎么可能不出事。

倒不是我姑夫粘着那女人，而是领导的老婆缠着我姑夫。姑夫一表人才，看起来比公司老总还体面，比那女人的领导丈夫强多了。领导的老婆也不是想离婚和我姑夫过，姑夫是个打工的，跟她老公比起来就是一个穷光蛋。但她就是吃醋，吃酒吧女郎的醋，打牌时她看我姑夫的眼神都很幽怨，好像我姑夫对不起她似的。后来姑夫跟我讲起这事，他一点都不害臊。他说领导很长时间都没发现，因为他们都在外面幽会。有一次领导和他老婆在床上做事，那女人莫名其妙地喊出了我姑夫的名字。喊了两声她就意识到了，赶紧闭嘴。但是已经露馅了。领导当时没吭声，下了床就找人跟踪他老婆。在一个周末下午，他们幽会结束，领导老婆出了宾馆，领导就带着几个人冲了进去。那时候我姑夫正懒洋洋地躺在床上抽烟，回味着呢。一个黑脸的一把就将姑夫甩到了床下。

我开玩笑问他：“那女人看上你什么了？一个打工仔。”

“呵呵。”姑夫自豪地说，“男人啊，喜欢我是个正儿八经的男人哪。她说了，床上床下，都是。”

作为男人的姑夫被赶下了床的同时，也被赶出了公司。我叔叔气坏了，你怎么搞都可以，兔子还不吃窝边草呢，竟然在领导嘴里抢饭吃。他也管不了，连道歉的话都没法向人家开口了。姑夫在床下被打了一顿，只穿了一条裤衩，挨打的过程中没有一点反抗，两手坚决护住那个地方。

姑夫在深圳混不下去了，他搞得我叔叔很烦，本来对他就一肚子火，我们家人都觉得姑夫不地道，老婆儿子扔在一边，只顾自己快活。姑夫被捉奸以后，自觉没脸见他小舅子，就知趣地回了老家。这两年按理说他应该赚了一点，在深圳那地方，都说弯腰就能捡到钱，可是我姑夫只带了不到八千块钱回家了，他把钱都花到牌桌上和女人的床上了。我姑妈和他吵了一架，很多天都没理他，她一直指望他能够多挣一点钱，买套房子，从现在的平房里搬出来。他们家在县城，那地段一直都是抢手货，那排平房后面已经建起了六层高的楼房，一抬头就看见楼上窗口边别人的脸。姑妈觉得很难受，整天生活在别人眼皮底下，做梦都看到头顶上有无数张脸在晃动。可是姑夫只拿回来了半个厕所也买不到的钱。

姑夫在家里无所事事地待了半年，整天吆喝着要出去找工作，最后还是两手空空。我们那个小县城，真没听说干什么能够挣钱，尤其像我姑夫这样的人。他希望穿西装戴手表，背着手到处走走就能来钱。这种赚钱方式，在我们那地方，除了当领导，就是到北京来办假证了。所以姑夫就跟一个朋友来北京了。

他来北京的时候，我读大三。姑夫两周后才找我，跟他一起来的是他的那个朋友，我也认识，在西门外的元中元酒家请我吃了一顿饭。那家伙是个混混，和姑夫差不多的性格，在我们那儿名声也很臭。他来了两年了，听他自己说，手里已经攥着三四十万了。尽管是吹牛，这个数字还是让姑夫羡慕不已。姑夫就跟着他混，已经做了五天了，揽下了一个小活，大概能挣上个四五百块钱。他详细地介绍了一遍他的新事业，很兴奋，我才明白办假证是怎么一回事。

姑夫干的是小喽啰的活儿。就是在路边或者哪个学校门口，大街的天桥上也行，站在那儿，见到差不多的人就问，先生，要证吗？如果人家理都不理，就过去了，再问下一个。如果对方迟疑一下，或者鬼鬼祟祟的有点意思了，姑夫就压低声音说，什么证都有，保证质量，安全又便宜。碰巧了对方的确有这个要求，两人就跑到一个僻静地方，提要求，谈价钱，最后定下交货时间和地点。

我听了觉得很好玩，我说："不就跟妓女拉客一样吗？"

姑夫笑呵呵地说："不一样，妓女只拉男客，我们男客女客都拉，而且不需要床。"

那个老混混说："妓女也不一定就需要床啊。"

我姑夫跟着他笑。他们俩年龄差不多。姑夫的朋友好酒无量，喝了四瓶啤酒话就多了，唠唠叨叨说了不少关于办假证的事。他说他的愿望就是成为一个小头目，不要整天在路边上晾着，见人就问，像个孙子。他想再干两年，手底下有几个人，别人去联系业务，他专管制作，印刷假证，私刻公章，做一些最实际又是最能赚钱的事。他说，你们不知道，那帮幕后操纵的家伙才叫挣钱，哪个月不是几万十几万，不像他和我姑夫，找到了生意只赚个嘴皮子钱。

姑夫说："嘴皮子钱也不错，开口的时候多要点，三两年也能小发一点。"

那家伙就骂我姑夫没出息，不像个挣大钱的男人。他说你看路玉离两口子，多滋润，手下才网罗五六个人，现在就是待在家里，钱也长眼了似的源源不断地往他们口袋里跑。

姑夫说："就是你说的那个胖女人？"

"是她。她男人进去过两年，被打得不轻，折腾出病了，道上的都说他那玩意儿不行了。"

他们又笑起来。

姑夫的朋友没能当成小头目，一个月后就被警察抓了。一个人在饭店里喝酒闹事，饭店老板打110，当成无家可归的流浪汉被收容了。警察查看他的证件，竟然翻出了两个假证，这就没什么好说的了，进去了。

我姑夫还没站稳脚跟就失去了靠山，那段时间他很紧张，他还没有把办假证这一道上的规矩、路子摸熟练。他到学校找过我两次，明显看出他的动荡不安。又过了些日子，他打电话给我，说没问题了，生活上了轨道了。后来我才知道，那个时候起，他就跟路玉离混了。不仅是办假证，生活上也跟她混在了一起。他先联系路玉离的，然后路玉离就开始联系他。听说奸夫淫妇都是能闻出对方的味儿的，看来是真的。

应该说，我姑夫在办假证的人里头算是个人尖子。我经常在北大南门和海淀附近遇到办假证的，和他们相比，姑夫绝对是个帅哥，老帅哥也是帅哥，而且更有味道。他与生俱来好像就比较洋气，气质不错，这也是当初他吸引我姑妈的重要原因。普通话也溜，很难相信一个高中毕业生，正儿八经的普通话训练一天没有，就说这么好。我同学都说他的普通话说得比我好多了。他又会讨女人欢心，把路玉离搞到手应该不成问题。

他和路玉离搞到一块去之后，好长时间都没有给家里打过电话。姑妈把电话打到我宿舍，问我姑夫现在怎么样了。我说，我也有一个月没见到他了，没问题，应该还活着。

我姑妈就哭了，她在电话里说："这个不要脸的，那八千块钱竟然还是借你叔叔的，你婶婶催着要他还了。"

姑妈的意思是，姑夫其实一分钱都没从深圳拿回家来，拿回来的钱还是临时跟我叔叔借的。我婶婶想换一套房子，开始要债了。我婶婶说，当初姑夫答应很快就会还给他们的。现在快一年了，连个钱影子都没看见。

"姑夫好像最近干得不错。"我说，"手机都换了新的了。"

"换了也不告诉家里！"姑妈哭得更厉害了，"我怎么瞎了眼找他这么个浑蛋，这日子没法过了，不如早点死了算了。"

说完电话就挂了。我觉得姑妈不对劲了，隐隐约约也听见电话那头表弟小峰的哭声。我赶紧又打过去，是小峰接的。

小峰哭着说："我妈老是头晕，好好的也会头晕。"

"去过医院了没有？"

"没有，我妈不愿意去。家里没钱了，我妈把家里剩下的三千块钱都寄给舅妈了。"

我气坏了，挂了电话就打姑夫的手机。他说正在和客户谈生意，过会儿打给我。一刻钟后，他打过来了，问我什么事，他正在北大西门外的蔚秀园里，让我过去，一起吃午饭。

在去小饭馆的路上，我就气呼呼地把电话里的事给他讲说了。事关我姑妈，我没给他好脸色。姑夫一路点头地听着，沉默了一会儿说：

"你觉得你姑妈跟着我是冤了？"

"不是冤，是冤大了。"

"是，冤大了。小峰做我儿子也冤。"

"你也知道？"

"知道。"姑夫说，"我还知道赚钱，现在我整天想着的就是怎样赚钱。"

我听得莫名其妙，好像他已经赚了不少钱似的。我说那你赚的钱呢？姑妈和小峰在家里都快饿死了。

"寄，我下午就寄钱回家。"

我们在小饭店里坐下，刚点了两个菜，姑夫的手机就响了。我只听到是一个女声。他到门外去接电话了。

很快他就回来了。"你一个人吃吧。"他说，"有个朋友找我，急事，我得过去。两个菜够吗？单我先买了。”

“是个女人？”

姑夫说：“当然是个女人。”

路玉离。一看见我就知道是她，三年后又和姑夫站在了一起。他们在海淀等车，我下班从报社回来，刚下公交车就看见了他们俩。姑夫见到我有些不好意思，冲我笑笑。怪怪的，但我不知道怪在哪里。路玉离也看到了我，他从姑夫的眼神里认出了我是谁。

姑夫说：“这是路阿姨。”

“哦。”我说，“路玉离？”

白胖的路玉离说：“是，路玉离。”

呵呵，姑夫又笑笑，摸了摸脑袋上的板寸。他出狱刚刚一个半月，头发就长长了。我终于发现哪个地方不对劲儿了，他把头发染黑了。半个月前我们见过面，他还是花白的一寸来长的短头发，三年的牢狱把他的头发熬白了。现在自由了，就重新黑了。

我说：“姑妈昨晚给我打电话了，小峰这次月考又是全年级第二。”

路玉离没看我，掏出手机看了看，对姑夫说：“你们聊吧，我有点事，先走了。”

姑夫没来得及阻止，她就走了。吃醋了，一脸的酸样。

“小峰又是第二？”

“不知道，瞎说的。姑妈好多天没给我打电话了。”

姑夫苦笑了一下：“你又何苦呢？”

“我说说自己姑妈犯忌吗？”我看了他一身领导阶级的打扮，“报纸送完了？”

“没办法，那体力活实在赚不了钱，糊口都不够。别站这里了，找个馆子去说。”

“那我不是又要吃违法的晚餐？”

元中元已经拆掉了，我们到另一家馆子里，旁边就是元中元还没有运走的一片瓦砾废墟。饭店老板少了竞争，及时地把菜价提了上去。老板对姑夫很熟，主动要求给他打八八折。他常来，这段时间他经常带着路玉离来，偶尔也会是某个道上的小朋友。

“报纸送了多长时间？”

“半个月多一点。”姑夫说，“吃不消，累得要死又赚不到钱。”

“就重操旧业？她找你的？”

“我找她的。她欠了我三年，得还回来。不过说实话，除了这个，我实在也想不起来还有什么更能挣钱的。”

“你当时不是答应姑妈和小峰的吗？”

“答应有个屁用？”姑夫说，喝啤酒的时候有点激动了，“如果答应什么来什么，我天天答应。现在的问题是，日子怎么过？过了年就五十了，还能蹦跶几天？家里那一摊子事，我不想拖到临死，把债留给小峰去还。”

这句话好像挺正经的。姑夫有点让我刮目相看了，他从来就是一个今天有酒今天醉的人。竟然开始担心家里和生活了。我们老家有句话说，树大自直，如果事情真如姑夫所说，那他这棵快五十岁的老树，是要打算站直了。要按我想，他早该站直了，家里他不能不担一点心了。

他进去的第二年，姑妈的头晕实在受不了了，去医院做了一次彻底的检查，检查的结果把她吓哭了。风湿性心脏病，二尖瓣关闭不全，供血跟不上，所以头晕。医生说，要做手术，换个瓣膜，否则越拖越严重。姑妈哭不是怕死，而是被高昂的手术费吓坏了。医生说，大约要七八万。这个数字对住在别人眼皮底下的姑妈来说，就是个天文数字。她一直梦想有一套不错的房子，这样的房子在我们那儿的小县城，七八万已经足够了。如果做这个手术，就相当于用一套房子换了一个瓣膜。这还是次要的，要命的问题是，这钱从哪里来。

姑夫长年不在家，在哪都挣不了多少钱，家里面几乎不靠他。但那是太平的时候，真正有了大事，像手术这样的，需要钱，姑妈就没办法了。姑妈是个要强的人，有困难也不说，何况还找了这么个丈夫。那时候姑夫正待在监狱里，每天摸着光头不知在瞎想些什么。姑妈不好说。当初我们家人都不同意姑妈和姑夫来往的，更不要说结婚了。

我们家在镇上，但我父亲有一帮朋友在县城，父亲又常去县城的办点公事，所以大大小小的事都知道一点。姑妈在县城的化肥厂里做会计，一个周末回家，在饭桌上告诉我们，她谈了一个对象，然后说出了名字。当时我还小，刚读小学二年级，对“对象”这个东西还一知半解，对姑妈带回来的奶油核桃倒是很有兴趣。我记得父亲当时就把筷子放下了，说不行。祖父就问，为什么不行？父亲说，这样的人绝对不能做我们家的女婿，他听朋友说起过这个人，没工作，整天到处瞎混，吃喝嫖赌，别人能干的坏事他都能干，就是好事不会做。

姑妈就哭了，说：“你怎么知道他坏？他对我比谁都好。”

姑妈哭得很伤心，祖母看不下去，她老人家最疼我姑妈。就安慰姑妈，让我父亲少说几句。母亲也劝父亲，让他先去县城了解一下，姑妈一辈子的大事，不能一句话就打发了。姑妈那个星期只在家待了一天就回去了，她骑的自行车就是我姑夫送的。那时候自行车是个好东西，姑妈骑得意气风发，她根本就不知道，姑夫只用一辆自行车就把她骗到手了。父亲第二天请假去了县城，半天就了解清楚了，屁股大点的地方，一个人半夜说梦话半个县城都听得见，了解得很清楚。

回家以后，父亲说：“当然不行。”

据父亲了解，我姑夫那时候谈了已经不下十个姑娘了，都是玩玩就把人家扔了，他那吊儿郎当样，根本就没想要和人家有什么结果，快三十了还整天乐呵呵地做花心大萝卜。没工作，就仗着他爹那点退休金过日子，整天烧得难受，吹着口哨到处乱转，县长也没他悠闲。说不准就是瞧上我姑妈那个待遇不错的工作才讨好她的。

祖父说：“那怎么办？”

父亲说：“一句话，不行。”

我们家人都觉得事情就这么定了时，姑妈竟然把姑夫带到家里来了。我父亲很生气，一天没理他，连姑妈都没理。但是姑夫能说会道，嘴上像抹了蜂蜜，一个劲儿地给我祖父祖母灌好听的。看那样子一点都不像个不良青年，祖父祖母的脸色就松动了。而且姑夫的脸膛挺顺水的，男人长得不丑总还是不讨人烦的。再者，他毕竟第一次来，就是个陌生人也应该给个面子，祖父祖母这么一想就不自主地妥协了。姑妈既然决定把他带回家来，显然已经对可能遇到的困难想出了对策，应该说，那天姑夫基本上是完满地完成了姑妈交代的任务。

他穿一身西装，戴了架眼镜，口袋里还插着一支钢笔，看起来是个文化人。我祖父离休之前是小学校长，本能地喜欢文化人。这让我母亲也不好说不是，人家是城里人，比我们洋气。除此之外，姑夫还在我身上下了不少功夫，姑妈知道祖父祖母最宝贝我，哄我开心了就等于哄祖父祖母开心了。姑夫坐在我们家的八仙桌前，招呼我和姐姐过去写作文，他把口袋里的英雄牌钢笔掏出来，说作文谁写的好这笔就奖励给谁。我哪里会写什么作文，就瞎说，把昨天晚上在广播里听到的故事简单地讲了一遍，不会写的字用拼音代替。姐姐当时读三年级，她的文章写的好，经常被老师带到县城去参加作文大赛。但是，那次我赢了。

姑夫看着我的歪七扭八的句子说："嗯，这个好，有想象力。钢笔归你了。"

我当然很高兴，英雄牌钢笔哪，班上同学都还在用铅笔。姑夫用一支钢笔就把我收买了，我就喜欢他了。这些年我们感情很好，他也喜欢和我说话，没有太多的长辈的顾忌，大概就是那天培养起来的。送我东西就是好人，我对祖父祖母说，那个人真好。

尽管父亲强烈反对，最终姑妈还是嫁给姑夫了。几年后姑妈就后悔了，已经晚了，小峰出生了。

姑妈从医院回来尤其难过，心想，这病一定是给那个浑蛋气出来的。但是病还要治呀，没钱，姑夫还在监狱里蹲着哪。她就哭，想起来就躲着小峰哭，越哭头越晕。小峰知道了，背着姑妈给所有的亲戚打了电话。小峰在电话里说着说着就哭了：

"我妈要做手术，我想借钱。我会还的，考上大学我就去挣钱，我爸欠下的我也会还上的。"

母亲告诉我，她在电话里听小峰这么一说，当时就哭了，小峰才十七岁，这么懂事，他爸不是个东西就算了，冲孩子这句话也得借。远远近近的亲戚都拿出了钱，凑了八万多，帮姑妈做了手术。手术时，我们家人都在手术室外候着，对姑夫的这些年的行为集中进行了一次批判。姐姐说，写信给姑夫，让他在监狱里也知道，他不仅害了自己，也害了一家人。小峰好长时间都不说话，后来说：

"我和妈都不想让爸知道，他在那里已经够苦的了。"

祖母又哭了，这回不是哭姑妈的命苦，而是哭姑妈的命好，生了小峰这么个知冷知热的好儿子。

这些事姑夫直到出狱之后才知道，听了以后还掉了几滴眼泪。但我不知道这些到底能改变他多少。那时候小峰高考已经结束，因为考前很多时间都花在了照顾姑妈上，成绩不是很理想，被一个三流大学录取了，他不愿意去，又硬着头皮重读了高三。他想念一个好大学，以后对家庭、对他自己都有好处，我想小峰已经不指望我姑夫来还债了。

所以半个月前我对姑夫说："小峰比你强。"

这次姑夫没有笑，而是哭了，咬牙切齿地说："我他妈的一定要挣钱给我儿子花。"

现在我们坐在饭店里，姑夫说，他又干起了老本行，和路玉离在一起。

"你就打算这样干下去？"我说，"现在公安局这事抓的挺紧的，报社里经常有这方面的消息。"

"再紧也得干，紧点也好，越危险其实越能赚钱，可以提价。"

"万一出事怎么办？"

姑夫点了一根烟，说："我也在考虑这事，所以想自己找几个人单干，不在外面到处跑了。不过这要时间。"

"就像路玉离那样？"

"嗯。怕是做不了她那么大。她干了很多年了，除了假证，还搞假发票，什么都搞。"

"你们在一起？我是说，她老公那边她怎么说？"

“是不是笑话我和这么个丑女人在一起？”姑夫笑了笑，转着酒杯说，“说实话，你姑妈是我见过的最好的女人，但是没办法，在外面没个女人就是不行，生活会一团糟。而且，现在我得先跟着她混，从她那里找门路。也不是整天在一起，隔三岔五吧。”

“她老公那玩意儿真有问题？”

“还行吧，听说还能用。他们不住一起，她管海淀这片的生意，她老公管朝阳和丰台那片。他有小女人，而且是两个，都二十来岁。”

我说噢，原来都有自己的一亩三分地，井水不犯河水。

晚上都没什么事，姑夫就说，咱爷儿俩要好好喝一顿，一是庆祝我成了个国家人，都记者了；再就是庆祝他终于出来了，三年的日子不好过啊，做梦都梦见屋顶上开了自由的天窗；三是祝贺生活总算有了点想法，得好好干。我们就喝。姑夫说到底还是个浪荡子，舌头一大就跟我谈女人的问题，他建议我该找个女朋友了，不能整天一个光棍跑来跑去。

这话几年前他就跟我说过，我大一寒假回家，年前去了他家。那时候他还在深圳做事，向我吹嘘深圳怎么怎么好玩，半夜里姑妈和小峰都睡了，他还在说。突然他一拍大腿，说想起来了，伸着脑袋到抽屉里去找东西，半天摸出一张盗版碟，塞到VCD机子里让我看。竟然是三级片。搞得我很不好意思，又很想看。他就说，没什么不好意思的，他是特地从深圳带回来给我看的，我都上大学了，十八岁了，该明白这种事了，男人嘛，就得懂的多点。小峰还得几年，他还小。然后他就睡觉去了，留下我一个人看。

在女人这事上，我念大学后，他在我面前从不避讳。我们喝了好长时间，菜不够了，他让添，炒腰花。我说这菜不是已经吃了一盘了吗？

“吃了一盘，再来一盘。”姑夫凑到我这边说，“跟你说实话，这两天老想着挣钱，有点力不从心，得补补。”

那晚我们吃了三盘炒腰花。

五

姑夫决定好好赚钱以后，我们见面就少了。不是见不到他，而是很少碰面，没空在一起喝喝酒，或者他到我住的地方去了。偶尔在公交车上我也会看见他，看见他在站牌下，或者是在海淀，有一次我坐车经过人大正门，看到他叼着烟在校门口转，应该是在找生意。

一个星期天上午，因为不上班，我还没起床，被一阵轻微的敲门声吵醒了。我开了门，是姑夫。我刚要说话，姑夫向我摆摆手，赶快把门关上了。我重新爬到床上，问他鬼鬼祟祟的出了什么事。

“还能有什么事？”姑夫走到窗户前向下看，抚着胸口小声说，“妈的，被盯上了。你看看，那小子还在。”

我觉得挺好玩的，就从床上下来，趿拉着鞋子过去看。楼下果然有个警察，提着警棍到处乱瞅。“你怎么知道是盯上你的？”我说，“说不定人家也是碰巧到这里。”

“不可能。”姑夫说，一屁股坐到了椅子上，到我抽屉里找烟，哆嗦了半天才点上，看样子他刚才很紧张。“一定是盯上我了，他妈妈的，吓死我了。一朝被蛇咬，十年怕井绳，我算明白了。现在见到狠一点的警察就腿软。”

他是来海淀这儿交货的。约好了客户，他在硅谷电脑城门口等，抽了两根烟，无意中看见了一个警察，可能是心理作用，他总是有意无意地看那个警察，那警察就注意到他了。姑夫和人家约好了在那里见，不好随便离开，只好接着抽烟，把剩下的两支也抽完了，看见客户走过来了。他赶紧迎上去，告诉客户这儿不安全，要换个地方交货，他莫名其妙地回了一下头，正好和警察目光相对。姑夫说，当时他就出了一身汗。他带着客户拐进芙蓉里小区，想在哪栋楼后面避人的地方谈妥了再交接。谁知道那个警察就跟上他们了，跟着他们也进了芙蓉里。姑夫心想坏了，不敢再冒险继续下去了，就对客户说，换个时间再联系吧，别搞出事来了。那客户也怕，两人就分开走两路了。姑夫转了一个弯就开始跑，接着就听到身后也响起了脚步声，他真是吓坏了，围着几栋楼转了好几圈才想起找我，就上来了。他在我住的楼这儿终于把警察甩掉了。

“惊险，真惊险。”姑夫大口大口地吸烟，然后把烟雾吐出来，好像打算把恐惧也一并吐出来，“那个鸟警察他妈的眼睛真毒，我像个办假证的吗？”

“不知道。”我说，“那家伙可能也是个打假的老手。”

“不能再这么干了。得网罗几个人，这担惊受怕的日子没法过了。”姑夫说着，又谨慎地走到窗前，伸长脖子往下看，“终于走了。”

“还出去？”我开始穿衣服下床。

“等一等。”姑夫说，“算了，就在你这吃午饭吧。我担心那鸟警察没走远。你下楼买菜时帮我看看，还在不在，高个子，脸上的络腮胡子没刮干净。”

下楼买菜时，我特地到硅谷那儿转了一圈，除了维持交通的保安，没看到戴大盖帽的。上了楼我告诉姑夫，今年国家要召开好几个会，可能会不定期地抓一抓治安和打假，小心别再给逮了。姑夫头点得很利索，他说：“你在报社，消息灵通，有什么情况赶快跟我说。”

“好啊。”我说，“我也不想你出事。报社常派记者到公安局去采访，有时候就是采访像你这样的，当然是被抓住的。”

姑夫干笑了两下，说咱别老说这些了，喝酒，喝酒。

一喝酒姑夫就想起了要说女人，说男女的那点事。他说他累，心里累，那东西也跟着累，经常事情刚到一半就没感觉了，惹得路玉离老是骂他。

“你怎么心累了？”我笑着问他，他那玩意不太好使了，我说不清楚是幸灾乐祸还是替他担忧。

“想赚钱，妈的，赚大钱。”姑夫说，“对了，你有没有不行的时候？”

这问题就有点过分了，好在我习惯了他和我说话的方式。“我又没结婚，怎么知道？”

姑夫很沮丧，感叹说：“活了大半辈子了，才发现一个简单的道理：自己的有些东西都不听使唤，何况别人。”

我笑了笑说：“路玉离欺负你了？”

“不是。”姑夫说，“她舍不得分几个人给我，她说我干不了。妈的，她一个娘们能干了，我就干不了？笑话。”

姑夫为此生路玉离的气，都睡到一张床上了，还舍不得分几个钱给他花花。

这句话说了不到一个月，姑夫打电话告诉我，路玉离终于答应分一点生意给他了。给了他五个人，就是说，这五个人在外面找到活儿了，都交给他，让他找人做。姑夫很兴奋，说话的口气俨然已经是大老板了。然后炫耀似的告诉我，其实做个小头目也不容易，要操多少心哪，原来在大街上揽生意，只要动动嘴皮子把人家说动了，找到活儿往上一送，就等着拿证交货了，现在不行了，你得操心，他要什么样的证，要去找原始的证件，联系印刷厂，还要找人刻字，挺烦的，最烦的是纸张分析，这个很要命。姑夫接着就骂起来了，说现在的学校都他妈的瞎搞，毕业证弄得那么花哨干吗，纸张越来越复杂，每次都要找专家进行纸质分析，看这纸是怎么做出来的，然后在根据分析的结果做出同样的纸张出来。姑夫说得很郑重，好像他不是在做假证，而是印假钞票。

有了五个跟班的，姑夫显然忙起来了。我们见面的机会更少了，只是通电话，而且多数都是我打给他。一接电话他就说，忙啊，他妈的忙死了。

“那一定挣了不少钱了。”我说。

“还行吧。”姑夫说，“总得挣点吧。”

好像已经有了很多钱。我也以为他挣了一些，那么忙，不挣钱还能干什么。他忙得有时候都差遣我了。他在电话里说，有个客户想办一个北大硕士毕业证，让我帮他找一个原始的证件好模仿，而且规定了时间，务必在三天之内。好吧，谁让他是我姑夫呢。我到北大找到了正在读研的同学，让他帮忙。同学找到了他的在读博士的师兄，我请他们吃了顿饭，把毕业证拿到了，然后亲自送到了姑夫住的地方。

姑夫住的地方在西苑，乱糟糟的，一间小屋里到处堆满了东西，被子没叠，脏衣服也没洗。这和姑夫一贯的爱俏有点不协调。

“没办法。”姑夫说，左手电话，右手翻开通讯录找号码，“忙啊。”

我翻着他桌子上几个假证，有人大的，有北京理工的，还有江苏的河海大学和江西的南昌大学的。一个大学的一个样。看来姑夫的生意遍天下了。

“当老板的感觉不错吧？”我说。

“比你想象的要差很多。现在生意不好做了，不像几年前，现在的毕业证都上网了，假证的上不了，一查就露馅了，生意就少了。妈的，大好时光都浪费在不是人待的地方里了。”姑夫说，电话通了，他说，“嗯，是我，对，是我。没问题了。嗯，好的。到时候我派人送过去。嗯，好的，好的。再见。拜拜。”

姑夫这辈子终于尝到点领导的味儿了。他的一板一眼的普通话让我觉得好笑。

“路玉离呢？怎么不帮你收拾一下？”

“去她男人那里了，过两天就回来。对了……”姑夫说，从抽屉里找出一张假成绩单来，指着上面的一溜小方框，“帮我想几个课程的名字，就是你念大学时上过的那些课，然后打个分数。”

“打多少分？”

“瞎打。八十分以上，随便。”

我以为姑夫的好日子终于到来了，没想到刚过一个月就出事了。不是他出事，而是他手下的一个叫麻杆的出了事，被抓了。

麻杆被抓和姑夫也有一定关系，麻杆是和姑夫一起出去交货的。我想一定是姑夫的领导情结抬了头，他戴着墨镜，让麻杆装着要交的三个证。麻杆我没见过，但听姑夫的描述，瘦得跟猴似的，形容有些猥琐，一看就知道是个不法分子。警察注意到他也是理所当然的。姑夫不装那三个假证的另外一个原因，他大概不愿意挑明，我猜的，就是姑夫自己也害怕，他被过去的那些经历吓怕了，而且现在是三个证。姑夫曾在电话里跟我说，他再也不想到马路边去找生意了，也不想再去接头交货了，怕了。但是那次他不得不去，因为那三个证是客户直接和他谈好的。

他们在交货时被警察盯上了，他们发现时赶快四散逃跑。麻杆因为从自己口袋里掏出了假证，两个警察就全力追他。我姑夫和客户逃掉了，不幸的麻杆被抓了，他风一吹就倒的虚弱身子根本跑不快，跑了不到两百米就被摁到了地上。

麻杆被抓进去了，当然要活动活动，把他弄出来。因为是姑夫的手下，又是和姑夫一起交货时出的事，姑夫当然有推卸不了的责任。麻杆家里的人知道了，先是打电话，求姑夫救救他们的儿子，过了两天他们就从河南老家来北京了。老两口和麻杆的姐姐把姑夫当成了救星，一定要姑夫想想办法，千万别让麻杆蹲监，他还小，媳妇还都没找到。

姑夫怕人求，一求就急，他安慰他们说："你们别难过，我比你们还急，都是生活在一块儿的兄弟，出了事我心里也不好受。大老远你们跑过来干吗？有两分力我不会只用一分的。你们先回家，我会尽力把这事处理好的。"

麻杆的家人在北京住了下来，吃，住，打车去拘留所看儿子，所有的费用都是姑夫承担的。好在他们只待了三天，否则姑夫更叫苦了。那些天他什么生意都没做，一门心思找人通融，想把麻杆赎出来。通过路玉离，再找人，拐了几道弯，总算和派出所那边有了联系。中间人在姑夫和公安局之间两头跑，他对姑夫一直含混其词，总也不说出最后的价码。路玉离说，恐怕不会少，先给五千吧。姑夫给了中间人五千。过了两天没看到有什么动静。姑夫心里不实在了，关键是麻杆家里人整天打电话催。他又问路玉离，路玉离说，那就再给五千。

又是五千。姑夫一听都哆嗦了。张嘴就是五千，吃人呢。姑夫还是给了那个中间人，又请他吃了一顿饭。中间人只说，等消息吧，吃完饭拍拍屁股就走人了。姑夫等不了，因为麻杆家人在屁股后头催着他，他们现在越来越认为是姑夫害了他们的儿子，所以也就越来越理直气壮地唯姑夫是问了。搞得姑夫很恼火。

路玉离说："让你充好人，当初让你睁一只眼闭一只眼，你不干，非要讲什么哥们义气。现在好了，讲不下去也得硬撑着讲，想不讲都不行。就赖上你了。"

姑夫垂头丧气地说："不是觉得都兄弟嘛，而且是和我在一起被抓的。"

"嘁，这么有情有义的还来挣这条道上的钱？"路玉离不以为然，"又不是你把他送到警察手里的。"

姑夫想想也是，颇有点为他天真后悔，现在只能是赶鸭子上架了。几天后他又拿出了五千块钱给中间人，希望他能尽快把这事了了。第二天中午，中间人打电话给他，终于明确了价码。他说，他也只是传达了那边的意思，三万，因为麻杆身上有三个假证。姑夫彻底不行了，他知道自己摆不平了。三万。也就是说，还要再拿出一万五。他扛不住。

为了摆脱麻杆的家人，他把手机关了，躲到我那里，待了大约一周。除了偶尔用我的电话和外界联系一下，就是喝酒和睡觉。他说他实在没办法了。

"再多一分钱我都拿不出来了。"姑夫说，"说实话吧，我挣的都送给他们了，还借了路玉离两千。"

我觉得很奇怪："最近生意不是很不错吗？"

“我那不是想充充胖子嘛。你真以为这事能挣多少钱？现在办假证的太他妈的多了，竞争厉害，价钱上不去。还要请人来制作，爷爷送一份，姥姥送一份，剩下的就没几个子了。我一直以为，有两个人了，不要整天往大街上跑了，能够安稳地挣点大钱。现在才发现，我他妈的干什么都比人家迟了一步。”

姑夫难过起来，喝了两瓶闷酒，突然说：“什么都是他妈的假的，只有老婆儿子才是真的。”他醉醺醺地去抓电话，“我得跟小峰说说话。想家了。”

姑夫对着电话咕噜咕噜说了一通酒话，我怀疑他自己都听不明白。挂了电话，他说：“有个好儿子真好。妈的，赚钱。嗯，赚钱。”

姑夫的一万五千块钱基本上是白花了，没能把麻杆弄出来。他和中间人实话实说，他没劲了，希望这一万五千块钱能够发挥一点照顾麻杆的作用，不致让他在里面受太多的罪，也算对得起兄弟了。麻杆父母那里，他只好说，这事有点严重，没法办，麻杆不会受苦的，他给了局里一万五，会让他在里面过上好日子的。姑夫一再向他们强调一万五，每强调一次心里都哆嗦一下。这个数字大概对麻杆家人也很有冲击力，他们在这个庞大的数字下逐渐沉默了。

但是姑夫最终并没有彻底从麻杆的事件中抽身出来，他觉得这事还是和他有关，是他把麻杆送进去的。为此，很长一段时间他精神都不好。也许他在想起麻杆的时候，顺便想起了他在里面的三年。

麻杆的事情并没有到此结束，而是留下了不小的后遗症。其余的四个人觉得姑夫不地道，他们和麻杆的家人一样，认为麻杆是因为姑夫被抓的，姑夫有责任和义务把他弄出来，但是姑夫最终放弃了努力。我想他们大概也有兔死狐悲之感，觉得跟着姑夫并没有他们想象的那样安全。他们开始不那么专心了，找到了生意不像过去那样，全交给姑夫，而是隔三岔五地另找买家。这很容易，北京办假证的太多了。

这让姑夫很被动。道上的人都知道，出了事毫无疑问是要伤元气的，一是资金周转问题，还有一个就是挫伤了锐气，胆子也跟着小了。其他四个人和姑夫捣鬼，事就不好做了，做不起来了。活儿少了，姑夫也不能整天待在家里等饭吃，他不得不重新出门，站到了路边和天桥上。我给他打电话的时候，他正在蓝旗营前面的天桥上。

“过来吃饭？”我说，“今天休息，想去吃顿水煮鱼。”

姑夫说：“好，刚谈崩了一桩生意，正他妈的有火，吃点辣的痛快一下。”

大半个月不见，姑夫明显衰老了。一脸的疲倦，皱纹什么的，好像是一下子从皮肤下面全爬出来了。坐我对面，抽烟的姿势都萎靡了。

“姑夫。”我说，“你状态有点问题啊，一点精神都没有。”

“没精神吗？”姑夫摸了摸他的短头发，“我昨天刚理的头发，又染了一下。”

姑夫很在乎自己年轻不年轻的，我就不好打击他了。“不错，头发挺精神的。”

“你是说我人老了？”

“老什么？还不到五十哪。”

那顿饭姑夫吃的很少，老是走神，这和他一贯的作风不合拍。水煮鱼很对他的口味。

“是不是现在重新出来了，有心理障碍？”

“什么心理障碍？我不懂这些洋词。有点怕，不过没办法，要挣钱。”姑夫顿了顿，续上一根烟，过了半天才说，“你姑妈打电话过来，说我们家前面的楼房也盖起来了。正好堵在我们家那溜房子的门前，现在的路很窄，送煤球的货车都进不去，小峰只好借来修鞋师傅的三轮车，一趟一趟地运回家。”

我能想象得出来那是什么样子，又一栋六层楼房拦头把姑妈家夹在中间，贴了瓷砖的墙壁成了他们家巨大的照壁。后面的楼房上看见了姑妈一家的日常生活，前面的楼房落下阴影，一年四季都将见不到晴天。姑妈最不喜欢的就是，在别人眼里生活，又被别人挡住了阳光。

“有什么打算？”

“再找几个人，不能就这么耗着，小峰又要高考了。拖下去就废了。活儿也越来越难做了。”

“跟路玉离要？”

“不问她要我到哪去找？她不愿再给了，她老公不愿意。那老东西把生意看得比人要值钱。”

七

姑夫的状态一直没能好起来，尽管他努力把自己装点得年轻新鲜一些，垂头丧气的表情还是改变不了。声音也有问题，电话里都是蔫蔫的，底气不足。这种状况让我担心，姑夫一直都是浪浪荡荡的，陡然严肃和愁苦，我还真有点不适应，老觉得有事。所以联系就频繁了多了。他也经常到我那边去，爷儿俩喝喝酒，说说话。在北京这么大的地方，有个人聊聊其实是挺温暖的一件事。我觉得这也是姑夫没事就来我那里的原因之一。

原因之二，是这段时间风闻又要开始严打了。

这是我从报社里得到的消息。前几天有个同事去了公安局，采访几个新被抓进去的办假证的，回来后说，那些办假证的也不容易，进去了先要挨上一顿。他又说，听局里的内部消息，最近又要开始严打，狠抓一批，因为现在社会上出示假文凭的太多了。据说，人口普查之后发现，名册上大专以上学历的人数比实际培养的人数多了五十万。听到这消息，赶紧给姑夫打电话。姑夫说，他早就知道了，正准备收一收。他们道上一些神通广大的人，早就得到了消息。

姑夫开始唉声叹气，从一进门开始，直到离开，都一副苦大仇深的样子，像受了多少罪似的。他变得空前地沉默了，不愿意说话。我想可能是生意上有问题导致的，所以尽量避免和他聊这个话题。又不能大眼瞪小眼干坐着，我就瞎扯，找他感兴趣的话题，谈女人。没什么经验也谈。

“跟你谈什么女人？谈不来。”姑夫说，一点都激动不起来。

“我怎么不能谈？”我说，“过去不是谈了不少么？没吃过猪肉总见过猪跑吧。”

“不谈。”

“随便说，再上一堂理论课。”

“理论有个屁用，真刀真枪动起来，理论早不知跑哪去了。不想谈，想起女人就烦。”

“路玉离惹你了？”

“除了她还有谁？”姑夫喝过酒歪到我床上，“在北京这鸟地方，我这么没出息的，还能再找其他女人？”

姑夫自卑都出来了。这女人一定把他伤害得不轻，快半个世纪了，还没有哪个女人能把姑夫打击出自卑来。这个路玉离，竟然让他连谈女人的兴致都没有了。

一次姑夫喝多了，在我那儿睡了一觉，起来时没注意把身份证丢我床上了。我估计他差不多该到家的时候给他打电话，接电话的是个女声。我愣了一下才反应过来。

“你是路玉离？”我说，“姑夫在吗？”

“不在。”

“他身份证丢我这了，你告诉他一声。”

“没别的事，我挂了。”

“有。”我脱口而出，“我想问问你，姑夫最近情绪很不对头，是不是因为你？现在他有点困难，你就不能帮帮他，分给他几个？”

路玉离对我的话很不感冒，显然不高兴了：“谁说我没给他？我不是已经又给了他三个？他自己也知道他不是吃这碗饭的料。”

“那他怎么回事？你们吵架了？”

“我懒得和他吵。自己不行，还整天骂骂咧咧的说我有问题。”

她的口气我一下子听出来了，姑夫作为男人的合法性在路玉离那里受到了质疑。他不行了。这倒是个新鲜事，姑夫竟然也不行了。说实话，我当时真觉得有点意思。我继续问下去，丝毫没有什么顾忌。大概是在内心里，我对路玉离多少还是瞧不上眼的。

“那你不能帮帮他吗？”

“我怎么没帮他？”这个老女人和我一样无所顾忌，她的确也到了无所顾忌的年龄，“我到处给他买药，他一会儿吃，一会儿又不吃，疑神疑鬼的。让他去看医生他又不去，要我怎么办？”

“怎么会这样？姑夫身体一向挺好的。”

“我怎么知道。可能是想钱想出问题来了。”

原来是这么回事。姑夫临到真格的就羞于开口了。我不知道该不该跟他说。上班时，我和一个四十多岁的同事聊起来这事，他建议我还是找医生看看，十有八九是心理原因。我说我不好开口，开了口他也未必就答应去。同事就让我先去咨询一下有关医生，有了初步诊断他也许就同意了。

我通过朋友，找到了一位这方面的专家。我把姑夫的这几年的情况尽可能详细地告诉了那位专家，把路玉离的话也转述了一遍。专家听了，说这很简单，心理性的疾病，主要是心理压力太大。比如家庭方面给的经济压力，生意上的挣钱的压力，也可能有相互攀比之后的心理失衡的原因，比如潜意识里和路玉离，或者其他人相比较，当然性生活上的偶尔不协调带来的心理暗示，这最关键，各个因素之间相互纠缠，从而导致目前的状况。

"该怎么治疗？"

"心理问题还须从心理入手。"专家说，"安慰、理解和宽心，解除他的心理障碍。还有成就感，这大概是振奋他精神的最好药物。"专家又说，"这只是初期，心理治疗还比较容易，越拖延就越麻烦。"

从专家门诊出来之后，我就在考虑要不要直接对姑夫讲清楚。同事建议先不要挑明，挑明了反而等于给他增添新的心理暗示，最好是请路玉离来慢慢解决他的心理问题。同事的建议有道理，问题是这话我怎么和路玉离说。

"怕什么。"同事说，"都睡了这么长时间了，这几句话还扛不住？"

我想也是，关键是要为姑夫负责。我从姑夫那里找来路玉离的号码，简单地说了一下，觉得电话里说不清楚，就约她到硅谷旁边的肯德基谈。路玉离的坦诚出乎我意料，她完全接受医生和我同事的那些建议。

路玉离说："不管你姑夫出于什么目的和我在一起，我害了他也罢，喜欢他也罢，都不说了。在一起前前后后也好几年了，说真的，即使是我老公，我也没有和他这样亲密过。我是一个女人，都半辈子了，知道该留点东西了，能不能留住是另外一回事。我不是只认钱，我还认他。我也不希望他变成现在这个样子。"

"专家说了，这时候女人比药物更有效。"

路玉离有些不好意思。"我会尽力的。其实他不适合干这个，可他不相信。"她点上我递给她的烟，"医生说的对，就是一个心理问题，他现在迫不及待地想把一辈子浪费的东西都挣回来。但是他现在一无所有。"

"他需要成就感。"

"谁都需要成就感，可最后到底有多少人能得到这个成就感？我是弄不明白了。"

"我也不明白。"

应该说，那天我们谈得很好。本来想请她吃饭，但是觉得不合适，我请姑妈的情敌吃饭算什么事。路玉离显然也理解，她随口扯了个幌子就走了。正如她所说的，这更应该是她的事。

路玉离如何对姑夫进行心理疗法，我不得而知。一周后我打电话给她，她也不避讳，直接说，效果不是很明显，不过还是有点眉目，但最后怎样，她不好说。她说她昨天刚去了见了一个医生，那医生建议心理治疗和药物治疗同时进行，也许那样应该好点吧。

“最近我姑夫情绪怎么样？”

“还好，因为要严打，生意都放下了，我们一直在一起。因为不太出门，心情没什么大的动荡，当然也不会有太让人高兴的事。”

“慢慢来吧。”我说，“安全是第一位的，避过这段时间最要紧。”

我们通过电话刚两天，媒体上就开始正式宣传和报道严打了。街头上，路边上，尤其是大学门口立刻少了不少闲人，那些办假证的闻风逃匿。有几个胆大的顶风作案，一不留心就被揪住了。报社里也常有这类小道消息。我打电话告诉姑夫，千万不要乱跑，这次严打不是一般的形式文章，动真格的了。媒体上的宣传口号是：时间长，力度大，挖掘深。

姑夫说：“没事，都待在家里。我又不想死，出去干吗？”

这是六月中旬的事了。六月底，让人高兴的事情终于来了，小峰的高考成绩下来了，在我们那个县城同类考生中排名第一。按照全省的分数排名，他在前二十五名。他报考的学校是清华，这一年清华在我们那个省的招生名额是三十。也就是说，从知道分数的那一刻起，他基本上就是清华的学生了。

小峰把这个好消息告诉我时，我和他一样激动，我听到姑妈高兴得哭了。她就站在电话旁边，听小峰给每一个亲戚和朋友说同样的一番话。姑妈真的很高兴，她觉得她终于熬出头了。

挂了电话我就给姑夫打，接电话的是路玉离。

“姑夫呢？小峰考上清华了。”

路玉离也很兴奋，说：“他知道了，刚哭得稀里哗啦，正高兴着呢。”

我对路玉离说：“这回姑夫该有成就感了吧。”

路玉离还没回答，电话接着被姑夫抢过去了，姑夫说：“高兴。高兴。今儿个真呀真高兴。”

听到姑夫的这种声音我也很高兴，感觉过去的那个放浪不羁的姑夫又回来了。

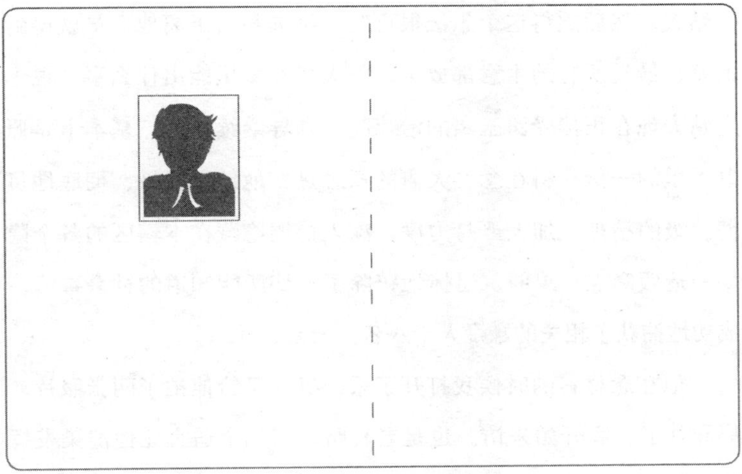

那几天我一直都在跑，围绕严打的主题到处采访。从昌平采访回来，总编又交给我一个任务，到派出所去采访几个刚抓到的犯人。我问是什么犯人，总编说他也不清楚，局里只是说来了几个典型，让我们报社去报道一下。我就背着相机和采访机去了。

接待我的一个什么长说，都是新来的，而且不是一般的小混混，很值得报道一下的。他把我带到了他的办公室里，给我倒了一杯水，开始向我讲述本次采访的大体内容。主要是报道一下他们所在最近打假行动中的取得的丰硕成果。

“主要是办假证的。”那领导说，“而且不是一般的小混混。算是捣毁了几个造假的窝点。”

我一听“办假证的”，不自觉地抖了一下。不可避免地想到了姑夫，然后觉得这个想法很可笑，姑夫和路玉离他们早就得到消息，最近所有的生意都放了，整天待在家里能出什么事，说不定姑夫现在正接受路玉离的治疗呢。领导继续在讲，基本上是照着手里的一份材料在念。大概的意思是，他们所积极、彻底地贯彻上级的精神，加大严打力度，深入挖掘隐藏在本辖区的各个隐秘的造假窝点，果断、迅捷地铲除了一切所能知道的社会毒瘤，成功地捕获了相关的嫌疑人十八名。云云。

他在念材料的时候我打开了采访机，又给他拍了两张照片。都弄好了，我开始采访。也是老套路，问几个适宜让他渲染发挥的问题，最后给他一个升华的机会。就这样。大概一个小时就解决了。我提出告辞，领导极力挽留，希望我能再和犯人们交流一下，说不定会激发出更多更好的灵感。这样我就不好再推辞了，那就看两个吧。就跟着他去了一间类似审讯室的地方。

时间不长，一个四十多岁的男人被两个警察带进来了。那男的戴着手铐，胡子几天没刮了，头发蓬乱。他低着头坐在两个警察之间，我和领导的面前。我没怎么开口，主要是领导在问，问的已经很熟练了，我知道这是在模拟前一次的审讯。那人说的我几乎都知道，谁让我姑夫是个办假证的呢。领导问完了，要我也问，我没什么好问的，只好把他问过的问题又愚蠢地重复了一遍。领导大约看出我的兴趣不大，就让他们把犯人带下去。

“带个女犯人上来。”他对手下人说，然后对我说，“给你提供一个新的视角。”

带上来的女犯人吓了我一跳，竟然是路玉离。看到我她也吃了一惊，随后低下头去。我想坏了，她来了姑夫一定也跑不掉。我一直想问，但是在领导面前又不好开口。只好听领导再审讯一次路玉离。在路玉离讲述被抓的经过时，她已经向我透露了一个信息，即，同时被抓的还有我姑夫。她说，当时他们已经提前得到了朋友的消息，说可能会遭到搜查，他们也已经收拾好了，但是因为一点私事耽误了一点时间，就被抓住了。

“什么私事？”领导问。

“就是两个人之间的一点小私事，和案子无关。”路玉离在审讯室里一点都不显怯懦。

“你有问题要问吗？”领导问我。

我看看路玉离，犹豫了一下，说：“没有。”

他们准备带她离开时，我突然说：“我能问你一个问题吗？在此时此刻，你最想对家人说些什么吗？”

我知道这个问题很无聊，而且矫情，但我还是问了。我只是想用这样一个问题，表明我和她之间实际上还是有很多关系的。在我们相互看见对方的时候，就有一些温暖的东西前所未有地出现了。

路玉离站住了，转过身看着我，说：“三个月前我给小峰存了两万块钱，八月底到期，给他读书用的。密码是他家的电话号码。”

说完就被带走了。她没有说任何道歉或者补偿的话。派出所领导被她的这句话搞蒙了，不知道是什么意思。他看看我，我说我也不明白，可能就是对家里人交代一句话吧。

“还想再交流几个吗？”领导问。

“我想看看名单。”我说。他把名单给我，我指着姑夫的名字说：“我想见见这个人。”

一会儿姑夫就被带上来了，他没有我想象中的那样恐惧，见到我甚至嘴角还笑了一下。他坐下，我还站着。我对领导说，我想和他单独谈谈，不知是否可以。

“那怎么行？他是犯人，我们要对你的安全负责。”

“没事，我们认识。”姑夫说，“我们几年前做过邻居，不错的邻居。”

领导看看我，我说是，不会有问题的。他对着手下挥挥手，他们就下去了，然后自己也出去了，出门时对我说：“我们在外面，有问题就叫一声。”

房间里就剩下我和姑夫。

姑夫说：“又被抓住了。”

“你们都提前得到了消息，为什么不跑？”

“不是那个嘛。”姑夫有点兴奋，“我又行了，真的，我又行了。然后他们就冲进来了。”

听到小峰高考的成绩，姑夫十分高兴，很多天都没有这么开心了。他一直在夸奖小峰有出息，他说，这辈子哪怕什么事都没干也无所谓，生了一个好儿子足够了。这大概就是所谓的成就感。这个成就感不仅让他的精神振奋，连身体也激动起来了，有了感觉。

其实上午他们就得到了消息，可能会出事，最好在天黑之前离开。他们的东西都收拾好了，一些可能会当成罪证的重要东西都提前转移走了。他们下午四点就开始吃晚饭，准备晚饭一结束就离开，去通州的一个朋友家避一避。但是姑夫在成就感的刺激下蠢蠢欲动了，主要是他一直对自己抱有幻想，以为真正心理上强大了，就行了。他担心这种成就感一旦降温，再也找不回来了，像终于抓到了救命稻草，迫不及待地想印证一下。加上两瓶啤酒的鼓励，吃过饭他就往路玉离身上蹭。当时路玉离在洗碗，不愿意理会他。姑夫就缠着她，什么话也不说，这么久都不行，他已经羞于开口了。但是路玉离明白，她只好对姑夫说，洗刷过后再说。

洗刷完了，路玉离提出赶快离开吧，不管消息可靠性有多大，宁可信其有，不可信其无。姑夫正处在一个希望的高峰上，尽管他也不知道自己真开始了到底行不行，但他不愿放弃这个大好时机。他继续磨蹭，路玉离提醒他，现在不是干这种事的时候，命比什么都要紧。

姑夫说："男人都不是了，留条命有什么用。"

姑夫说得很委屈，也很伤感，就是这句话让路玉离动心了。她觉得眼前的这个男人其实挺可怜的，要命的是，她喜欢这个男人。她心疼他，理解他的苦恼和渴望，发自内心地想让他各方面都能好，她当然有责任不放过任何一个可能让他重新成为男人的机会。路玉离就妥协了。开始主要还是应付，渐渐地责任心就上升了，想要好好地成全他。开始还是被动，逐渐变得积极，最后完全是主动了。她兼备了一个情人加一个医生的心态。

刚开始，姑夫折腾了半天还是不行，有点丧气和怀疑了，本身他底气就不足。但他还想做最后的努力，时间已经不多了，他决定再不行就停下，离开。又折腾了半天，还是不行。姑夫像具死尸一样从路玉离身上倒到一边，哭了，哭得又绝望又伤心，像个知道自己永远也吃不到糖的小孩。姑夫的哭声让路玉离生出了类似母爱一样的东西，她不再是迁就他，而是积极主动地诱导他，安慰他，鼓励他，说别害怕，想想小峰，他给你这个当爹的挣了多大的面子，这么好的儿子不是谁都能有的，只有你才有这个福气。她让我姑夫相信，他是没问题的。

时间在床上总是跑得更快，何况他们还要进行复杂的心理疗法。开始他们还有时间概念，后来就把时间给忘了。姑夫在某个时候好像提醒了路玉离一次，时间不早了。路玉离却说，不管它，你没问题，你看，你快要和过去一样了。

姑夫终于行了，他激动得大喊大叫，大声哭泣，抱着路玉离迟迟不愿意下来。路玉离也动了情，觉得此刻抱着怀里的男人，是世界上最幸福的事。他们俩都不知道灯是什么时候打开的。姑夫睁开眼，电灯光刺得眼难受，他才意识到天黑了。两人赶紧起来，衣服刚穿好，几个穿便衣的警察就到了，他们破门而入。

故事到这里好像还没讲完，其实已经结束了。现在我姑夫在里面。从被抓到的时候起，他就知道又得进去了，而且会无比漫长。他有前科。那天在审讯室里，他看上去还好，有点激动，可能是因为沉浸在来之不易的男人的感觉里，当然，也可能有其他原因。被警察带走的时候，他对我说：“告诉小峰，我不能送他去清华报到了。”停了一下又说，“那真是个好地方。”

后记

不必遮遮掩掩，这部小说由四个中篇连缀而成。开始写作时，的确是想写成一个长篇，但因种种缘故，最终只好一个个零售出去。按故事的生发顺序，分别发表在《人民文学》《大家》《收获》和《当代》杂志上。四个中篇的写作和发表时间历时四年多，它们有两个相同的关键词，“假证”和“北京”。我写了一群漂泊在北京的边缘人，尤其是几个伪证制造者。如果你在北京，其实在中国的其他城市同样可以看到，路边、楼下、天桥上，站着一个个兜售证件的男人和女人；地上、居民楼的门洞边、广告牌和电线杆子上，总有撕不完揭不尽的小广告，上面有电话和业务范围，证件、发票，可供网上查询。所有人都需要证件，它能标示出你的身份、级别和地位，如果你想不劳而获，希望以假乱真，需要狐假虎威，企图蒙混过关，那么他们会轻声地跟你说：跟我来。只有想不到，没有做不到；人有多大胆，地有多大产；他们应有尽有，无所不能。

他们非法，生活在路边和很多人看不见的地方，如果你对他们的工作不感兴趣，我的意思是说，你不需要伪造的证件或者需要但没胆量求购，或者拉不下脸去应一个声，那往往会导致我们对他们侧目防范，惧而远之，伪证制造者的生活对我们绝大多数人来说只能是黑洞，充满了想象中的惊险、可怕或者其他。我写他们，不是要告诉大家这别样的生活中的隐私，不是揭秘和解密，不是为了讲几个陌生的传奇，而是因为我熟悉他们，他们的人和生活。我想告诉你的是，他们是生活在北京的边缘的正常人，像我一样，他们与北京这个城市的关系一言难尽。

北京。很多年里，我变换各种视角来看这座城市，学生、编辑、作家，一个住学生公寓的人、一个租房子住的人、一个负债买房住进自己的窝里的人，一个步行者、一个跑步者、一个骑自行车和坐公交车的人、一个从地铁口像被水泥地面吐出来的人，一个拎着行李箱出门和从机场坐大巴远道归来的人，一个外地人眼中的北京人和一个北京人眼中的外地人，一个生活在北京的缺少身份和身份认同的人，一个心无定所犹疑不决的人，凡此种种，我依然看不明白这个城市。看不明白北京对我，对边红旗、孟一明、沙袖、周子平、陈子午、姑父们，究竟意味着什么。我问过很多人，久居北京的，刚来北京的，从来没到过北京的，周游列国的，一千个读者有两千个哈姆雷特；如果必须求同存异，那相同的只有一点，就是北京越来越复杂、越来越看不明白了，这个流动的大都市、首都、文化政治中心、中国城市化进程的方向和目标、全球化里的大驿站大旅馆，过去被指认的符号和符号系统功能空前失效。

那么，所有的指认失效之后如何看待这座城市？也就是说，城市与人的关系、它对我们的意义究竟在哪里？对此我充满好奇。伪证制造者碰巧在北京，他们过着我所感兴趣的日子，这一群外来者、边缘人，他们的职业、性情、希望与用心与这个城市保有古怪的张力，而我熟知他们，所以我对边红旗说：兄弟，拿你下手了。

2008年11月11日，知春里

再版后记

《天上人间》出第二版了，在八年以后。与第一版相比，有的变了，有的没变。

先说变的。

今天重读这部小说，作为作者，我的感觉跟当年完全不同。不是看上去突然挺满意或者悔少作，而是时光浩荡，有物非人亦非之感。小说里那些熟悉的亲人和朋友，如今多改弦易辙，工作换了，人也星散，年长的有人故去，年轻的都已长成，和美的变作了陌路，而悲剧排练了多年，最终演出了大团圆。我说的当然是小说中虚构的人物。但哪有完全无中生有的生灵走动在这世界上？他们从生活中走进小说，又从小说里走出来，一个个重新开始独立的生活。

前些日子，偶遇一个小说中的朋友，他是某个故事的原型。他说搬家收拾行李，翻出了第一版《天上人间》，随手打开自己的故事，一直读到号啕大哭。哭累了，才发现自己只穿了一只鞋，那只光脚为了躲开地板砖的寒凉，一直踩在另一只脚上。他站着看完了那个故事。他说整个阅读如同不停地擦拭一面斑驳陆离的镜子，逐渐清晰地看见了自己。他跟一个年轻、茫然、勇猛、纠结的自己相遇了。他的痛哭并非来自某种得意、失落或者缅怀，仅仅是因为看见了一个被完整地还原回去了的鲜活的自己，在遥远的八年之前。如同一个奇迹。

在今天这个一觉醒来生活就可能面目全非的北京，八年的确有个沧海桑田的跨度，足以让你感叹往日何时、今夕何夕。我的感叹与只穿了一只鞋的朋友类似，我们都到了该“不以物喜，不以己悲”的年龄，放开来歌哭往往也与一己之悲喜无涉，更多的是虔诚地向苍茫的时光致敬。

这一番重读，我不仅看见了八年前，我还看见了八年来。看见了从那个时候开始，我与我的文学走过的曲折漫长的路，仿如一个“追忆似水年华”：我和我的小说人物怎么就走到了今天。此处必须有一声浩叹。而路，还要接着走。

再说不变的。

内容没变，一个字都没动。我得确保所有的亲人和朋友，如果有兴趣打开第二版，当他们终于将时光越擦越亮后，在镜子里看见的，正是高清的过去的自己。这是对真实和时光信守的一份契约。

出版人没变，还是臧长风兄。八年前，我是个文学新人，刚出了两三本卖不动的书；长风兄是个新老板，才成立了“石头剪刀布”出版公司，他找到我，决意将“石头剪刀布”的开篇之作放在我身上。他说找我的原因只有一个，就是喜欢我小说，而出版我的书也成了他创办“石头剪刀布”的契机之一。我们在我家附近的重庆烤鱼店反复进出，吃了七八条鱼，吃出了手足之情。为此我更加犹豫。长风兄说：你担心书砸在我手里？我说：我担心你砸我手里。从出第一本书开始，到现在，我都忍不住心存忧虑，担心自己的书卖不动，拖了别人的后腿。长风兄说：你的任务是把书写好，剩下的归我；我的事你就别管了。我被迫做了甩手掌柜。眼见着长风兄为他的“第一本书”东奔西走，从排版、字号、插图、纸张、封面设计一直到营销方案，我完全使不上劲儿。

有一天，我正和师门在北大附近吃饭，接到长风兄电话，他说咱们必须见个面。我到饭馆门口迎候，看见长风兄从出租车上风风火火地下来，大老远就对我挥手：出来了！咱们出来了！手里是两本《天上人间》。他从印刷厂直接过来，新书上墨迹未干，封面摸着还潮润。他等不及晾干，要让我在第一时间看到。要说感动，长风兄肯定觉得我见外了，所以我一声不吭，抱着两本热乎乎的自己的书翻来覆去地看，像两年后看着我刚出生的儿子。

必须承认，《天上人间》是我的书里做得我最满意的几本之一；也毋庸讳言，《天上人间》没有我们预想的那么乐观。记不得几年后了，长风兄给我电话，库房里新书堆不下，得把陈年的处理了，还有一些《天上人间》，捣成纸浆想想都揪心，问我要不要留下做个纪念。我说当然要，全买下。长风兄说，免费，也是咱哥俩合作的见证。然后我收到了一堆《天上人间》。

此后和长风兄音问日疏，各自忙着勤俭持家。偶尔微信上碰到，看他发“石头剪刀布”的新书讯，看他贴各种崖柏文玩的照片，知他有了风雅的新爱好；我是外行，逢上好看的只会一遍遍点赞。前些天，长风兄突然来信说，兄弟，有个事儿咱哥俩还得做。我问啥事儿，如此重大？他说：《天上人间》，再来个新版。我有点蒙。搁谁身上也蒙。过去我“卖不动”，今天依然是个“小众作家”，“小众”的通俗解释之一，就是跟畅销没关系。我让长风兄再慎重考虑一下。他说：就这么定了。也许是第一版的结果他没想明白，要么是他对第二版有了新想法，反正他比我坚持和笃定。

同一个出版人在八年后回头做同一本“卖不动”的书，在别的作家那里不知道是否有先例，在我尚属首次。不管长风兄做何感想，请允许我在内心里煽一点情：畅销与否有时候对做一本书也许的确不那么重要，重要的是，在一个合适的时间，与一个合适的人，做一件正确的事儿。由此，我相信，《天上人间》再版是本正确的书。

与长风兄共勉。

2017年7月8日，知春里

图书在版编目（CIP）数据

天上人间 / 徐则臣著. --修订本. --北京：作家出版社，2017.6

ISBN 978-7-5063-9567-0

Ⅰ.①天… Ⅱ.①徐… Ⅲ.①中篇小说—小说集—中国—当代 Ⅳ.①I247.5

中国版本图书馆CIP数据核字（2017）第170034号

天上人间

作　　者：徐则臣
责任编辑：张　平
出版发行：作家出版社
社　　址：北京农展馆南里10号　　**邮　　编：**100125
电话传真：86-10-65930756（出版发行部）
86-10-65004079（总编室）
86-10-65015116（邮购部）
E-mail:zuojia@zuojia.net.cn
http://www.haozuojia.com（作家在线）
印　　刷：三河市双峰印刷装订有限公司
成品尺寸：145×210
字　　数：220千
印　　张：11
版　　次：2018年7月第1版
印　　次：2019年4月第2次印刷
ISBN　978-7-5063-9567-0
定　　价：45.00元
